星海社
FICTIONS

パンドラブレイン　亜魂島殺人（格）事件

南海遊

Illustration／清原紘

星海社

Illustration　清原紘
Book Design　Veia
Font Direction　紺野慎一＋阿万愛

南海遊
Illustration／清原 紘

亜《あ》魂《こん》島《とう》殺人(格)事件

目次

亜魂島周辺図

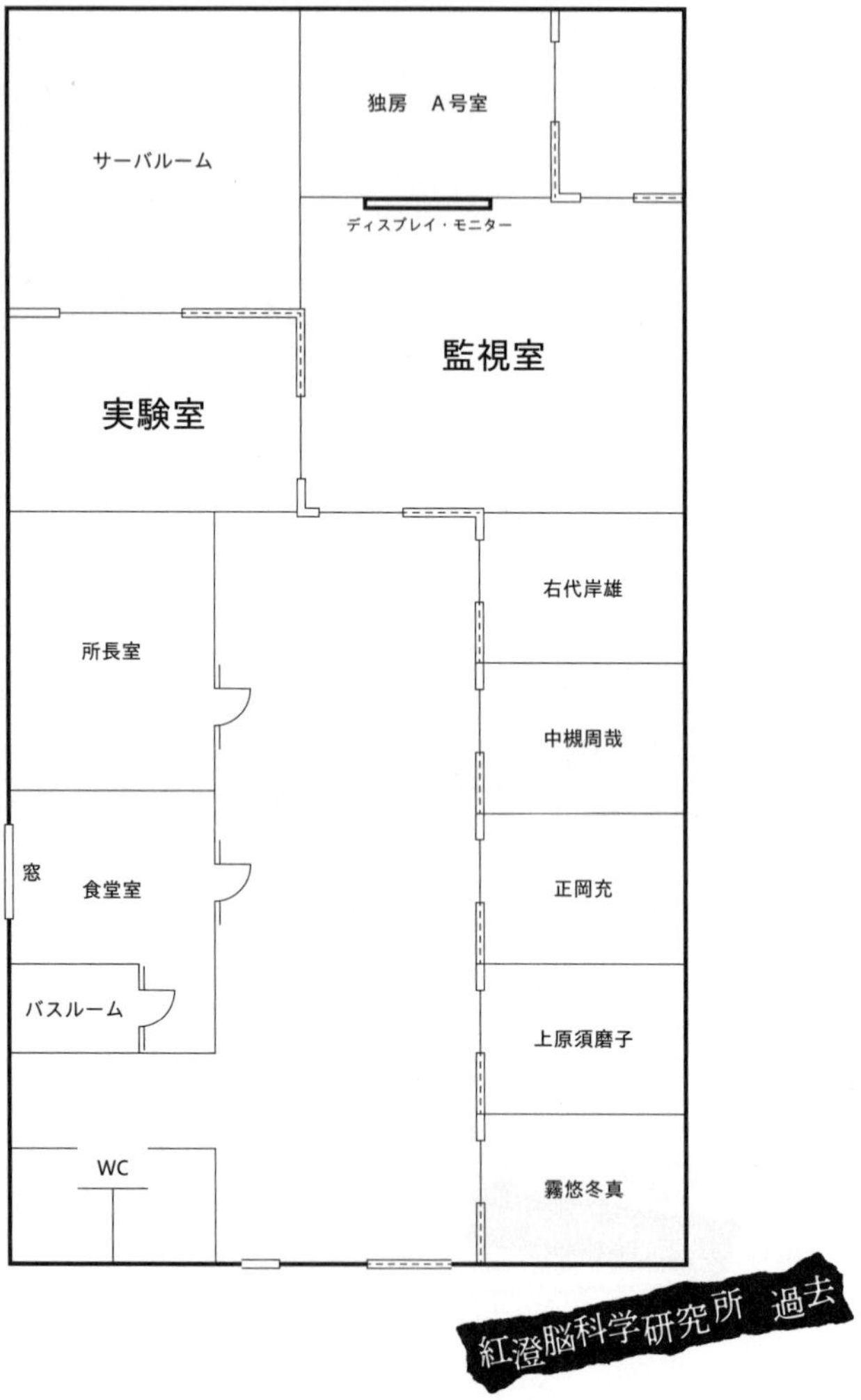
独房　A号室
サーバルーム
ディスプレイ・モニター
監視室
実験室
右代岸雄
所長室
中槻周哉
窓
食堂室
正岡充
バスルーム
上原須磨子
WC
霧悠冬真
紅澄脳科学研究所　過去

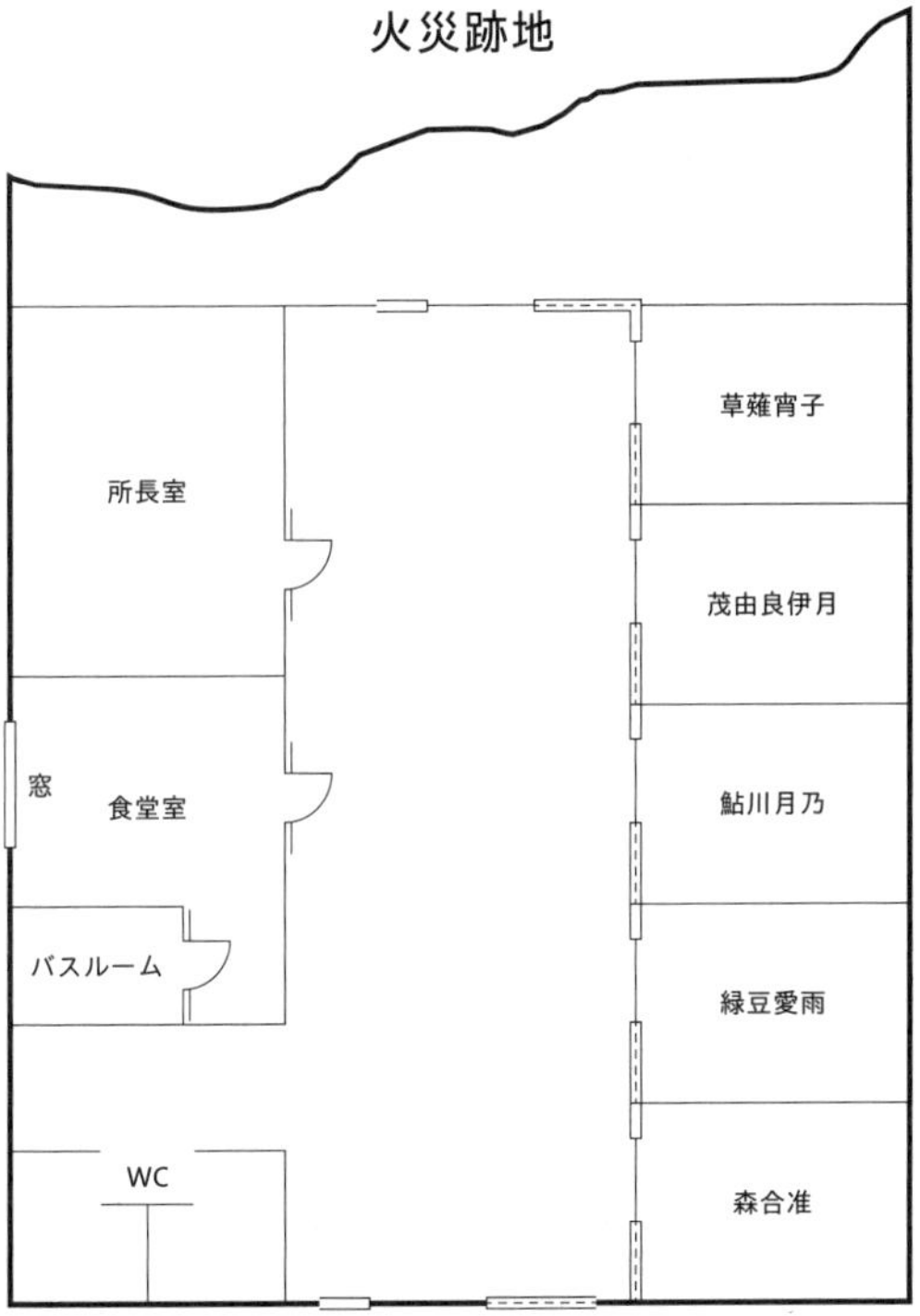

紅澄脳科学研究所　現在

登場人物

過去

・霧悠冬真（きりゆう　とうま）……………… 正体不明の名探偵。
通称『存在しないはずの一人（ファントム・アルファ）』。
・汀崎仁志（みぎわざき　ひとし）…………… 九六人を殺害した連続密室殺人鬼『０（オー）』。
・紅澄千代（くずみ　ちよ）…………………… 紅澄脳科学研究所の所長。冬真の古い友人。
・中槻周哉（なかつき　しゅうや）…………… 紅澄脳科学研究所の所員。
・正岡充（まさおか　みつる）………………… 紅澄脳科学研究所の所員。
・上原須磨子（うえはら　すまこ）…………… 紅澄脳科学研究所の所員。
・右代岸雄（うしろ　きしお）………………… 紅澄脳科学研究所の所員。
・紅澄絵緒良（くずみ　えおら）……………… 千代の姪。交通事故により昏睡状態。

現在

・茂由良伊月（もゆら　いつき）……………… ミステリ研究会所属の大学三回生。
・鮎川月乃（あゆかわ　つきの）……………… ミステリ研究会所属で作家志望の大学三回生。
・草薙宵子（くさなぎ　よいこ）……………… ミステリ研究会の部長。医学部六回生。
・森合准（もりあい　じゅん）………………… 大学三回生。伊月の親友。
・緑豆愛雨（ろくず　あいめ）………………… ミステリ研究会所属の大学一回生。伊月の後輩。
・赤上史郎（あかがみ　しろう）……………… 亜魂島の新オーナー。

用語解説

・ＦＩＣＴＩＯＮＳ－Ｔｅｃｈ（フィクションズ・テック）
非陳述記憶伝達技術。人間の頭脳から記憶を取り出し、映像化する技術。
・Ｐａｎｄｏｒａ－Ｂｒａｉｎ（パンドラブレイン）
非陳述獲得形質高次移植技術。
人間の頭脳から取り出した記憶を別の人間の頭脳に移植し、人格を上書きする技術。

【序章〈伊　月〉】

現在の密室の物語

間違いなく、生きていると思った。

今まで霞《かすみ》がかっていた世界の輪郭が、ようやくはっきりと見えるようになった気がした。

自分の呼吸音や心臓の音すらもが、目の前の空間に形を伴って浮遊しているように思える。

僕という存在がようやくこの世界に描画されたという、半ば覚醒とも言えるような奇妙な感覚だった。

おかしい、と自分でも思う。

こんな光景を見て、そんな真逆の感覚を覚えるなんて。

目の前にあるのは、目を背けたくなるほどに凄惨な光景なのに。

小さな会議室くらいの、何も無い白亜の部屋である。

部屋の正面には長方形の箱のようなデスクが置かれており、その側面を赤黒い液体が伝い落ちていた。

デスクの上には男性の頭部が載っている。

その顔は瞼《まぶた》が閉じられ、まるで眠っているかのように穏やかな表情だ。

デスクの手前には血溜まりがあり、頭部の無い人間の身体がその中に横たわっている。

大の字になって放り出された身体は、まるで途中で糸を断ち切られた操り人形のように、奇妙なほどに現実感が無かった。

「密室殺人だ」

と、僕は思わず口走っていた。自分で言いながら、妙に馬鹿馬鹿しい台詞のように感じた。まるで英語の教科書の挿絵で、少年がリンゴの実存を確認しているみたいに。

しかし、先ほど開けた扉には鍵が掛かっていたし、鍵も我々の手元にある一本しか存在しなかった。おまけに三方の壁には窓すらなく、天井と床にも抜け穴のようなものは一切無い。しかも、ここは絶海に浮かぶ無人島の建物だ。

その状況下で存在する、首を切断された死体。

それはどう考えても、どれだけ考えても、出来すぎなくらいの密室殺人だった。

僕を含めた五人は、声を出すことも出来ずに入り口に立ち尽くしていた。誰も悲鳴すら上げない。自分が声を出していいものなのか、周囲を覗《うかが》っているようにすら見える。

「みんな、現場には、入るな」

と、先輩が口火を切った。いつもの凛々《りり》しい口調とは打って変わって、その声は少し震えている。

「私が、検証する」

医学部の六回生である彼女は、ポケットからゴム手袋を取り出して、恐る恐る遺体へ近づいていく。

「どうして……」

と、僕の隣で黒髪の女性が呟《つぶや》く。その顔は蒼白で、瞳《ひとみ》には涙が溜まっていた。

「草薙《くさなぎ》さん」と、銀色に髪を染めた青年が真剣な声で呼びかける。「僕たちの死角、そのデスクの裏に注意してください」

「……ああ、誰もいないみたいだ」

生首の置かれたデスクの裏手に回り込み、先輩が強《こわ》ばった声で告げる。

「やっぱり、殺されているのは案内役の赤上《あかがみ》さんだ。島に先行して待ってるって言ってたのに、どうして……」

先輩が遺体の頭部を確認しながら顔を歪《ゆが》める。

つまり、と僕の思考が呟く。

この時点で、完全に密室殺人が確定した。出入り口が一つしか無い部屋で、他に身を隠せそうな場所も無く、一つしか存在しないディンプルキーは我々の手元にあり、首を切断された遺体が存在している。これを成し得る方法は何か。合鍵の存在は、或《あ》いはこの条件で自殺を成し得るギミックは……。

まるで岩が坂を転がっていくかのように、思考がドライヴしていく。

その最中、僕の手を握る存在があった。顔を向けると、栗色のツインテールの女性が、真剣な表情で僕を見上げていた。

「先輩、大丈夫ですか？」

「え」

「目つきが怖いです」

反射的に僕は自分の顔に手を触れていた。まるで、自分の仮面がそこにあることを確認するみたいに。

「……ああ、大丈夫。少し、気が動転しているだけ」

「まさか」と、後輩は遺体の方を見やりながら言う。「『O《オー》』の仕業でしょうか」

「でも」と黒髪の女性が怖々と言う。「死んだ筈《はず》でしょう、その殺人鬼は？」

「そうだ」と先輩も頷《うなず》く。「密室殺人鬼Oと呼称された人物、汀崎仁志《みぎわざきひとし》はこの研究所で遺体となって発見されている。それは警察の記録にも残っている」

「――だが、Oの遺体は焼死体だった」

と、僕の口からそんな言葉が漏れた。

一同の視線を浴びながら、僕の頭の中では様々な情報たちが互いに連結を始めていた。僕を突如として襲った覚醒のような感覚は、まるで急かすように僕の頭蓋の内側を強い力で叩き始めている。

故に、脅されるように僕は考え込む。

連続密室殺人鬼、Oについて。

それを捕まえたという現在行方不明の名探偵、霧悠冬真《きりゆうとうま》について。

そして三年前にこの亜魂島《あこんとう》の研究所で起きた火災と殺人事件について。

かつて何が起きたのか、そして今、何が起ころうとしているのか。

僕の立ち尽くす密室の内側に、数多の謎が途方もなく広がっていた。

【序章〈冬　真〉】

過去の密室の物語

「解いてみろよ、名探偵。これが——0の最後の密室だ」

密室殺人鬼0は最後にそう告げて、画面の向こうから霧悠冬真に笑いかけた。

冬真を含む五人は、目の前の六〇インチのディスプレイに映し出されているその犯罪者を見つめていた。誰も動く者はおらず、声を出す者はいなかった。冬真が言葉を返そうとしたとき、それは起きた。

次の瞬間、0の映っていた大型ディスプレイが暗転する。

同時に一同がいる監視室の電灯が突然消え、室内を非常灯の橙色《だいだいいろ》が染め上げた。システム異常を告げるブザーが研究所内に鳴り響く。

「何が起きた！」

背の高い研究員の一人が叫んだ。もう一人の女性研究員は、動転した様子でキーボードを連打している。しかし、一向に画面が戻る気配は無く、悲壮な絶叫が木霊《こだま》する。

「分かりません！　突然、電源が落ちました！」

「バラク！」と、背の低い男性職員が天井のスピーカーマイクに向けて叫ぶ。「どうなっている！」

「予期しないエラーです」

機械音声が場違いなほどに穏やかな声を響かせた。続けざまに、研究員の怒鳴《どな》り声が響く。

「バラク、システムをリセットしろ!」

「その操作は現在制限されています。エマージェンシー・リセットは管理者、もしくは下位権限者全員の……」

「所長!」

その場の三人の視線が、冬真の横に立つ一人の女性に注がれた。所長と呼ばれた女性は頷《うなず》き、すぐさま手近にあったキーボードを叩き、その傍《かたわ》らにあるパネルに手を置いた。電子音に続けて、彼女は叫ぶ。

「バラク、エマージェンシー・リセット!」

「承認されました」

機械音声がそう告げた瞬間、けたたましいブザー音は唐突に断ち切られ、同時に室内は完全な暗闇に包まれた。しかし、一秒も経たない内に電灯が人工的な明かりを降り注がせる。コンピュータの駆動音が響いて、やがて彼女らの目の前のディスプレイも電源が復旧した。

そして、そこに表示された映像に、誰もが言葉を失った。

画面の向こうには、燃え盛る紅蓮《ぐれん》があった。

炎は部屋に佇《たたず》む人物を包み込んでいる。

――正確には、かつて人物として生きていたもの、を。

沈黙を破ったのは、女性研究員の絶叫だった。

「きゃぁっ！」

その身体に、頭部は無かった。

――画面の向こうでは、首の無い身体が、椅子に腰掛けたまま炎に包まれていたのである。床には、その頭部が火の玉となって転がっているのが見える。

それを確認した瞬間、冬真は冷徹に問う。

「中槻《なかつき》さん、これはリアルタイムの映像ですか？」

背の低い研究員が答える。

「はい、先ほどからずっとです！」

「千代《ちよ》！」

と冬真は傍らの女性を振り返る。彼女はすぐさま動いた。

「バラク、A号室のスプリンクラーを起動して！」

「承認されました」

彼女の言葉に続いて、人工知能が場違いなほどに穏やかに返答する。すぐさま、画面の向こうの部屋に雨が降り始めた。それを確認して、冬真は叫ぶ。

「鍵を開けろ！」

「バラク、A号室のロックを解除！」

「承認されました。A号室を解錠します」

ディスプレイの横に備え付けられた自動ドアがガチンという無骨な音を響かせ、スライドして開かれた。その先には五メートルほどの通路があり、突き当たりの左手の壁にもう一つの自動ドアがある。

漂ってくる異臭に、一同は顔を顰《しか》める。正常な生活を送っていれば、まず嗅ぐことのない臭いだ。

「千代と上原《うえはら》さんは此処《ここ》に残って。正岡《まさおか》さん、中槻さん、俺と一緒に来てくれますか」

冬真の言葉に、その場の所員たちは一様に頷く。三人で慎重に通路を進み、開かれたドアの手前で冬真がハンドサインで二人を制止する。通路には、スプリンクラーが水を撒《ま》く雨のような音が響いていた。

冬真は開かれたドアから顔を覗《のぞ》かせ、独房の中を確認する。そこに広がっていたのは、先ほどディスプレイに表示された光景とまったく同じものだった。

五メートル四方ほどの小さな部屋である。備え付けられた設備は、寝台とトイレ、そして壁面に設置された机だけだ。机が面する壁には小さなディスプレイが埋め込まれ、そこには先ほどまで冬真たちのいた監視室の映像が映されていた。画面の中で、女性所員二人がこちらを心配そうに見つめている。

そして、そのディスプレイの真ん前に鎮座しているのは焼け焦げた首の無い身体である。死体はちょうど冬真たちに背を向けるような格好で椅子に座っていた。床に落ちた頭部は燃え尽きた虚《うつ》ろな眼孔《がんこう》で、天井の方を見上げていた。

「中槻さん、スプリンクラーを止められますか？」

冬真は部屋の中から視線を外さずに言う。

「え、あ、はい！　バラク、A号室のスプリンクラーを止めろ！」

再び電子音声が響き、室内の雨が止む。冬真が部屋に足を踏み入れると、水浸しのタイルが水音を響かせる。回り込んで焼死体の正面に立ち、冬真はぐるりと室内を見渡した。

「被害者以外には誰もいません。寝台も足の無いタイプのようですし、身を隠せるような場所はありませんね」

「そんな馬鹿な」と、背の高い所員が言う。「それじゃ、まさか……」

「はい」

冬真は先回りして、その単語を口にする。

「──密室殺人です。しかも、ただの密室殺人じゃない」

「冬真」と、音声が壁面から聞こえる。「君たちがその部屋に入るまで、画面に変化は無い。誰も侵入していないし、誰も出て行っていない」

ディスプレイの向こうから、白衣を着た女性がそう告げる。

「あり得ません！」背の低い方の所員が叫ぶ。「だって、ついさっきまでこの男は画面越しに我々と会話をしていたんですよ！」

「ええ、そうです」

冬真の目が険しく細められる。

「つまり、これは俺の――探偵の監視下で起こされた密室殺人です」

絶海の孤島の研究所。その独房に捕らえられていた囚人、かつて世間を騒がせた密室殺人鬼『O』の殺害事件。そして彼から最後に告げられた、挑戦状のような台詞。しかし、残された首なし死体が意味するのは、それが決して自殺ではあり得ないという事実。

「冬真」と、ディスプレイの向こうから白衣の女性が呼ぶ。「いったい何が起こっているの？」

「――手法は解けた」

冬真の何気ない一言は、その場の一同に驚愕《きょうがく》を走らせた。しかし、冬真の表情は晴れない。

「だが、理由が謎だ」

そう言って、冬真は死体のある部屋の中心で世界を見渡す。

探偵の立ち尽くす密室の内側に、数多の謎が息を潜めて隠れていた。

【序章〈ZERO〉】

あなたの青春の物語

だから、僕の青春は盤上だったのだと思う。

そんな風に些《いささ》か詩的な表現からこの物語を語り始めることを、どうか許して欲しい。

結論だけ先に言っておくと、僕、茂由良伊月《もゆらいつき》は最終的にはこの物語の結末で死亡する。

名探偵である霧悠冬真の手にかかり、僕はさながら砂漠に落ちた雨粒の如く、あっさりとこの世界から消え去る運命だ。

だから、せめてほんの少しだけでも——砂漠の砂一粒分だけでも、僕が間違いなくこの世界に生きていたことについての足跡を残させて欲しい。それこそが、僕がこの物語を語る唯一の意味であり、僕の最後の祈りだ。

これから始めるのは、平凡な大学生である僕が友人たちと巻き込まれた、孤島の研究所跡地の殺人事件の話——そして、それから三年前に同じ場所で起きた、私立探偵・霧悠冬真が巻き込まれた殺人事件の話だ。

……いや、正確にはきっと違うのだろう。

結局、この物語の主人公はあくまでも私立探偵の霧悠冬真であり、これは終始一貫して彼と『密室殺人鬼O』の最終決戦の物語だったのだと思う。僕は最後まで、そんな彼らの激突の余波に巻き込まれた名も無き群衆の一人でしかなかった。

だからきっとこれは、茂由良伊月という凡人が語る、霧悠冬真という天才の物語だ。

それ故に此処には矛盾がある。凡人が天才を語るというパラドクス。原理的にそんなことはおよそ不可能だ。それはまるで、猿がスペースシャトルの構造を説明するようなものなのだから。

だからおそらく、僕はこの物語のすべてを語り尽くすことはできないだろう。猿が科学を知らぬように、その矮軀《わいく》が宇宙まで届かぬように、その両脚が月面に到達できぬように。

だが、安心して欲しい。

この物語を語り尽くすのは、僕ではない。


——だから月までは届かずとも、真相には届くだろう。

【破章〈伊　月〉】

現在の大学生の物語

「名探偵ファントム」

と、僕は目に飛び込んできた文字を読み上げる。そして、眉を寄せて率直な感想を口にした。

「なんだか君らしくないネーミングだね」

タブレットに表示された原稿から顔を上げると、彼女は小さく首を傾げた。絹のような黒髪がさらりと揺れ、硝子《ガラス》のように透き通った双眸《そうぼう》が僕を覗き込む。僕はそれを見て少しだけ心臓が高鳴るのを感じた。鮎川月乃《あゆかわつきの》の瞳を見るたび、僕はいつも少し緊張する。

「そう？」

「うん。何ていうか、随分とエンタメに割り切ったように思えるけど」

これまで鮎川の書いたミステリ小説の大半は私小説的な内容で、ミステリ要素もそのほとんどが日常の謎をメインとしたものだった。少なくとも、こんな大仰な名前の探偵が登場したことは無い。

「読まれないと始まらない、って思えるようになったの」

鮎川はどこか達観したような苦笑いと共に語る。

「この前の選考で落ちたときの講評が結構辛辣《しんらつ》でね。『他人に興味を持ってもらえるような努力をしましょう』って書かれてて、それが凄くショックでさ。ああ、やっぱり世界は『私の想うこと』になんて興味が無いんだな、なんて思っちゃったりして」

そんなことはないよ、と否定しようとしたが、その論拠は僕一人の主観に過ぎない。故に、僕は沈黙したまま話を聞いた。

「だから、割り切って『伝える努力』をすることにしたの。わかりやすい登場人物や世界観を用意して、その中で『私の想うこと』を伝えるようにって」

そこで鮎川は少し気恥ずかしそうに微笑《ほほえ》んだ。

「……ちょっと生意気かな」

「そんなことはないよ」今度は口に出して言うことができた。「そんなことない」

学食の屋外テラスにはたくさんの学生たちがひしめき合っていた。九月の陽だまりの中では、誰も彼もが過剰なほどに幸せそうに見える。目の前に鮎川が座っていてくれなければ、僕はあまりの居心地の悪さに逃げ出していただろう。

「それでできたのが」と僕は言う。「名探偵ファントム」

「そう、ファントム。誰も見たことがない『幻影の名探偵』」

「モチーフはやっぱりガストン・ルルー？」

「ううん、実在のモデルがいるの」

「実在？」

「私立探偵の霧悠冬真。知らない？」

「きりゆう、とうま」

記憶の片隅に辛うじて引っかかるものはあった。僕のそんな反応に、鮎川は驚いたように目を丸くした。

「伊月くん、それでもミス研？　ほら、一時期話題になったじゃない。例の連続殺人犯を捕まえた名探偵だよ。三年くらい前の話でさ」

「ああ、『O《オー》事件』か」と僕は手をぽんと叩いた。「思い出した。そういや随分前に酔っ払った宵子《よいこ》先輩に熱弁されたことがあるよ。三時間も」

かつてこの国を震撼させた、無差別の連続密室殺人事件、通称『O事件』。

それは一〇年以上に渡って日本国内で続き、百人近くの犠牲者を出したとされる、今や一種の伝説として語られている事件だ。犯人が必ず現場に『O』というアルファベットを残したことから、それが犯人の名前を示す俗称として使われた、とされている。

僕は曖昧《あいまい》に首を横に振る。

「でも、あれってさ、報道では一連の事件の関係性については明言はされていないし、犯人が捕まったっていうのもネットの噂じゃなかったかな。たしかその探偵だって、誰も姿を見たことが無いんだろう」

「伊月くんってリアリストだよね」と鮎川が苦笑する。「でもその話、宵子さんの前でしちゃ駄目だよ。あの人、本当にあの事件に心酔しているんだから」

僕は口を真一文字に結んだ。確かに今の発言が彼女の耳に入ったら、僕は殊更《ことさら》に熱心な説教をくらいそうだ。今度は三時間では収まらないかもしれない。僕のそんな懸念を表情から読み取ったのか、鮎川は悪戯《いたずら》っぽく目を細めながら言う。

「今度は一晩中、熱弁されるかもね」

「そんな夜はシャンプーハットみたいなものだな」

僕のそんな切り返しに鮎川は表情を明るくし、人差し指を立てた。だが、すぐに言葉が出てこないようで、途端に眉間《みけん》に皺《しわ》が寄る。そして自信が無さそうに言う。

「……『封印再度』?」

「残念、『詩的私的ジャック』だよ」

ああ、そっか、と鮎川は子供のように可笑《おか》しそうにくすくすと笑った。

話の元ネタは、僕と鮎川が好きなミステリのシリーズからである。「意味がないのが高級」という理念に基づく『意味なしジョーク』。たまに会話に織り交ぜては、お互いに出典元のタイトルを言い当てるのが僕たちの間のお約束だった。時折、出典の無いオリジナルを織り交ぜることもある。

「いずれにせよ」と僕は話を戻す。「『名探偵ファントム』はキャッチーで悪くないんじゃないかな。それこそ、宵子先輩なんかは熱狂しそうだし」

「良かった。実は今回のは密室トリックも自信があるの」

「それは楽しみだ」

「最後まで読んだら、また感想を聞かせてくれる?」

「もちろん」

僕が頷くと、鮎川は嬉しそうににっこりと微笑んだ。僕の心臓が一際大きく鼓動を響かせ、僕は眼鏡《めがね》の位置を直すふりをして目を逸らした。自分の顔の紅気《こうき》が悟られそうな気がした。

僕は鮎川の原稿データが入ったタブレットを鞄《かばん》にしまう。彼女はそんな僕を無言でじっと見つめていた。本当はもっと何かを話したがっているようにも見えた。それは僕も同じだったが、これ以上、何を話せばいいのか見当もつかなかった。いつだって、ミステリ小説以外の話題を、僕らはお互いに見つけることができない。

本当は分かっている。話したいことがあるわけではない。ただ、たぶん、きっと、もう少し一緒に居たいだけなのだろう。僕も、彼女も。

しかし、僕の口から出てきたのは本心から遠く離れた言葉だった。

「それじゃ、また」

「あ、うん。また」

普段の倍以上の重力を感じながら立ち上がろうとしたとき、僕らを呼び止める声があった。

「おうおう、いっちゃんに月乃」

学食の入り口の方から、背の高い女性が手を振りながらやってきた。傍目で目立つ真っ赤なライダースジャケットを着て、茶色に染めた髪をまるで野武士のように頭頂部で一括《くく》りにしている。そんな無骨な格好もモデル並みのスタイルを持つ彼女がすると妙に似合ってしまうのだから不思議だ。

「ちょうど良かった。連絡しようと思ってＬＩＮＥのスタンプを新調したところだ」

そう言って我らがミス研の部長、草薙宵子先輩は断りも無く鮎川の隣に着席する。

「……宵子先輩、なんだかテンション高くないですか」

僕が少し気後れしながら言うと、彼女はにやりと笑ってみせた。

「おう、今の私は普段より三割増しで体温が高いぜ。かなり興奮してる」

宵子先輩は目の前にあった飲みかけの缶コーヒーを手に取ると、まるで今まで砂漠を歩いてきたばかりと言わんばかりの勢いで飲み干した。ちなみに、それは僕の缶コーヒーである。空っぽの缶をテーブルに置いて、宵子先輩は顔を顰めてみせた。

「今はブラックが飲みたかったな」

「そうですか、僕はその缶コーヒーが飲みたかったです」

平坦な声で言う僕を無視して、彼女は語り始めた。

「ミス研会員である諸君にビッグニュースだ。傾聴《けいちょう》したまえ。亜魂島を見学できることになったぞ」

首を傾げる僕の横で、鮎川が驚きの声を上げる。

「え、あの亜魂島ですか？」

「その通り。もちろん、例の研究所跡地も見学できるよ。今まであの島自体が競売に掛けられていたんだけど、つい先日、購入者が現れてさ。ラッキーだったね。私のツテを使ってその人物と交渉してみたんだ」

宵子先輩は得意げに胸を張った。

草薙宵子という人物を一言で言うならば、極めてフィクショナルな人物だ。医学部に通う六回生で、容姿端麗、成績優秀。重度のミステリ・オタクで、性格は破天荒だが義理人情に厚い。そんなキャラクター性だけでも主人公気質だが、最も特異なのはそのバックボーンだ。

――村雲《むらくも》家という一族がいる。

ムラクモ・コンツェルンと呼ばれる独占的企業集団の支配者たちであり、この国の経済界の怪物の家系。もしこの国に政治資金規正法という法律が無ければ、この国の舵は実質的にこの一族が握っていただろう。

草薙宵子はそのムラクモ・コンツェルンの一角、クサナギ製薬の社長令嬢である。つまり、草薙宵子はその村雲家の血脈に名を連ねる一人ということになる。

初めて彼女にキャンパスで声を掛けられたとき、僕は当然、そんな彼女の氏素性などは一切知らなかった。しかし、その一方で、彼女の持つ雰囲気に強烈に関心が引き寄せられたことを覚えている。おそらく、彼女には生まれながらにして持つカリスマがあるのだろう。事実、彼女の交友関係は一介の女子大生とは思えぬほどに広大だ。いつぞや、宵子先輩から「今のアメリカの大統領と食事をしたことがある」と聞いたことがある。写真を見せられたわけでもないので真偽のほどは定かでは無いが、僕個人としてはおそらく本当の話だろうと思っている。

いずれにせよ、彼女を探偵役に据えれば、それなりにユーモラスなミステリ小説が書けることだろう。

「新しいオーナーの赤上さんもミステリ好きらしくてね」宵子先輩はまるで子供のように目を輝かせながら言う。「逢いに行ったときも、交渉そっちのけで思わず話が盛り上がっちゃったよ」

「あの」と僕は水を差す。「亜魂島、でしたっけ。何なんですか、それ？」

「前に話しただろ、覚えてないのか」と宵子先輩は非難めいた視線を向ける。「三年前、探偵と殺人鬼の激突があった島だよ」

「ほら、さっき話したＯ事件の」

鮎川が耳打ちするように説明してくれた。

話によると、かつて世間を騒がせた連続殺人事件の犯人、通称『Ｏ』は今から三年前、私立探偵・霧悠冬真の活躍によって警察に逮捕されたらしい。その後、その人物は太平洋に浮かぶ亜魂島という孤島に護送され、そこにある紅澄《くずみ》脳科学研究所という施設に幽閉されたのだそうだ。

「前も私が力説してやっただろ、もう忘れたのか」

宵子先輩の不満げな視線を受けて、僕は眉間の皺を深くさせた。

「お酒の席での話なんてほとんど覚えていませんよ。それに今の話、なんか色々と引っかかるところがあるんですけど……」

「何がだよ？」

と、宵子先輩が首を傾げる。

「そもそも例の連続殺人事件、たしか一〇年以上も連続で起きていたんですよね？　それって……」

「一三年だ」と宵子先輩が口を挟む。「事件が起きたのは一三年間、犠牲になったのは合計九六人。しかも、一度殺人が起これば毎回四人が一日おきに連続で殺された。これは米国史上最悪と謂われた殺人鬼、サミュエル・リトルの九三人を凌ぐ前代未聞の連続殺人だよ。そして犯人は九七件目の殺人を犯す直前に逮捕された」

「ではその九六回の事件、本当にすべて同一犯だったんですか？　それに、どうしてその犯人は逮捕された後に孤島の研究所なんかに幽閉されたんです？　普通は刑務所とかでしょう？」

「良い質問だな」と宵子先輩は楽しそうに指を一本立てる。「答えはひとつ、まさにその一連の事件の真相を証明するために、だ」

宵子先輩の回答は、僕の頭上に疑問符を追加しただけだった。

「いいかい、いっちゃん。０事件の大きな特徴は、九六件の殺人事件の現場がいずれも完璧な密室だったということなんだ」

「完璧な密室、ですか？」

「ああ。だからこそ警察の捜査は難航し、一三年に渡って犯人を捕らえることができなかった。現場に何も決定的な証拠が見つからなかったというのもある。犯人の汀崎仁志が捕らえられたのは九七件目の事件の直前、つまり、逮捕時の奴の罪状は殺人ではなく殺人未遂だったんだ。それまでの九六件の事件に関して、汀崎が真犯人であるという確たる証拠は一切見つかっていない。未だに、だ」

宵子先輩のそんな説明を聞きながらも、僕は未だに要領を摑《つか》めなかった。

「つまり、事件の真相は犯人の記憶の中にしか無いってことさ。だからこそ、そこに脳科学の最先端である紅澄脳科学研究所が登場するんだ」

「あのね、伊月くん。ここから先はあくまで噂なんだけど……」と鮎川が補足する。「その研究所ではね、人間の記憶を可視化する研究がされていたんだって」

「記憶を可視化？」僕はさらに眉間の皺を深くさせる。「それってつまり、人の頭の中を覗き込むってこと？」

「私も専門分野じゃないから、原理とかは詳しく知らないんだけど……」

「――個人の記憶からデータを抜き出してそれを再描画する、というのは現実的に可能だ。今やそれは理論だけの話じゃなくなっている」

鮎川の視線を受けて、宵子先輩が真剣な口調で言った。

「なんだか、急にSFめいてきましたね」

かつてそんな映画を見たことがあったような気がしたが、それがどんなストーリーだったのか、僕にはまったく思い出せなかった。

「真面目な話、今やそれはフィクションなんかじゃない」と宵子先輩は真剣な声色で言う。「九〇年代にｆＭＲＩが登場してから、人間の脳に関する研究は急速に発展した。そこに加えてＡＩの急激な進歩だ。今まで謎に包まれていた大脳皮質の処理パターンは既に解析され、デジタル化され、人の記憶のブラックボックスは今や解明されつつある」

饒舌《じょうぜつ》に語る宵子先輩を見て、そういえばこの人は医学生だったな、と僕は今更ながらに見直した。

「第一、そこで行われていたのは世界的にも超最新鋭の研究だったそうだ。紅澄脳科学研究所――国内では珍しい個人研究所でありながら、その背後には謎の国際組織が付いていて、多大な資金が注入されてたって噂だ」

「また噂ですか」と僕は呆れながら言う。「いずれにせよ、理解しました。その犯人の頭の中から過去の犯罪の記憶を抜き出すこと。それが目的だったと」

「それもあくまで噂、だけどね」

鮎川が確信が無さそうに曖昧に苦笑する。彼女自身も半信半疑なのだろう。

「何だよ、盛り上がらないな」と宵子先輩が口を尖らせる。「これって実は我々にとっては大いなる危機でもあるんだぜ。人間の脳を覗き込んで犯罪の記憶を証拠とする、なんて技術が流通したら、現代ミステリは成立しなくなる。難事件なんて無くなるし、名探偵だって用済みになるんだぞ、ヤバいだろ」

「未解決事件が無くなるのは良いことじゃないですか」

僕の指摘に、宵子先輩は不服そうに押し黙った。

「でも」と、そこで鮎川が助け船のように口を開く。「その島で起きた事件については、その技術をもってしても今のところ解明は無理ですよね」

「そうそう、月乃の言う通り」と宵子先輩の瞳に生気が戻る。「容疑者が居れば確かに記憶の調査はできるかもしれない。だが、三年前の事件についてはまさに『そして誰もいなくなった』だ」

まるでここから先が話の本番だと言わんばかりに、宵子先輩の口元が不敵に歪む。

「あの、亜魂島連続殺人事件はな」

——今から三年前、亜魂島にある紅澄脳科学研究所は半焼する火災に見舞われた。文字通り、建物の半分が焼け消え、焼け跡から四人の焼死体が発見されたという。そして、そのうちの一体は頭部を切断された状態だった。

「当時、島に居たのは全員で六人と言われている」と宵子先輩が真剣な声で言う。「殺人鬼Oとされる男と、研究所の職員が四名。そして私立探偵の霧悠冬真だ」

「ちょっと待ってください」と僕は思わず再び質問を挟んだ。「その私立探偵の姿は誰も見たことがないんですよね？　どうしてそれが霧悠冬真だと分かったんですか？」

「だから『言われている』だよ」相変わらず、宵子先輩の自信有り気な表情は崩れない。

「事件の直前に地元の漁船が客を一人、亜魂島に送り届けたそうだ。その漁船はよく研究所の職員を本土に送迎していたそうだが、そいつはそれまで見たことの無い人物だったそうだよ」

「それがその霧悠冬真だという確証は？」

「無い。それについては消去法だ」と宵子先輩は指を三本立てる。「一つ、研究所に入れるのは職員か事件の警察関係者だけだ。二つ、警察関係者がその日に島に渡った記録は無い。三つ、霧悠冬真は殺人鬼Oを捕まえた張本人であり超弩級の関係者と言える」

どことなく釈然とはしなかったが、ひとまず僕は溜飲を下げるよう努める。次の疑問だ。

「……四名の被害者の身元は？」

「研究所の職員三名と殺人鬼O、とされているよ。頭部を切断されていたのがOだ。職員一名と霧悠冬真だけが行方不明になっている」

「焼死体の入れ替えの可能性は？」

矢継ぎ早の僕の質問に、宵子先輩が嬉しそうに微笑む。

「いいね。エンジンかかってきたじゃないか、いっちゃん」

僕は思わず苦い顔を浮かべる。鮎川の前ではなかなか言葉が見つからない時があるというのに、宵子先輩のミステリ談義に巻き込まれると、どうも僕は饒舌になる傾向がある。鮎川の前では、それが何故か少しだけ後ろめたかった。

「歯形とＤＮＡ鑑定の結果、いずれの遺体も本人のものだと判定されている。データすり替えの可能性もまったく無いとは言い切れないが、島の外にあったデータが書き換えられる可能性は現実的に考えにくい。そこから導き出せる推理は？」

疑問符を投げつけられ、僕は反射的に独り言のように漏らした。

「犯人は行方不明の研究所員か、或いは……」

「そうだ。そこがまさにこの話の肝であり、最大のミステリだ」と、宵子先輩は不敵に笑ってパチンと指を鳴らしてみせた。「つまり私立探偵、霧悠冬真が犯人である可能性もある。意外な展開だが、本格ミステリならあり得る展開だね」

「だとしたら動機は何です？」と僕はすぐさま問い返す。「殺人鬼Oを捕まえたのは霧悠冬真だったんでしょう？　もしOの殺害が目的なら、わざわざ孤島の研究所なんか選ばなくてもできたはずですし、彼がその他の職員を殺害する動機も無いはずです」

「無い、ではない。正しくは、まだ見つかっていない、だよ」

宵子先輩の指摘に、僕は一瞬口を噤《つぐ》んだ。

その通りだった。しかし、僕は納得しない。

「……でも、先輩の考えはそうじゃない」と僕は反論する。「そうでしょう？」

「へぇ、知った風な口を利くね、いっちゃん。まるで私の恋人みたいじゃないか」

「やめてください、縁起でも無い」

「失礼だな、おい」

宵子先輩は不機嫌そうに言った後で、可笑しそうに破顔した。しかし、僕は笑い飛ばせなかった。僕が一瞬、鮎川の方に視線を向けると、同じくこちらを見ていた視線にぶつかった。思わず目を逸らし、間髪入れずに口を開く。

「探偵を神聖視している宵子先輩が、そんな筋書きを許す筈が無いです。それくらい、普段の先輩を見ていれば分かります」

「まぁ、実際その通りだ」と彼女はすんなりと頷いた。「私も本音は探偵犯人説に否定的だよ」

草薙宵子は特に探偵が活躍して事件を解決するミステリを好み、名探偵という存在に対して尋常ならざる憧憬《しょうけい》を抱いている。彼女が医学部に入った理由も、その方面の知識があればクローズド・サークルの事件に巻き込まれたときに検死ができるから、というものだった。酒を飲みながら冗談めかして宣《のたま》っていたが、そのときの彼女の目は本気だった。

宵子先輩は背もたれに身を預け、空を見上げながら言う。

「霧悠冬真は真犯人を追う為に姿を晦《くら》ませている、というのが私の推理……いや、願望だな、これは」

「亜魂島というのは」と僕は訊ねる。「島から泳いで本土に渡ることは可能なんですか？」

「まず不可能だろう。本土からの距離は二〇キロ、船で一〇分はかかる。ただ、例えば島内に船が隠されていたりすれば話は別だろうね」

「では逆説的に、その日は外部から船で誰かがやってくることも可能だった、ということになりませんか？」

「おっと、大事なことを言うのを忘れていた」と宵子先輩は手をぽんと叩いた。「あまりにもオーソドックスすぎて共通認識のつもりでいたよ。事件当日、島は嵐の真っ只中だったんだ」

嵐の孤島。僕は思わず小さく笑ってしまった。

「なるほど、興味深いですね」

「そうだろ？　まるで絵に描いたようなクローズド・サークルだ」と宵子先輩の顔が一層明るくなる。「その事件の舞台に初めて足を踏み入れられるんだぜ。わくわくしてこないか」

正直言って、僕自身はそれほど関心が引かれていたわけではない。ただなんとなく、鮎川が好きそうな話題だと思っただけだった。ちらりと目を向けると案の定、鮎川は瞳を輝かせて宵子先輩の話を聞いていた。

「それで」と僕は少しテンションを下げて言う。「そのツアーの定員は何名ですか？」

◇

森合准《もりあいじゅん》と知り合ったときの記憶は、割と曖昧である。確かなことは、そのとき僕らは二〇歳になったばかりで、お互いにひどく酔っ払っていたということだけだ。

目を覚ましたとき、僕は何故か廃車になった青い車のボンネットの上に金属バットを大事そうに抱きながら横たわっていた。八月の朝の光が僕の全身に容赦なく降り注ぎ、僕の全身は汗だくだった。身を起こすと酷く頭が痛み、身体の節々が軋《きし》む。まるでスクラップになったロボットの身体に、無理矢理に魂《たましい》を入れられたような気分だった。

辺りを見渡すと、そこはだだっ広い駐車場のような場所だった。しかし、アスファルトは所々がひび割れ、その隙間から雑草が生い茂っている。ちょうど僕の背後には錆びたトタン壁の大きな建物が聳《そび》え立っていた。放棄された工場、といったところだろう。その敷地内のあちこちに、僕と同じ学生らしき男たちが七人ほど、寝転がっていびきを立てていた。実に混沌とした光景であった。

「よう」

いつの間にか車の横には、サイケデリックな銀色に髪を染めた青年が佇んでいた。

「飲みなよ、さっきそこの自販機で買ってきたんだ」

そう言って、彼は水滴の付いたミネラルウォーターのボトルを差し出した。喉がカラカラに渇いていたので、僕はボトルを受け取るとほとんど一息で飲み干してしまった。涙が出るほどに美味《うま》い水だった。

「お互いに災難だったな」

と、彼は笑った。曰く、彼は大学の先輩たちと街で飲んでいたときに『巻き込まれた』ということだった。彼は僕と同じ大学の経済学部の学生で、僕と同学年であるらしい。僕は疼痛《とうつう》を訴える頭の奥底から、記憶を引っ張り出そうとしてみる。そこで、昨日が僕の誕生日だったことを思い出した。

二〇歳になった記念ということで、僕は昨夜、宵子先輩に呑みに連れ回されたのだった。店から店へと渡り歩く中で、宵子先輩はまるでハーメルンの笛吹のように人を集めていった。やがて人数が一八人を超えたあたりで、誰かが「この人数なら野球ができるな」と呟いたのがきっかけだったと思う。そこから先は酒の勢いに任せて、全員でこの廃工場の駐車場になだれ込んだ。

「結局、野球ボールもグローブも手に入らなくて、たまたま落ちてたバレーボールを使ってサッカー野球をすることになった。そこまでは覚えてる？」

「なんとか」と僕は目頭を押さえながら答える。「でも、そこから先の記憶がない」

「大丈夫、たぶんその記憶は誰も持ってないよ」

彼はシニカルな笑いと共に、辺りに転がっている大学生たちを指さした。あちこちには缶ビールやチューハイの空き缶まで転がっていた。死屍累々、という単語が頭に浮かんだ。

「とにかく」と彼は言う。「かなり愉快な夜だったのは間違いない」

「……宵子先輩は？」

「あの女大将のことか？　途中で何人か連れて繁華街に向かったところは目撃したよ。飲み直しだ、とか騒ぎながら」

「化け物かよ」

そのときの様子を思い出したのか、青年はくすくすと笑っていた。

「あの人、面白い人だな」

「同感だね」

「俺は森合准だ。准でいいよ」

「僕は茂由良伊月。伊月でいい」

「なぁ、伊月。珈琲《コーヒー》が飲みたくないか。目が覚めるくらいに濃いやつ」

「同感だね」

そんな風にして僕と准は出逢った。

◆

「それ、俺も参加できるよう草薙さんに頼んでくれないか、伊月」

僕が昼間に宵子先輩と話した内容を教えると、准はそんなことを申し出てきた。

「本気かよ？」と僕は目を瞬《まばた》いた。「准、そういうの興味あったっけ？」

時刻は夜の九時を回っていた。僕と准は大学の側にある二四時間営業の牛丼チェーンで、カウンターに隣り合って牛丼を食べていた。僕は大学のゼミの帰り、准は今からバーのアルバイトである。僕たちはお互いの空き時間が重なると、よくこうして夕食を一緒に取っていた。

「ミステリは俺の血肉だよ」

投げやりな口調で言って、准は牛丼を口に掻《か》き込んだ。

「ミス研でもないくせに、また適当なことを」

僕は呆れながら言って、同じく牛丼を掻き込んだ。

「確かに俺はミス研じゃない」と准は空になった丼を置いて言う。「でも、草薙さんとは何度も呑んでるだろ、おまえと一緒にさ。今更知らない仲でも無いじゃん」

僕も箸《はし》を置き、しばらく准の真剣な目を見つめた後で、溜め息を漏らした。

「……宵子先輩のどこがいいんだ？」

「顔とスタイル、あとはあのアバンギャルドな性格かな」

「要するに、ほとんど全部ってことか」

「ほら、俺の動機は分かりやすいくらいにはっきりしてるだろ。今年の夏はバイトが忙しすぎて何処にも行けなかったんだ。無人島のビーチで一夏の想い出を創るくらい、許されても良いと思わないか」

「もう九月だし、夏なんてとっくに終わってると思うけどな。それに、僕たちが行くのはビーチじゃなくて半焼した研究所跡地だぜ」

僕は再び溜め息をついた。叶わぬ恋、という単語が脳裏を過《よぎ》る。

正直に言って、あの草薙宵子が誰か特定の人物と恋愛関係に発展することが僕にはまったく想像できない。それこそ、相手が名探偵でも無い限りは。

「それで、おまえの動機は？」と彼は箸の先を僕に向ける。「伊月だって、別にそこまで亜魂島の事件に熱心なわけじゃないんだろ。例の連続殺人鬼とか名探偵にだってかなり懐疑的だったじゃないか」

そこを突かれると、僕としても返答に困る。まさか鮎川月乃が行くから、と答えるわけにもいかない。と、自分の思考を辿ったところで、三度目の溜め息をつくことになった。

結局、僕も彼も同じ穴の狢だ。

「わかった、ちょっと宵子先輩に訊いてみるよ」

僕はスマホを取り出して、ＬＩＮＥのミス研のトークルームに准の参加についての打診を書き込んだ。すぐに既読がつき、返信が来る。三秒も時間がかからなかった。

「いいよ、だってさ」

「随分と早いな」

「あの人、ＬＩＮＥの返信はいつもめちゃくちゃ早いんだよ」

准もスマホを取り出し、ＬＩＮＥの画面を開いた。

「俺もお礼を言っておかないとな。参加を認めてくれてありがとうございます、と」

どうやら宵子先輩とＩＤの交換はしているらしい。メッセージの送信ボタンを押した後、准は三〇秒ほど画面を見つめていたが、やがて顔を上げた。

「……なぁ、既読つかないぜ。返信は早いんじゃなかったのか？」

「たぶん、ミス研に入れば速度が上がるよ」

「プロバイダの営業かよ」と准は項垂《うなだ》れた。「ところで、参加者何人なんだ？」

「今のところ、准と僕を入れて五人だ」

「五人？　草薙さんと、あと二人は誰だ？　俺も会ったことある人？」

「鮎川月乃と緑豆《ろくず》愛雨《あいめ》。鮎川は一度会ったことあるよ。ほら、夏に宵子先輩と一緒にバーベキューしたことあったろ」

「ああ、鮎川さんってあの子か。緑色のワンピースを着てた。あれ、青色だっけ」

どうやら興味の無い人物の記憶はあまり残らないらしい。それに僕は少しだけ安堵する。控えめに言っても森合准は僕なんかよりもずっと整った顔立ちをしているからだ。ちなみに、その日に鮎川が着ていたのは紺色のワンピースである。

「あと、誰だって？　ろくず、あい……？　随分と珍しい名前だな」

「緑の豆と、愛に雨って書いて『ろくずあいめ』。今年の新入生」

と、僕はそんな匿名的な情報だけを告げる。

「愛雨ちゃんね。どこかで会ったことあるかな。写真とか無いのか」

「無い」

と僕は即答する。そんな僕の反応に准は目を瞬いていた。が、やがてにやりと不敵な笑みを口元に浮かべる。

「……なるほどね」

「何がだよ」

「それがおまえの動機ってやつか」

知った風な口を利《き》く准に、僕は思わず舌打ちを漏らす。それは誤解だったが、訂正するための理屈が僕には思いつかなかった。

「その愛雨ちゃんって子は、伊月にとっては大切な存在なわけだ」

准の言葉に、僕は無言を貫いた。

それは弁解が見つからなかったからではない。

事実だったからだ。

◇

「好きな名探偵は茂由良伊月先輩です」

半年前のことである。栗色のツインテールを揺らし、小柄な身体で自信満々に胸を張りながら、緑豆愛雨はそんなことを宣った。そのとき、僕は顔面温度が嫌な感じで上昇するのを感じた。もちろん、照れではなく、恥ずかしさからだ。

それは愛雨がミステリ研究会に入会するべく、初めて部室を訪れたときである。名前と出身校を答えた後で、宵子先輩から「一番好きな名探偵は誰か」と訊かれて、彼女はそう答えたのだった。

「何を言っているんだ」

僕が小声で非難すると、彼女はあっけらかんとした笑顔で答えた。

「だって先輩、私が今まで書いた推理小説のトリックも犯人も、解決編を読む前に全部当ててみせてるじゃないですか。充分、尊敬に値します」

それはおまえの作品が、と言いかけて、僕はこめかみを押さえて押し黙った。僕は決して他人の創作物をけなすようなことはしない。それは僕の人生のポリシーでもあった。

そんな僕らの様子を宵子先輩は微笑ましそうに見つめていた。

「愉快な後輩が出来たじゃないか。いや、もともといっちゃんの後輩だったのか」

「はい、今後も一生涯後輩です」

と、愛雨は胸を張って見せた。

彼女は僕と同じ高校の後輩で、同じ中学校の後輩で、同じ小学校の後輩でもある。言うなれば、幼馴染みというやつであった。

「しかし、ロクズってのは珍しい苗字だね」

宵子先輩が入会届に書かれた名前を見ながら言う。愛雨は得意げに頷いていた。

「はい。ロックと呼んでください、みんなそう呼びます」

「嘘つけ」

「ミス研にようこそ、ロック。歓迎するよ」

宵子先輩が言うと、他の会員たちから拍手が上がった。愛雨は心底楽しそうに周囲に愛嬌を振りまいていた。

「うちの活動は主に二種類」と、宵子先輩が言う。「月一の課題図書の意見交換、そして年二回の文集の発刊だ。文集は六月のオープンキャンパスに合わせて一回、一〇月の文化祭に合わせて一回。新入会員にも早速、六月の文集に向けて短編を一作書いてもらう」

「望むところです」

鼻息を荒くして頷く愛雨を見て、僕は溜め息をつく。いつものことながら、こいつの根拠の無い自信こそが最大のミステリである。

「ところで草薙部長！」

と、愛雨が勢い良く手を挙げる。

「何だい、ロック。私のことは気軽に宵子ちゃんでいいぞ」

「わかりました、宵子ちゃん先輩。それじゃ私のことも気軽に愛雨っちとお呼びください」

「ロックじゃないのかよ」

僕の指摘にも構わず、愛雨は質問を投げた。

「この中で一番面白いミステリを書くのは誰ですか？」

その場の全員が一瞬硬直した後、一斉に一箇所に視線を向ける。そこに居たのは鮎川だった。

「彼女かな」と宵子先輩はあっさり答える。「鮎川月乃は、なんと言っても新人賞の最終候補作に残ったこともある我がミス研のホープだからね」

「買い被りすぎですよ、宵子さん」

鮎川は苦笑いを浮かべながら首を横に振る。愛雨はそんな彼女のもとに歩み寄り、やにわにその手を取った。

「私、いつか伊月先輩をぎゃふんと言わせるミステリを書くのが夢なんです」

「え？」

「なので、どうか私に面白いミステリの書き方を教えてください」

真剣な顔でそんなことを言う愛雨を前に、鮎川は目を瞬いていた。僕は愛雨の後襟《うしろえり》を摑んで引き離す。

「鮎川、こいつの言うことは真に受けなくていいからな」

「何するんですか、先輩」

「おまえはちょっと落ち着け。かなり浮いてるぞ」

「浮いてるって、天上人くらい？」

「浮きすぎだろ。というか、なんでポジティブな意味に捉えられるんだよ」

「中学時代にイジメられていたので、その反動ですかね」

「ヘヴィなエピソードを混ぜるな、反応しづらいだろ」

「その分、高校時代を笑って過ごしてやったのでチャラです」

「そりゃ良かったな」

鮎川はそんな僕たちのやり取りを呆気《あっけ》に取られた様子で見つめていた。その視線に気づき、僕は思わず口を噤む。ほとんど無意識に、普段しているように愛雨に接してしまった。呑み込んだ言葉が胸の奥に気まずさを生み落とす。

「伊月くんって、そんな風に話すこともあるんだね」

そう言って鮎川が浮かべた笑みが、僕には少し寂しげに見えた。弁解しようと口を開きかけるも、そのときには既に彼女の視線は愛雨に向けられていた。

「人に物事を教えられるほど大層な人間じゃないけれど」と鮎川は手を握り返す。「私なんかで良ければお手伝いするよ。一緒に面白い小説を書こうね」

にっこりと微笑む鮎川に、愛雨も表情を明るくしてその手を握り返す。

「宜しくお願いします、師匠！」

「師匠はやめて。月乃でいいよ、愛雨ちゃん」

「了解です、月乃先輩！」

向かい合って握手する二人を前に、僕は奇妙に落ち着かない気持ちだった。まるで本来は交わることの無い——いや、交わることを忌避すべき直線が、運悪く交錯してしまったような気がしたのだ。

とにかく、それが鮎川月乃と緑豆愛雨のファーストコンタクトだった。

◆

准と別れ、自分のアパートに帰ると、愛雨はキャミソールにホットパンツという格好で、あぐらを掻きながら顰めっ面を浮かべていた。テーブルの上のノートパソコンを睨《にら》み付けていたので、どうやら原稿中であるらしい。玄関を開ける音や僕の足音にも気づかないあたり、よほど集中しているようだ。

「帰ったよ」

僕の声で、ようやく愛雨は顔を上げた。

「あ、伊月先輩、お帰りなさいです」

「牛丼買ってきたけど」

「うおー、さすが先輩です。神です」

両手を合わせて僕を拝む愛雨に、僕は溜め息をつく。彼女は原稿に集中し始めると寝食すら忘れる傾向にある。今日は午後の授業が無いと聞いていたので、どうせ部屋で夕食も取らずに原稿をしているだろうと思っていたのだ。

「ＬＩＮＥの返事が無かったから、前と同じの買ってきたけど。ほら、チーズ牛丼」

「名推理です。チー牛最高です。さすがチー牛」

何だか馬鹿にされているような気がしたが、おそらくその文脈は僕の邪推《じゃすい》だろう。彼女は単純にチーズ牛丼を賛美しているだけだ。たぶん。

「というか返信くらいしろよ。スマホ見てないのか」

「ふぃあへん、ひゅうつうひてまひた」

愛雨は牛丼を口にたっぷり含みながら答えた。たぶん、「すみません、集中してました」と言っているのだろう。僕は溜め息をつきながら、彼女の横で着替えを始める。愛雨はそんな僕に構わず、心底幸せそうに牛丼を頬張っていた。

僕と愛雨は半年前から同棲している。ちょうど彼女が一八歳になり、養護施設を出てからのことだ。僕はそれまで大学の学生寮に入っていたのだが、愛雨と同棲するためにバイトをして敷金を貯め、この春に此処に引っ越しをした。今は二人のバイト代と奨学金などを駆使しながら家賃を支払っている。

当然、僕らが一緒に暮らしていることは一切誰にも話していない。准も鮎川も、おそらく宵子先輩ですら、未だに僕が学生寮に住んでいると思っているだろう。

この事実を完全に隠匿するため、僕と愛雨は厳格なルールを決めている。一緒に登校はしない、一緒に帰宅はしない、そして一緒に食事を取らない。食事の話はふとした瞬間に無意識にしてしまう可能性があり、そこから関係性を疑われてしまう危険性があるからだ。第三者に二人の関係性を一方的に決めつけられてしまうのは、僕たちの望むところではなかった。

「ふぅ、ごちそうさまでした」

よほど空腹だったのか、愛雨は僕がティーシャツを脱ぎ捨てる頃には牛丼を食べ終わっていた。

「早いな、太るぞ」

「伊月先輩も最近お腹出てきましたよ」

反論されて僕は思わず自分の腹部に手を当てた。

——その指先に、傷痕の凹凸が触れる。

愛雨もその一点を見つめ、少しだけ哀しげに微笑んだ。

「……やっぱり綺麗には消えないですね」

「ああ、仕方ないよ」

僕は何でも無いことのように頷いて、部屋着のスウェットを頭から被って着た。

この傷痕は今から六年前に付けられたものだ。

——僕の両親と愛雨の両親が殺害された、連続通り魔事件のときに。

そのとき僕は一四歳だったが、実は事件当時の記憶は殆ど無い。断片的な画像が脳裏に焼き付いているだけだ。ストレスから来る解離性健忘のようなものだ、と医者は言っていた。だが、一二歳だった愛雨はかなり事細かに記憶しているらしい。彼女曰く、僕が最後まで身を挺して愛雨を守ったのだそうだ。

ふと、背中に愛雨の体温を感じた。彼女はまるで支えを求めるように、僕の背中に抱きついていた。僕も彼女も、お互いに何も言わなかった。

もう、この世界には僕たち二人しか存在しない。

だから、僕たちは離れてはならない。

そんな奇妙なほど強い確信が僕たちを固く繋ぎ止めていた。お互いの魂が癒着してしまっているような、ある種の呪い。それは災厄《さいやく》から自分だけが生き残ってしまった者が感じる罪悪感、サバイバーズギルトに似ているような気がした。

「……今書いてるのはどんな小説なんだ」

僕は背中越しに、普段と変わらぬ口調で訊ねた。愛雨もまた何事も無かったかのように僕から離れ、朗々《ろうろう》と語りだす。

「今度は凄いですよ。なんと特殊設定ミステリです。題して『密室五分前誕生殺人事件』です」

「タイトルは割と面白そうだな」

「誰にも破れない密室の中で他殺体が見つかるんです。どんなトリックを使っても構築できない究極の密室なんです。ふふふ、今度こそ伊月先輩を唸《うな》らせてみせますよぅ」

「……まさか五分前に神様が最初から密室に他殺体があるように世界を作った、とかいうオチじゃないだろうな」

僕の指摘に、愛雨は絶望的な表情で口をあんぐりと開けていた。

「どどど、どうして分かったんですかぁ！」

「バレバレだろ」

「マジすか」

「まぁ、犯人は神、ってのはある意味では画期的かもしれないけどさ。ミステリファンの大ブーイングを喰らいたくなかったらそのアイディアはやめといた方がいいな」

落ち込む愛雨の頭をぽんぽんと叩く頃には、僕たちの間にいつもの空気が戻ってきていた。これでいい。僕たちにシリアスな悲劇は似合わない。僕たちはずっと、こんな馬鹿話をして過ごしていけばいいのだ。

……ずっと？

ふと、視界が灰色に染まったような気がした。僕はずっと愛雨と一緒に生きていくつもりなのだろうか。だとしたら、鮎川月乃に対する僕の感情はいったい何なのだろう？　この感情を、僕はどのように取り扱ったら良いのだろう？

漠然とした不安と混乱が、まるでスポンジに水が染みていくように広がっていく。僕はそれを振り切るように頭を振った。

「あ、そういえば宵子ちゃん先輩からのＬＩＮＥの件なんですけど」

と、そこで愛雨が思い出したように言い出した。

「例の島、伊月先輩も行くんですよね」

「え、ああ」

一瞬、鮎川の顔が頭に浮かび、僕は思わず愛雨から視線を外した。気取られぬように、僕の口から当たり障りの無い会話が押し出される。

「来週の連休に二泊三日の予定だそうだ。早めに準備しとかないとな。そういえば愛雨、おまえ、旅行用の鞄《かばん》は持ってな……」

「――本当に行くの？」

急に真剣な表情で言う愛雨。僕は虚を衝かれ、困惑する。振り返ると、愛雨の目には何故か光が無く、双眸には底の知れない暗闇が宿っていた。

「どういう意味だよ」

「いえいえ」

と、彼女が首を横に振った後には、先ほどの奇妙な雰囲気は霧散していた。その代わり、愛雨の口元には悪戯っぽい笑みが浮かぶ。

「だって孤島に行くって言ったら、船ですよ。たぶん高波が来たら転覆しちゃうくらいの小船ですよ。伊月先輩、カナヅチじゃないですか。小学生の時も松島の遊覧船に乗って泣き叫んでましたし」

「それは何年も前の話だろ」

と、僕も表情を緩めた。

「どうしよっかなぁ、念のために水着持っていこうかなぁ。私、中学時代のスク水しか持ってないんですけど」

「そんなもん、なんでまだ持ってんだよ」

「とにかく楽しみですねー、無人島。うん、やっぱり水着探しとこっと」

愛雨が上機嫌で別室のクローゼットを漁《あさ》りに行くのを眺めながら、僕はやれやれと頭を振った。愛雨といい准といい、僕らが行くのはかつて殺人事件があった島だということを忘れているんじゃないだろうか。

そこで愛雨が部屋のカーテンを開けっぱなしだったことに気づき、僕は溜め息と共に閉めようとする。

――本当に行くの?

そこで愛雨の視線が思い出され、ふと手が止まった。何故かはわからないが、僕の胸の奥を見透かされているような気がした。鮎川月乃の微笑が思い出され、僕はそれから目を逸らすように慌ててカーテンを閉める。

真夜中の部屋には、愛雨の鼻歌だけが響いていた。

◆

出発の日は快晴だったが、西の山の向こうからは既に濃い暗雲が蒼穹への侵略を始めていた。視線を一八〇度翻《ひるがえ》し、目の前のガードレールから下を覗き込むと、断崖絶壁に打ち付ける白波が覗えた。身が竦《すく》むような光景だった。

僕の傍らで、准は屈み込んだまま一分間ほどじっと手を合わせて瞼を閉じていた。彼の目の前には牛乳瓶《びん》に活けられたささやかな献花が、潮風にその花弁を揺らせている。

「……悪かったね、寄り道させてしまって」

准はそう言って立ち上がり、振り返ることもなく路肩に止めていた車に歩み去って行く。訊くべきか否か一瞬だけ迷ったが、結果としてその質問は僕の口から零《こぼ》れていた。

「知り合いか？」

「まぁ、俺の半身みたいな人だったよ」

何てことのないように言って、彼は中古の青いオペル・スピードスターの運転席に乗り込む。それは誰だ、いつの話だ、という疑問を僕は呑み込んだ。彼の口ぶりはそれ以上の詮索を望んでいないように思えた。僕が無言のまま助手席に乗り込むと、准もまた無言でエンジンをかける。掛ける言葉を探している内に、車が動き出した。

車は蛇行《だこう》する海岸線の道を軽快なステアリングで疾走し、そのBGMとしてカーステレオからはオアシスの曲が流されている。リアム・ギャラガーが艶《つや》のある声で「もし僕が落ちてしまったときには捕まえてくれ」と歌っていた。随分と古い歌だった。だが、それは今、話題として挙げるのに適切のように思えた。

「准って本当にクラシックな趣味をしているよね」

僕が何の気無しに言うと、彼はハンドルを握りながら人を食ったようなシニカルな笑みを浮かべる。

「車もロックンロールも九〇年代が至高なんだ」

「その頃は生まれてもいないくせに」

「そう、つまりこれは単なる懐古主義ではなくフェアな評価ってことだよ」

「この『ライラ』はゼロ年代の曲じゃなかったか」

「それじゃ、ゼロ年代も最高だってことにしとこう」

そんな軽口を交わしながら、互いに気の抜けたビールみたいな笑いを浮かべる。彼はセブンスターを一本くわえ、ジッポライターで火を点けてから窓を開けた。今どき加熱式煙草《たばこ》ではなく紙巻き煙草を吸うあたり、つくづくクラシックだと思う。

僕は今朝、愛雨とは個別に家を出て、以前住んでいた学生寮の前まで行き、准の車にピックアップしてもらった。愛雨は宵子先輩と鮎川と一緒に電車で集合場所である埠頭《ふとう》に向かっている。いつも通り、僕らの関係性を怪しまれない為の対策だ。その目論見通り、准は僕が未だに学生寮に住んでいると思っているようだった。

「伊月、おまえこそいつまであんな所に住んでるんだよ。女の子も遊びに来れないだろ」

「安いし、引っ越しも面倒だから、卒業までいるつもりだよ。だいたい、学生時代なんてあと一年ちょっとしか無いんだ。今更引っ越すのも馬鹿馬鹿しいだろ」

僕は車窓の方に顔を向けながら、さらりとそんな嘘をつく。

「一国一城の主ってのは男のステータスだぜ」

「賃貸の城でもステータスになるのか？」

「でも、ほら、愛雨ちゃんだっけ。きっとその子との関係性も進展するんじゃないか」

僕は口を閉ざした。准は僕が愛雨に気があると誤解している。あのとき、僕が一切弁解しなかったのだから当然なのかもしれない。

しかし、と僕は考える。

もしこれから行く亜魂島で、彼が僕の望まぬ方向にフォローをしてきたとしたら、それはそれで厄介かもしれない。鮎川に妙な誤解をされることだけは絶対に避けたかった。

「——愛雨は、ただの幼馴染みだ」

だから、僕の口からは自然とそんな言葉が零れていた。

「嘘だ」

と、准は即座に返してきた。

「嘘じゃないよ」

「嘘だよ」

准は真剣な目で車の行く先を見つめていた。

「俺にはわかる」

僕は何も言えなかった。

少なくとも、嘘ではない、などとは。

◆

「遅い」

出会い頭に宵子先輩は腕組みしながら言った。待ち合わせ場所である埠頭《ふとう》の駐車場に着いたとき、既に僕ら以外の三人は集まっていた。准が両手を合わせて平謝りをする。

「すみません、草薙さん。工事中で片側一車線のところが多くて」

「別に怒っちゃいないよ。ただ私の准への好感度が下がっただけだ」

「怒ってるじゃないですか」

「私らの荷物運びしてくれたら好感度が回復するぜ」

焦る准の様子を見て、宵子先輩はようやく表情を和らげた。それを遠目に鮎川もまたくすくすと笑っているのが少し気になった。そんな些細な嫉妬を覚えている自分が幼稚に思えて、少し嫌だった。

「あの人が森合准さん、ですか？」

と、愛雨が何故か僕の背中に隠れるようにしながら訊ねた。

「ああ、僕の友達だよ。前に何度も話したことあるだろ」

「友達……」

愛雨の目が訝しげに細められる。僕は首を傾げた。

「どうした、何を怯《おび》えてるんだよ」

「……銀髪が無理なんです」

愛雨は目を逸らしながら気まずそうに言った。

「え？」

「実は私、小学生の頃に観た『新世紀エヴァンゲリオン』でカヲル君が死ぬシーンがトラウマで、それ以来、銀髪が無理なんですよ。銀髪に近づくだけで日曜日の夕方みたいな絶望的な気分になります」

「それは何というか……かなり特殊なトラウマだな」

そこで准が愛雨に目を留め、和やかに微笑みながら近づいてくる。

「君が愛雨ちゃん？　伊月からよく話は聞いてるよ。よろしくね」

口元は笑っていたが、准の目は真剣だった。一瞬、僕に目配せしたかと思うと、小さくウインクを投げて寄越《よこ》しやがる。フォローは任せとけ、という意味だろう。余計なことをするな、とよほど言ってやりたかったが、この場で口にするわけにもいかない。

一方で愛雨は、まるで初対面の人間を警戒する猫のようにじりじり後ずさりしながら准を見つめて、否、胡乱《うろん》な目で睨んでいた。

「……はぁ、よろしくです」

明らかにトーンの低い口調で言う愛雨に、准は目を瞬かせた。彼は僕に耳打ちする。

「……なんか俺、警戒されてないか？」

「彼女、銀髪が苦手なんだそうだ」

「地毛なんだけどなぁ」

それはさすがに嘘だろ、と突っ込もうとしたとき、宵子先輩が独り言のように言った。

「こりゃマジで嵐の孤島になるかな」

空を見上げ、結んだ髪を潮風に揺らせながら、宵子先輩はにやりと笑った。心底楽しそうな笑顔だった。

僕らの目の前には太平洋が穏やかに揺らめいており、埠頭から水平線の彼方に目を凝らすと、ぽつんと黒い染みのような島が見えた。あれが亜魂島であるらしい。波止場には既に小さな漁船が待機しており、宵子先輩が手配したという船長が退屈そうに煙草を吹かしていた。

「伊月くん」

名前を呼ばれて、すぐに振り返る。鮎川が何故か少し不安そうに僕を見ていた。

「さっき宵子さんと愛雨ちゃんと話してたんだけど、伊月くんも水着持ってきたの？」

「まさか。バカンスじゃあるまいし」と僕は笑った。「そんなの持ってきてるの、あの二人と准くらいだよ」

「……それって、私たちが少数派ってことにならない？」

鮎川の指摘に、僕は舌打ちを漏らしそうになった。彼女の言う通り、今この場にいる面子の大半がそういう奴らだった。顰めっ面を浮かべる僕を見つめて、鮎川は小さく吹き出した。

「私たち、マカデミアンナッツみたいだね」

マカデミアンナッツ？　と、一瞬思考が固まった後で、それがいつもの意味なしジョークであることに気づく。ええと、その単語が出てきたのはたしか……。

「……あ、『すべてがFになる』、だ」

僕は控えめに手を挙げて言う。

「正解」と、鮎川は嬉しそうににっこり微笑んだ。「あれも孤島の研究所が舞台だったよね。だから私、ちょっと楽しみにしてたんだ」

「ちょっと？」

僕が聞き返すと、鮎川ははにかんだような笑みを浮かべる。

「ごめん、嘘。かなり。伊月くんは？」

「僕も割と楽しみにしてたよ」

「割と？」

「……僕は割と、だよ」

嘘だ。しかし、楽しみにしていた理由は行き先に対してではない。鮎川はそんな僕の胸の内を読み取ろうとするかのように、屈み込んで目を覗き込もうとしてくる。僕は眉を寄せた。

「何？」

「マカデミアンナッツ同士、仲良くしようねって思って……」

その鮎川の言葉で、少しだけ顔面の温度が上がったような気がした。思わず目を逸らす。が、その直前に鮎川の方が先に目を逸らしたように見えた。僕は感情の逃げ場を探すように、視線を水平線に向ける。

遥《はる》か彼方に、亜魂島が見えた。

◆

亜魂島は本土から約二〇キロの太平洋に浮かぶ小さな島である。大きさにして九万平方メートル、標高は最大で四七メートル。現在は誰も住んで居らず、無人島ということになっている。

ボートは島の小さな埠頭に横付けして僕たちを下ろすと、逃げ去るようにさっさと本土へと帰ってしまった。派手な水しぶきを上げて去っていくボートの速さは、まるでこの島には関わりたくない、という船長の意志の強さを表しているように見えた。

「これで今日から三日間、我々は正真正銘のクローズド・サークルに閉じ込められたわけだ」

宵子先輩が不敵に口の端を釣り上げる。相変わらずのミステリ脳に、僕は呆れて吐息を漏らした。

「先輩、殺人事件でも起こすつもりですか？」

「私が？　まさか。だって私は探偵役じゃん」

宵子先輩は心外そうに顔を顰める。本気でそう思っているようだ。

「仮にもしそんなことが起きたら」と准が冗談めかした口調で言う。「犯人は例の密室殺人鬼の亡霊、ってところですかね」

それを聞いた宵子先輩が嬉しそうに頷いた。

「『0の亡霊』か。いいね、いかにもミステリっぽい。あとは見立て殺人があれば完璧だ」

からからと笑いながら、宵子先輩は荷物を持って歩き始める。我々もそれに付き従うように小道を進んでいった。島の奥へと進む道は当然のことながら舗装はされておらず、背の低い木々が両端に並んでいた。穏やかな勾配と九月下旬の残暑が僕の額にじんわりと汗を浮かばせる。

「あの」と遠慮がちに口を挟んできたのは鮎川だった。「この先にある研究所跡地に、これから二泊するんですよね？　その、電気とか水道とかは大丈夫なんでしょうか？」

「あ、確かにそれ、私も心配です」と愛雨が勢いよく手を挙げた。「私、お風呂入りながらスマホゲームができないと死ぬタイプなんですけど」

僕は思わず眉間に皺を寄せた。

「どういう死に方だ」

「爆死です」

「ガチャ引いてんじゃねぇよ」

そんな僕らの馬鹿馬鹿しいやりとりをよそに、宵子先輩が答えた。

「研究所はソーラーパネルによる自家発電がメインで、幸い発電設備までは火災の被害には遭っていないようだ。水に関しても二、三日は問題ないそうだよ」

「水もですか？　でも、水道が通っているわけじゃないですよね？」

准の質問に宵子先輩は頷く。

「雨水を使った貯水と濾過《ろか》のシステムがあるんだって。管理人の話だとそれも辛うじて動いているってことだから、シャワーとか飲み水は問題ない。ただ、スマホゲーは諦めた方がいいかな」

と、彼女はポケットからスマホを取り出して画面を僕らに向けた。

「ここは完全に圏外だ。本土から二〇キロも離れれば、基地局の電波も届かない」

「うぇ、マジですか」

愛雨は項垂れながら、未練がましく自分のスマホの画面を眺めていた。そこで何かを思い出したように、彼女のツインテールが跳ね上がる。

「そういえば、これから行く研究所跡地って、いったい何の研究がされていた場所なんですか？」

誰か知ってる人はいますか、といった言い方だった。

「たしか」

と僕はスマホを取り出し、メモアプリを立ち上げる。事前にリサーチしておいたのだ。

「計算論的神経科学と分子生物学、神経解剖学、だそうだ」

「……へー、そうなんですねー」

「絶対理解してないだろ」

「そういう伊月先輩だって理解できてないくせに」

愛雨の反論に僕は言葉を飲み込む。そこで助け船を出したのは宵子先輩だった。

「具体的に言えば、紅澄研究所で行われていたのは脳のバイオデジタルツインに関する研究、ってことらしい。噂だけどね」

聴き慣れぬ単語に、僕と愛雨は同時に首を傾げる。

「バイオ？」「デジタル？」

「デジタルツイン。現実と対になる双子をデジタル空間上に構築して、モニタリングやシミュレーションをすることさ。特に生体のモデリングをすることをバイオデジタルツインと言うんだ。紅澄研究所では、人間の脳のデジタル化の研究をしてたってわけ」

「世界的にも注目されてる分野ですよ」と鮎川も話題に加わる。「現代医療にも役立てられる可能性が高いって、色んな先進国でも研究が進んでます」

さすがプロ作家志望、最近のニュースの確認も抜かりないというわけだ。

「そうか」と僕は口を開く。「例の記憶の可視化の実験ってやつもその延長なわけですね」

「ああ、その辺もネットにそれっぽい論文の切れ端があったな。英語だったから全部は読めてないけど、フラグメントイメージ何とかっていう……そっか、ネット繋がらないんだった」と、宵子先輩はスマホの画面を見て顔を顰めた。「とにかく、世界的にもかなり新進気鋭の研究をしていたらしい」

「でも」と鮎川が問う。「それほど最先端の研究が、どうしてこんな孤島の研究所で行われていたんでしょう?」

僕もそのことについてはずっと不思議に思っていた。本土から定期船が出ているわけでもなく、携帯電話の電波も届かないほどの絶海の秘境である。こんなところに脳科学の研究所を建てようとは、普通は考えないはずだ。

「ああ、実はここから先はネット上の噂なんだけど……」

と、宵子先輩は神妙な面持ちで語り出した。

「そのバイオデジタルツインの研究ってのは実は隠れ蓑《みの》で、もっとヤバい研究をしてたんじゃないか、って話。だからこんな辺鄙《へんぴ》な孤島に研究所を設けたんじゃないかって。事実、この研究所の存在が世間に知られたのは、三年前の事件があってこそだからね。それまでは誰も何も気づかない、まさに極秘の研究施設だったんだ」

「ヤバい研究ですか？」

愛雨が瞳を瞬かせながらオウム返しすると、宵子先輩は指を一本立てた。

「そう——例えば、デジタル化した脳のデータを人間にフィードバックする研究、とかね」

「フィードバック？」僕は眉を寄せる。「つまり人間に戻す、ってことですか？」

「あ」と、鮎川が何かに気づいたように口元を押さえた。「伊月くん、『戻す』とは限らないんじゃないかな……」

そこでようやく僕はその可能性に思い当たり、背筋に冷たいものが走った。

「そうだ」と宵子先輩は頷く。「他人の頭の中身を、そっくりそのまま別の人間の脳に上書きすることも出来る。もしその技術が噂通りのものであれば、だけどね」

「え、それってゲロヤバじゃないですか」愛雨が驚きに目を見開く。「つまり『おれがあいつであいつがおれで』みたいな状況ができるってことですよね？」

「愛雨っちの守備範囲は本当に幅広いね。それ、半世紀近く昔のコンテンツでしょ」と宵子先輩は笑う。「でも、マジでその通りだよ。事実なら道徳的にもぶっちぎりでアウトな研究だ」

冗談のように宵子先輩は笑っているが、僕は内心でちょっとした戦慄のようなものを覚えていた。

もしそんな技術が実現していたとしたら……それは使い方によっては、俗に言う大量破壊兵器と同じくらいに恐ろしいものではないだろうか。

——目の前の人物の中身を別人にしてしまう。もしこれが悪用されれば、国家転覆だって可能だ。

「いっちゃん、また妄想スイッチ入ってる?」

黙考する僕の顔を、宵子先輩が悪戯っぽい笑みで覗き込んだ。

「あ、いえ……」

「さっきの話、あくまで全部噂だよ。陰謀論とかと同じ。あんまりマジになって考える必要ないって」

彼女は能天気に笑いながら、僕らを先導していく。道はやがて開けた場所に辿り着き、目の前に明らかに人工物である立方体が見えてきた。あれが目的地であるらしい。

絶海の孤島に建てられた研究所。

その建物を見つめながら、僕は先ほどの宵子先輩の話を脳裏で反芻《はんすう》していた。

他人の頭の中身を、そっくりそのまま別の人間の脳に上書きする。

そのあまりにも人倫に欠いた研究故の、絶海の孤島の研究所——その理屈には強い説得力があるように感じられた。

◆

故に、その時点で僕はもっと考えるべきだったのだろう。
無知であるが故に、だからこそ、注意深くなるべきだったのだろう。
僕は何一つ、気づくことが出来なかった。
この先に待ち受ける惨劇を。
当たり前だと思っていた日々の終焉を。
或いは、『パンドラブレイン』のことだって。
僕は、何一つ知る由も無かった。
だが、結局はすべてが予《あらかじ》め決められていたことだったのかもしれない。
——密室殺人鬼Oと、私立探偵・霧悠冬真の二人によって。

【破章〈冬　真〉】

過去の名探偵の物語

未だに世界が揺れているように、霧悠冬真は感じた。

もともと乗り物自体があまり好きではなかったが、船はことさらに苦手だった。微かに残る胃の中の不快感に眉を寄せつつ、冬真は砂利《じゃり》道を進む。

道の両脇には背の低い木々が立ち並び、どんよりとした秋空の下で憂鬱《ゆううつ》そうに枝葉を揺らせていた。道はささやかな丘陵を登るように続いており、不穏な天気模様と相まってさながらゴルゴダの丘を登っているかのようだ。

絶海に浮かぶ孤島、亜魂島――冬真がこの島を訪れるのはこれが初めてである。

漁船はまるでその船に誂えたような小さな波止場に冬真を置くと、まるで逃げ去るように本土に去って行った。道中の船の上では初老の漁師が終始、胡乱な視線を冬真に向けていた。その様子を思い出しながら、口の端を自虐的に歪める。正常な感覚を持つ人間にしてみれば、こんな辺鄙《へんぴ》な所に建てられた研究所になど関わりたくは無いのかもしれない。そこを訪ねてくるトレンチコートの人物など尚更だ。

砂利道はやがて、丘の上に建つ大きな白亜の正方形に冬真を導いた。正面から見ると正方形だが、視点を少しずらしてみると随分と奥行きがある。縦に細長い構造をした一階建ての建物のようだった。

その建物の正体を示す看板は何処にもない。尤も、あったところで意味はないだろう。そもそもこの島にはこの『紅澄脳科学研究所』しか建造物は存在しないのだ。

正面には硝子作りの自動ドアがあり、その横には味気ないインターフォンが備え付けられている。冬真がそのボタンを押して名乗ると、しばしの沈黙の末に硝子のドアがスライドして開いた。

やがて、白衣を纏《まと》った人物が冬真の前に姿を現した。三〇代の半ばを過ぎた女性で、化粧っ気の無い顔に野暮ったい黒縁眼鏡をかけていたが、端整な顔立ちをしている。少し赤みがかった長い髪は「邪魔だから仕方なく」といったように後頭部で乱暴に一括りにまとめられていた。白衣の胸元には、黒と赤のキャップの付いた二本のペンがまるで双子のように頭を見せていた。

「一〇分も遅刻だ。珍しいね、ファントム・アルファ」

この研究所の所長、紅澄千代は口元にシニカルな笑みを浮かべてみせた。

「その呼び方はやめてくれ」と、冬真は溜め息を漏らす。「デイリーミラー紙が勝手に付けた呼び名だ。俺は一度も公認していない」

「いいじゃないか」と千代は笑う。「Phantom Alpha《ファントム・アルファ》。この文字列には君の名前、tomAが含まれている。ぴったりの愛称だと思うよ」

冬真は二度目の溜め息を漏らした。

「遅刻は謝る。まさかこんなに海が荒れるとは思わなかったんだ」

空を見上げると、南の方からどんよりとした雲が向かってくるのが覗える。風は妙に生温く、湿っていた。

「嵐だね」同じく千代も目線を上げる。「すぐ過ぎるよ。予報では、明日の朝には温帯低気圧に変わるそうだ。今日はこの中でのんびりするといい。用件が済んだら本土まで送ってあげよう」

「こんなに殺風景だと、気が滅入りそうだな」

冬真は皮肉っぽく言って、目の前の建造物を見上げる。のっぺりとした白い壁に、正面から見た限りでは窓は一つも無く、装飾のような類も一切無い。丘の上に置かれた白亜の立方体は、遠目に見ればマグリットの抽象画のようだ。

「安心したまえ、食堂室にはちゃんと海が一望できる大きな窓が付いているよ。しかしだ、冬真」と千代は得意げに指を一本立てた。「本当に美しいものが自分の中にあれば、どんなところだって天国になるものだ。こんな閉塞的な場所でもね」

千代はそう言って踵《きびす》を返す。

「来たまえ、冬真。奴の尋問の時間までまだ少し時間がある。施設を案内しよう」

千代に招かれ、冬真は紅澄脳科学研究所に足を踏み入れた。

入ってすぐの空間は、幅の広い廊下だった。右手の壁には鉄製らしきスライドドアが等間隔で五つ並んでおり、それぞれドアの横に指紋認証のパネルが付いている。左手には短い通路があり、小さくWCと書かれた札が見えた。その通路の入り口を挟んで奥に向かう壁には、大きな間隔で二つのドアが並んでいる。こちらはどちらもドアノブの付いた引き戸である。そして、正面の廊下の突き当たりには、両開きのスライドドアが覗えた。

背後で自動でドアが閉まると、小さくブザーのような音が響いた。続いて、無機質な自動音声が響く。

「登録の無い入館者です」

目を瞬かせる冬真に、千代は小さく笑いを漏らした。

「ああ、驚かせてすまない。この研究所のメインセキュリティ・システムだ。あのカメラで来館者を認識している」

千代の指さした天井の一角には、ドーム型の監視カメラが備え付けられてあった。彼女は玄関の扉の横にあったタッチパネルに右手を当てた。

「紅澄千代だ。バラク、ゲスト登録」

「管理者の指紋、静脈認証、声紋を確認。ゲストの声紋を登録します。名前を言ってください」

電子音声の後に、千代が冬真に目配せする。促《うなが》されるままに冬真は口を開いた。

「霧悠冬真」

「ゲスト登録が完了しました。ようこそ、キリユウトウマ」

抑揚の無い声の後に、小さな電子音が響いた。

「……人工知能か？」

「ああ、名前は『バラク』」

「ヘブライ語で『稲妻』か」

「さすが博識だね。その通り、我々の『閃き』をサポートしてくれる存在だ」

千代は入り口に一番近い右手のドアを指さした。

「此処にいる間、寝室は私の部屋を使うといい」

「千代はどこで寝るんだ？」

「普段から私はあまりベッドで寝ないからね。いつも所長室の椅子か、応接ソファで寝てるよ」

冬真は溜め息をつく。千代の人生にとって睡眠の優先度が低いことは、昔から冬真にも分かっていたことだった。

千代は部屋のドアの横にあるタッチパネルに、先ほどと同様に右手を当てる。

「紅澄千代だ。バラク、入室者権限登録」

再び千代が目配せしてきたので、冬真は続いてパネルに手を置いて自分の名前を名乗った。すると先ほどと同じ電子音が響き、ドアが自動でスライドして開かれる。

「ロックは声紋、指紋、そして静脈認証による三段階認証か。厳重だね」

「プライベートを大事にする職場でね」

部屋はビジネスホテルと同じくらいの大きさだった。ベッドが一つ、書き物机が一つ、そして壁に備え付けられたクローゼット。それ以外は何も無い。思わず冬真は皮肉っぽく訊ねる。

「ルームサービスは？」

「所長室に来れば、珈琲くらいなら出すよ」

千代の返答に、冬真は首を竦めるしかなかった。冬真は部屋に荷物を置き、千代と共に廊下をそのまま進んでいく。

「右手の他の四つの部屋はうちの研究員の部屋だ。左手の二つの大きな部屋は片方が食堂室、もう一つが私の個室になっている。私の部屋は他の職員より少しばかり広い。まぁ、所長特権ってやつかな」

左手の一番奥、千代の部屋の前に辿り着くと、千代は白衣のポケットからディンプルキーを取り出して鍵穴に差した。

「この部屋のセキュリティだけ、他と違って随分とアナログなんだな」

冬真の口にした疑問に、千代は指を一本立てた。

「その通り。実は管理者の部屋に関してはこのアナログ方式が最も堅牢性が高いんだ。この研究所のセキュリティは極めて民主主義的《デモクラティック》でね」

「民主主義的《デモクラティック》？　どういう意味だ？」

「自動ドアはすべてバラクによって管理されている。その変更は最上位特権だ。すなわち、所長である『私の承認』、または『職員四人全員の承認』のいずれかが必要になる。さっきも言ったが、それらの指紋、声紋、静脈認証がね」

なるほど、と冬真は納得する。つまり、もしこの部屋を他の部屋と同様の承認方式にしたら、職員四人が結託して承認すれば開けられてしまう、という意味だろう。

「だが」と冬真は言う。「君の部屋だけ鍵が必要というのは、民主主義というには少しアンフェアな気がするけどな。君だけは他の四人の部屋を個人で開けられるんだろう？」

「アンフェアではない民主主義なんて、歴史上存在しない」

その反論に冬真は言葉を呑み込んだ。その通りだったからだ。

千代の部屋は冬真の客室と比べて五割増しほどの広さだった。しかし、調度品の類いは一切無く、がらんとした白亜の空間にデスクセットとPC、そして革張りのソファセットがあるだけだった。窓も一切無いせいか、蛍光灯を反射する白い壁が妙に眩しく感じられる。千代は両手を広げて戯《おど》けて言う。

「ようこそ、我が城へ」

「ミニマリストのお手本みたいな部屋だ」

「本当はこのソファセットも要らないんだが、この研究所には応接室が無いからね」

「相変わらず、興味の無いことには徹底的に無頓着だな」

冬真は呆れながらソファにどっかりと腰を落とした。千代もまた、苦笑しながら対面に腰掛ける。

「さすがは冬真。私のことをよく観察できているね」

「短くない付き合いだからな」

冬真は前屈みになり、両膝《ひざ》の上に両肘《ひじ》を置く。そして静かな声で言った。

「千代がこの世界で興味を向ける物事は二つしかない。一つは恩師から引き継いだ研究、そしてもう一つは――その恩師を殺害した犯人を捕らえること。その二つだけが、紅澄千代の生存目的だ。違うか？」

千代はソファの背もたれに体重を預け、小さく吐息を漏らした。そして何気なく白衣の胸ポケットから黒いペンを取り出し、くるくると指先で回し始める。その表情は何かを考え込んでいるようにも見える。

「そうでもないよ」静かな声で、千代は言う。「冬真、人間が生きる目的は単一ではない。複数あるものなんだ」

千代の視線の先、彼女のデスクの上には小さな写真立てが飾られていた。

「……珈琲を淹《い》れよう」

千代はそう言って立ち上がり、デスクの上の写真立てをパタンと倒した。あの写真について、これ以上の言及を彼女は望んでいない。冬真はそう察して、その背に声を掛ける。

「珈琲なら俺は……」

「ブラックだろう、分かっているよ」

千代はデスクの引き出しから紙コップと珈琲のインスタントバッグを取り出し、デスクの上にあった電気ケトルでお湯を注ぎ始める。その光景を見ながら、冬真の胸中に懐かしさが過る。父の研究室で、よく千代がこうして珈琲を淹れている姿を見ていた。

冬真は今年二〇歳で、千代は三六歳になる。年の離れた二人ではあったが、彼らは友人よりも、恋人よりも、或いは姉弟よりも強い因縁で結ばれた関係と言えた。その関係の始まりは今から一三年前の事件に遡る。

『密室殺人鬼O』による、九〇件以上にも渡る超連続殺人事件――その始まりを告げる事件。

邸宅の鍵、書斎の鍵、その中の隠し部屋の鍵、そして遺体の発見されたロッカーの鍵がすべて施錠された状況下で行われた、『桐生《きりゅう》邸四重密室殺人事件』――すなわち、冬真の父であり、千代の恩師でもある脳科学者、桐生秋彦《あきひこ》が自宅の密室の中で殺害された事件がきっかけだった。

手法も動機も犯人も全くの不明。現場には手がかりすら無きに等しい状況であったことから、警察の捜査は一向に進まなかった。警察関係者にも諦観の空気が漂い始める中、しかし、冬真と千代は諦めなかった。

事件当時七歳だった冬真は、それからの人生のすべてを事件の真相究明に捧げた。小学校にも通わず、千代のもとで高校卒業までの知識を身につけると、一〇歳で渡英。ロンドンの探偵事務所で実務経験を積み、一六歳という若さで英国探偵協会に入会し、協会史上最年少の私立探偵となる。それだけでも充分にセンセーショナルだったが、冬真は入会した初日に、英国女王陛下を狙うテロ組織の計画を限られた情報から看破し、未然に防止するという偉業まで成し遂げたのである。

一七歳となったときに冬真は帰国し、名前を桐生から霧悠へと改め、『密室殺人鬼０事件』の捜査に本格的に乗り出した。渡英中に千代が集めていた情報から、冬真はそれまで発生していた一〇年分、合計八〇件以上の密室殺人のトリックを僅《わず》か一週間で看破する。続く九〇件目の事件で初めて犯人に繋がる手がかりを見つけ出し、九六件目の事件でついに容疑者を特定、そして九七件目の事件。

事件発生前に霧悠冬真は被害者と犯行現場を推理し、見事に的中させてみせる。その結果として真犯人――汀崎仁志は現行犯逮捕されることとなった。

このようにして、私立探偵・霧悠冬真と密室殺人鬼０の一三年間に渡る対決は、終幕したのである。

「汀崎仁志の頭脳から、記憶データの抽出は完了した」

と、紅澄千代は珈琲を差し出しながら言った。

「今から一三年前の視覚記憶……つまり、桐生博士が殺害されたときの状況もサルベージが完了している」

霧悠冬真は落ち着いた様子で珈琲を啜《すす》り、一言だけ「そうか」と呟いた。そんな冬真に、千代は真剣な顔で問う。

「３Ｄモデルで映像化してあるけど、確認する？」

「千代は見たのか」

「ええ」

「それで、どうだった」

「あの密室トリックの真相は、君の推理の通りだったよ。寸分の違いも無い」

「なら」と、冬真は珈琲をもう一口啜《すす》る。「……それだけ聞ければ充分だ」

「自分の目で確かめないとは、君らしくないね」

「信じるさ」と、冬真は口元を緩めた。「……短くない付き合いだから、な」

その微笑が、他人の前では滅多に見せない表情であることを、千代は知っていた。

「君の渡英中に、我が国の公訴時効は廃止された」と千代が言う。「九六件の事件に関しては物的証拠が一切存在しない。しかし、あの記憶からサルベージした再現映像さえあれば、『密室殺人鬼O』を法の下に裁くことができる」

千代は自分の持つ紙コップの珈琲を、さながら祝杯のように少しだけ高く掲げて見せた。

「……お疲れ、冬真。君の勝利だ」

「俺たちの、だよ」冬真もまた、力なく笑いながら紙コップを小さく掲げる。「Oの密室は完璧だった。本人の記憶以外に証拠が存在しないほどに。こうして奴を裁くことができるのは、千代の研究の功績だ」

「私の功績じゃない」と千代は首を横に振る。「FICTIONS-Tech《フィクションズ・テック》は、もともと桐生博士が構想したものだ。私は設計図通りに組み立てただけに過ぎないよ」

非陳述記憶伝達技術《Fragment Image Communications Technology》、通称FICTIONS-Tech《フィクションズ・テック》。それこそがこの紅澄脳科学研究所が開発し確立した、人間の頭脳から記憶を取り出し映像化する技術である。

人間の体験は長期記憶の一種であるエピソード記憶として側頭葉の大脳皮質という所で処理される。それぞれに関係性を持つ記憶は互いに連結し、連合記録として蓄積されていく。これが人の持つ『過去の記憶』であるとされている。

「大脳皮質で行われる情報の処理活動や結合のパターンは、一見すればただのノイズみたいなものにしか見えない。故にそのパターンがいったいどんな映像を意味しているのかというのは本人にしか分からなかった」

千代は目の前の湯気立つ珈琲を見つめながら、どこか懐かしむように言う。

「しかし、fMRIとAIを駆使した『パターン認識アルゴリズム』の確立によって情報の普遍化に成功した。視覚が捉えた映像と脳活動の間に法則性を見いだし、そのパターンを逆算して映像としての情報に戻す。AI技術の進歩がこのアルゴリズムの精度を上げてくれた……まさに人類の叡智が生んだ、神への暗号解読機。それが桐生博士の提唱したFICTIONS-Tech《フィクションズ・テック》だよ」

そこまで語って、千代は一息ついた。

「桐生博士の描いた夢に、ようやくこの時代の技術が追いついたんだ」

彼女の瞳には、安堵と悲哀が綯《な》い交《ま》ぜになった色が浮かんでいた。亡き恩師の構想を実現し、更にはそれを駆使して恩師の仇《かたき》を討ったのだ。名状しがたい感情が彼女の胸中に溢《あふ》れていることは確かだった。そしてそれは、冬真にとっても同じだった。

「しかし」と冬真は真剣なトーンで言う。「よく政府がFICTIONS-Tech《フィクションズ・テック》による証拠を認めたな。ＩＴ後進国とは思えない柔軟さじゃないか」

「ははは、政治的要因もあるんだろうさ。何せ、O事件は一〇年以上も続く猟奇殺人事件だ。この国もとっとと事件を終幕させたかったのかもしれない。実態よりも建前を重要視するのはこの国の特徴だ」

冬真は皮肉っぽく鼻を鳴らした。事実、被害者が出るたびに内閣支持率が急下降した、という逸話もある。

「或いは――」と、千代は思い出したように付け加える。「この研究所の後ろ盾のおかげもあるかもしれない。長いものには巻かれろ、というのも我が国に伝わる由緒正しき伝統だしね」

後ろ盾、という単語に冬真は僅かに表情を曇らせた。

「……例のＡＨＣＡＲ《アーカー》とかいう秘密組織か」

「別に秘密というほど大それたものじゃない。立派な国連の関係組織だよ。ただ、知っている人が少ないというだけでね」

国連直属の超法規的研究組織、先端人類文化追録研究機関《Institute of Advanced Human Culture and Additional Record》、通称ＡＨＣＡＲ《アーカー》機関。

紅澄千代が僅か三〇代でこれほどの規模の民間研究所を構えることが出来たのは、偏《ひとえ》にこの組織からの財的支援が大きかった。人間の記憶を可視化する、という研究はそれだけ注目度が高く、加えて千代の研究は世界規模でも最先端の遥か先に位置していた。千代は研究成果の提供と引き換えに、この研究所を孤島ごと購入できるほどの資金を得ていたのだ。尤も、それらすべては彼女の悲願である研究の達成と、殺人鬼Oの逮捕のためであったことは言うまでもない。

しかし、冬真はその組織に対してある種の胡散臭さのようなものを感じていた。冬真がどれだけ調べても組織の外郭しか見えてこない。その連中が果たして最終的に何を目指しているのか、何処に到達しようとしているのか、まったく手触りを感じなかったのである。

「千代」と、思わず冬真は問う。「いったい奴らの目的は何なんだ?」

「さぁね」と千代は軽く答えた。「最終的にはタイムトラベルでも目指してるんじゃないか」

その回答に冬真は呆れて溜め息をついた。それは彼女にとっては興味の無い領域なのだろう。冬真はそれ以上の言及を諦め、珈琲を一口啜った。そして、三秒ほどじっと千代の瞳を見つめてから、口を開いた。

「……『Pandora-Brain《パンドラブレイン》』は?」

紙コップを口元に運ぼうとしていた千代の手が止まる。

「あの技術も渡したのか」

「いいや」と千代は珈琲をテーブルの上に戻す。「あれはまだ、この世界に問うには早すぎる」

「連中は知らない、と?」

「知っているのはこの研究所の職員だけだ」

「ハッキングや内部からの情報漏洩の可能性は?」

「結論を先に言えば、無いと言えるだろう。まず一つ、この研究所のメインシステムは完全なる物理的スタンドアローンだ。外部からアクセスしてデータを盗み出す、ということは出来ない。そしてもう一つ、ここの所員が口外することはまず無い。メリットが無いからね。金銭的なメリットはあるかもしれないが、それで満足するような人間は一人もいないよ」

「その根拠は？」

冬真の問いに、千代は苦笑しながら首を竦《すく》めた。

「彼らが研究者だからだ。バレたときのデメリットが大きすぎる。この研究環境を失うことは、魚から水を奪うようなものだよ」

「金より研究を選ぶ、と？　それは千代の主観じゃないのか」

「そうだ、研究者である私の主観による分析だ」と自信たっぷりに千代は答える。「それに、億万長者とまでは行かないが、彼らの年収はこの国の総理大臣と同じくらいはあるしね」

それを聞いて冬真は両膝の間で手を組み、俯《うつむ》いた。

FICTIONS-Tech《フィクションズ・テック》が神の暗号の解読法ならば、Pandora-Brain《パンドラブレイン》はいわば神のシナリオを書き換える禁忌だ。すなわち、人間の頭脳から抜き出した記憶、そしてその人間の人格を形成するそれまでの獲得形質を、まったく別の人間の頭脳に移植するという技術——そう、他人の人格を上書きし、まったく別の人間にしてしまうという技術である。

深呼吸をする冬真を見ながら、千代はどこか哀しげな表情で言った。

「……すべてが終わったら、私はこの技術を闇に葬《ほうむ》るつもりだよ」

冬真は顔を上げずに、千代の言葉を聞いていた。

「桐生博士もこの理論の可能性と危険性を理解していた。故に『パンドラ』なんて仰々しい名前を付けたんだろう」

千代は立ち上がり、静かに冬真の隣に腰掛けた。そして慈しむように冬真の手を握る。

「――冬真、君は充分に戦った。君の最後の願いは、必ず私が叶える。約束だ」

その言葉に、冬真は背徳感を押し込めながら、静かな頷きを返した。

「それで」と冬真はそっと千代の手を引き剝がす。「この研究所にも当然、そのための設備があるんだろうな」

「いいや。ここでは頭をかち割って直接ピンセットで脳味噌を弄るからね」

真剣な目で言う千代を、冬真は冷めた目で見つめていた。その反応を見て千代はつまらなそうに鼻を鳴らす。

「冗談だよ。でも、少しくらい笑ってくれてもいいだろう?」

「千代は自分にユーモアのセンスが無いことにそろそろ気づくべきだ」

「傷つくね」

と千代は肩を竦める。

「話を戻そうか。君も知っての通り、Pandora-Brain《パンドラブレイン》の術式は極めて非侵襲的な方法だ。へッドセット型装置によるｔＤＣＳ、つまり頭蓋骨を通して電流で脳を刺激し情報を送る経頭蓋直流電気刺激《Transcranial Direct Current Stimulation》。さっきの質問に対する答えはイエスだよ。桐生博士の研究室にあったものと同じ装置がこの研究所にも完備されている。多少は改良されているけれどね」

「ああ、あの歯医者の診療台にヘルメットが付いたやつか。つまり、頭からデータを抜くのと同じ機械を使うわけだ」

「その通り」

「術式にはどれくらいの時間がかかる？　また半日以上かかるのか？」

「移植については約六時間」と千代は答える。「その後、移植した情報が脳内で人格を完全形成するのに三時間程度、身体側の元人格を上書きするのに必要な時間はそれに加えて約三時間だ。つまりダウンロードに六時間、インストールに六時間といったところだね」

「――それは計算上か、それとも実測値か？」

冬真の目が細められ、千代の瞳を睨む。千代は無言のまま、冬真の目を見つめ返した。そのまま三秒ほどの時間が過ぎる。やがて、諦めたように視線を先に外したのは、千代の方だった。冬真に対して隠し事が通用しないことは、既にこれまでの付き合いで千代にも充分に分かっている。

「……後者だ」

そう答える千代の口調は苦々しい。冬真はそれを聞いて一瞬だけ眉間に皺を刻み、口を開く。しかし、言葉は出てこなかった。

千代の回答が意味するのは、この技術を使って実際に人格の移植を試したことがある、ということである。誰かの人格を、誰かの人格に上書きした――つまり、誰かの人格を殺したということだ。

殺人ならぬ殺人格。

それが他者の権利と尊厳を踏みにじる罪深い行いであることは冬真も理解している。だが、それを問い詰め、断罪する権利を冬真は持っていない。

――Pandora-Brain《パンドラブレイン》に関しては、冬真自身も共犯なのだ。

「一応、弁解しておくよ、冬真」

千代が神妙な顔で言う。

「その実験は私一人の手で行った。そしてその事実を知る者は私とその被験者しかいない。加えて、結果的にその被験者との合意は取れている」

「結果的に」と、冬真はその単語の重さを量るように繰り返した。「随分と含みのある言い方だが、まさか君の部下を実験台にした、なんてことはないだろうな」

「それは断じてない。その被験者はこの研究所には一切関係が無い」と千代は苦虫を嚙み潰したような顔を浮かべる。「後でちゃんと説明するよ。事情はかなり複雑なんだ」

部屋のドアがノックされたのは、そのときだった。千代は静かに立ち上がり、冬真の対面の席に座り直してから、入室を促した。

「どうぞ」

「失礼します」

入ってきたのは白衣を着た若い男だった。おそらく冬真と同じくらいの年代か、或いは一〇代と言われても頷けるほどである。日本人らしい塩顔に、フレームレスの丸眼鏡をかけていた。

「中槻くん、どうした？」

千代の問いに、中槻と呼ばれた青年は手元のタブレットを見つめたまま答えた。

「所長、夕飯のメニューの回答がまだですよ。仕込みもあるので、早く返信してくれないと」

「あれ、今日の当番は右代《うしろ》くんじゃなかったか」

「彼は昨日から本土ですよ。家庭の事情で一週間くらい休暇を取るからって、僕が代わったんです」

中槻は非難がましい視線を千代の方に向け、そこでようやく冬真の存在を認めたようだった。

「ああ、そういえば来客中でしたか。失礼しま……え？」

と、不意に彼の表情が凍り付く。しかし、やがてそこに沸々と喜色《きしょく》が湧き上がってくるのが、冬真の目から見ても分かった。

「あの、もしかして、私立探偵の霧悠冬真さん、ですか？」

冬真は一瞬だけ、千代に視線を向けた。彼女の首肯を確認し、どうせ隠しても無駄だ、と冬真は諦めの吐息を小さく漏らす。

「――ええ、そうです」

と、他人行儀な口調で冬真は答えた。中槻は胸の前で両手を合わせて破顔する。

「うわ、感動です！」と興奮した様子で中槻は歩み寄る。「来客があるとは聞いておりましたが、まさか霧悠冬真さんだなんて。表舞台に一切立たず、あの密室殺人鬼Oとの対決に勝利した名探偵！　僕、ずっとファンだったんです」

鼻白む冬真を見つめながら、千代が苦笑する。

「彼は中槻周哉《しゅうや》くんだ。うちのエース研究員で計算論的神経科学のエキスパート。スタンフォード出身だよ。おまけに超が付くほどの『ミステリオタク』」

「ミステリオタク？」

「ああ、あとで彼の部屋を案内して貰うといい。壁一面が古今東西のミステリ小説だらけだ。未だに電子書籍じゃなくて紙の本にこだわる、生粋のマニアさ」

冬真は曖昧な頷きを返すしかなかった。冬真自身は探偵でこそあるが、ミステリ小説は一切読まないし、興味があるわけでもない。

「僕、ずっとOの事件を追ってて」と、中槻はそんな温度差を意にも介さず言う。「霧悠さんの推理も所長経由で聞いてたんです。まさに名探偵対殺人鬼の世紀の推理対決、さながら令和に蘇った九十九十九《つくもじゅうく》と密室卿の対決って感じで、あの、とにかく、お会い出来て光栄です！」

頬を上気させながら捲《まく》し立てる青年を前に、冬真は妙に圧倒されてしまった。こちらのペースを取り戻そうとするかのように、冬真は咳払いを一つ挟む。

「中槻さん」冬真が問う。「どうして俺が霧悠冬真だと分かったんです？　俺の顔はご存じないはずでしょう？」

冬真は一〇歳で探偵を志して以来ずっと、自分の姿が分かる写真は絶対に残さないようにしている。それは姿の見えぬ殺人犯と対決していく上での防壁であり、自分なりの人生のルールでもあった。当然、それは千代に対しても徹底していた。

「簡単です」と中槻は得意げに言う。「現時点でこの研究所に入れるのは0事件の関係者だけ、そして警察関係者は必ず二人以上で来所されますから」

なるほど、と冬真は感心する。消去法で残るは0と捕らえた探偵になる、というわけだ。

「中槻くん」と千代が真剣な声で言う。「理解していると思うが、冬真の写真や映像を残すことはNGだ。いくらファンだからって盗撮なんかしないでくれよ」

「もちろん、分かってますよ。でも、握手くらいはいいですよね？」

そう言って差し出された中槻の手を、冬真はしばらく見つめた後で遠慮がちに握り返した。

「もうこんな時間か」と千代は腕時計を見て言う。「あと一〇分後に面会を始める。その前に他の研究員も紹介しておこう」

「この研究所では何人が働いてるんだ？」

千代に向けた質問だったが、中槻がすかさず答えた。

「僕と所長を入れて五人です。今は右代《うしろ》という男が休暇で本土に行ってるので、四人ですね」

「ということは、あと二人というわけですね」

「はい。正岡さんという男性と、上原さんという女性です。二人は今、監視室で作業しています」

「残念だよ、冬真」と千代が首を竦める。「右代くんはこの研究所随一の料理上手でね。研究と料理が生きがいの男だ。彼の作るディナーを食べさせたかったよ」

「それは残念だ」と抑揚の無い口調で言って、冬真は立ち上がる。「とりあえず、時間が迫っているなら案内してくれるか」

冬真の関心は今、この研究所の職員ではなく、渦中の人物に向けられていた。

「——密室殺人鬼0、汀崎仁志のところへ」

◇

監視室は千代の部屋を出てすぐ左手、研究所の廊下の突き当たりにあった。備え付けのパネルに千代が手を触れて名乗ると、両開きのスライドドアが滑らかに開く。そこは先ほどの千代の部屋よりもずっと広い空間になっていた。

「ここが監視室、もともとはメインの研究室だ。左側にあるのは実験室で、その奥がこの研究所のサーバルームだね。バラクのメインシステムもそこにある」

と、千代が入室しながら説明する。視線を左手に向けると、そこには硝子張りの個室が備え付けられ、その中には歯医者の診療席のような椅子がある。よく見るとその個室のさらに奥には磨り硝子のドアがあり、その先がサーバルームであるらしかった。

「所長、お客様ですか？」

と、男性の声がかかる。

冬真の目の前にはコンピュータの置かれた五つのデスクが学校の教室のような格好で並んでおり、そこには白衣を着た二人の人物が座っていた。背が高く浅黒い肌をした自衛官のような男性と、対照的に背の低い茶髪のボブカットの女性である。

「ああ。諸君、紹介しよう」と千代がその場にいた二人に向けて言う。「今日の面会に立ち会う私立探偵の霧悠冬真だ」

二人の表情に驚きが宿るのが覗えた。彼らも来客のことは知らされていたが、まさか０を捕らえた探偵だとは知らなかったのだろう。

「冬真、そっちの男性職員が正岡充《みつる》くん。専門は生体医工学だ」

「宜しくお願いします」

と、正岡と呼ばれた研究員は立ち上がって手を差し出した。三〇代になる一歩手前くらいだろうか。がっちりとした体格をしており、その所作にはきびきびとした秩序があった。

差し出された手を握り返しながら、冬真は言う。

「正岡さん、カリフォルニアにはどれくらい居たんですか？」

その唐突な質問に、正岡は目を瞬かせた。

「え、はぁ、バークレーに六年ですが……しかし、どうしてそれが？」

「生体医工学が専門で紅澄研究所に雇われるほど優秀な人材。そして初対面の相手に握手を求める風習が身に染みついているということは、国内の大学出身ではありません。正直、ボストンかバークレーか少し迷いました。ですが、ボストンには射撃場が少ないですからね。おそらく西海岸側だろうと当たりを付けたんです」

そう言って、冬真は握手したままの正岡の右手を少し高く掲げて見せた。

「中指と親指の付け根、これは所謂、ガンタコの名残ですね。頻繁に銃を撃っていた証拠です。ミリタリーがご趣味なんですか？」

正岡は呆気《あっけ》に取られていたが、やがて我に返り慌てた様子で頷いた。

「え、ええ、恥ずかしながら……在学中に友人に勧められて、すっかりハマってしまいまして」

「正岡くんの部屋も凄いよ」と千代が含み笑いと共に言う。「モデルガンがずらりとディスプレイされてる。彼自身、標的射撃のライセンスも持ってるしね」

「実銃は持っていませんがね」正岡が弁解するように言う。「日本では拳銃の所持は認められていませんから」

なるほど、と冬真はプロファイリングする。彼の好みはあくまで散弾銃や空気銃より拳銃ということだろう。

「それで」と千代はもう一人の女性所員を紹介する。「彼女は上原須磨子《すまこ》ちゃんだ。専門は神経科学。趣味はアニメとコスプレ」

「どもー」

と、上原と呼ばれた女性所員は気の抜けた微笑で右手を小さく挙げた。身長は冬真の肩くらいまでしかなく、大きな瞳と相まってどこか小動物のような雰囲気がある。しかし、年齢は冬真には分からなかった。二〇代のようにも、或いは三〇代のようにも見える。

「珍しいですね」

と冬真が呟くと、上原は首を傾げた。

「何がです？」

「この研究所は物理的なスタンドアローンだ。動画のサブスクリプションサービスも観られないでしょうし、あなたのような趣味の人には辛い環境なのでは、と思いまして」

「あー、なるほど」と上原は間延びした声で答える。「私の主戦場は九〇年代とゼロ年代のアニメなんですよねー。なのでオールド・メディアさえあれば私はあと五〇年は生き延びられます」

「本土に行くたびに凄い荷物で帰ってくるんだよ」と千代は呆れたように言う。「ブルーレイボックスやら衣装やら。この前、馬鹿でかいマネキンを買ってきたときは本気で驚いたよ」

「等身大フィギュアですよう、所長。オーダーメイドで関節フル可動の渚カヲルくんです。知ってます？　『新世紀エヴァンゲリオン』。超高かったんですから」

上原は唇《くちびる》を尖らせながらそんな抗議をする。職員の部屋は先ほど見た客室と同じ広さだと聞いていたが、あの狭い部屋にそれほど物が入るのだろうか、と冬真は少しだけ彼女の部屋の中が気になってしまった。

そんな冬真の顔を上原はじっと見つめていた。怪訝《けげん》に首を傾げる冬真に、彼女は問いかける。

「あのー、霧悠さんって、もしかしてあの桐生秋彦博士のお子さんですか？」

唐突に出てきた父親の名前に、冬真の思考が一瞬だけ停止する。しかし、すぐさま平静を装いながら問い返した。

「どうしてそう思うんです？」

「所長の部屋にある桐生博士の写真を見たことがあるんですけど、なんか目元がそっくりだなーと思いまして。それに苗字も似てますし」

上原は特に他意が無さそうに言う。今更、隠し立てすることでもないか、と冬真は諦めた。桐生の名前を捨てきれず、改めた苗字にその名残を残したのも、結局は自分自身の責任である。

「ええ、そうです。桐生秋彦は俺の父親です」

「あ、ということは」と上原はそこで両手を合わせた。「例の犯人を捕まえて、お父様の仇《かたき》を討ったことになるんですね。パパスを殺したゲマを青年期になってようやく倒した、的な」

彼女のそんな発言で、その場の空気が凍り付いた。冬真は衝撃を受けたというより、不意打ちを食らったような気分で呆気《あっけ》に取られてしまった。千代は困ったように目頭を押さえ、正岡が気まずそうな表情で上原の袖を引っ張っている。冬真の横に立っていた中槻が、申し訳なさそうに耳打ちする。

「あの、霧悠さん、すみません……彼女、なんて言うか、あまり空気を読むのが得意じゃなくて……」

冬真は苦笑いしながら「気にしないでください」と言うしか無かった。そんな硬直した空気を、千代の咳払いが打ち破る。

「とにかくだ。以上が我が紅澄脳科学研究所のメンバーだよ。休暇中の右代岸雄《きしお》くんを除いて、だけどね」

そのフルネームに、冬真の片方の眉がぴくりと反応した。その変化を千代は見逃さなかった。

「どうしたんだい、冬真?」

「……右代、岸雄だって?」

「え、右代がどうかしたんですか?」

中槻もまた気になった様子で首を傾げている。冬真は僅《わず》かに逡巡した後で、首を横に振った。

……今はまだ、この情報を出すべきではない。まずは目的を果たしてからだ。

「いや、何でもない。それよりも」と冬真は部屋を見回す。「あの男は？」

「あの奥だ」

千代は神妙な顔になり、向かって正面の壁を指さす。

正面の壁には大型の液晶ディスプレイがはめ込まれ、そのすぐ右の壁にはさらに奥へと続く堅牢そうな鉄製のスライドドアが見える。

「この研究所唯一の独房、A号室だ」と千代は答える。「二重の電子ロックと床の重量感知センサ、そしてバラクが二四時間監視している。立体スキャンによって収容者の身長や体重、指の爪の長さの変化すら見逃さない。私が知り得る限り究極の監視独房だ」

紅澄脳科学研究所は民間の研究所でありながら、現在は極めて異例の機関として成立している。その特異性の原因となるものこそ、この壁の奥にある監視独房であり、そこに収容されている人物だった。

「内側からロックを解除する方法は？」

「無い。ドアを開ける方法は他の部屋と同じだよ。私一人か、或いは所員全員の指紋、声紋、静脈認証の三つが必要になる」

千代は最後尾の席に座り、目の前のパソコンを操作した。すると正面の大型ディスプレイにグラフが表示される。

「収容者のデータだ。今日は総重量六七二グラムの食事を摂取し、一五二グラムの排泄と一七四ミリリットルの排尿があった」

「健康体ですねー」

と、上原が呑気なコメントを挟む。その隣で正岡が非難するように咳払いをしていた。

「いずれにせよ、セキュリティは完璧だよ。ネズミ一匹入り込む余地も、逃げ出す余地もない」千代が冬真を振り返って言う。「君が人生を賭して捕らえた犯罪者だ。万が一の事態は絶対に起こさせないさ」

「所長、間もなく時間です」

中槻がデジタル時計を見上げて言った。その言葉で、その場の空気が僅かに緊張する。

「分かった」千代は頷き、居住まいを正す。「冬真」

促され、冬真は一度大きく息を吸い込んだ。そして一同の前まで行き、壁の大型ディスプレイに向き直る。

「面会の時間はただ今より一五分間だ。準備はいいかい、冬真？」

「ああ」

「では中槻くん、始めてくれ」

「わかりました」

中槻がキーボードを叩くと、画面が切り替わった。映し出されたのは、窓の無い部屋の様子である。室内には洋式便器と壁に備えられたシャワーヘッド、そして背もたれの無い椅子が覗えた。画面の端に映るベッドの上に、一人の男が仰向けになっている。

「汀崎仁志、モニターの前に来なさい」

と、中槻が画面に向けて告げる。画面の向こうの男はのっそりとした動きで起き上がり、ゆっくりとした足取りで画面の前まで来ると、静かに椅子に腰掛けた。

――法務省が認可した『特別刑務支所機関』、それがこの紅澄脳科学研究所のもう一つの顔だった。国が刑事施設を民間に委託することなど異例中の異例である。しかもその認可は、今まさにモニターに映っているたった一人の人物のために下りたものだ。そんな異常事態を成立させるだけの超異常性が、目の前の人物にはあった。

「……なんだ、移送の日取りでも決まったのかね」

そう言って、その男は薄く笑った。

四〇代の半ばくらいだろう。頭髪は短く刈り込み、やや痩せぎすで、線の細い顔立ちをしている。目は落ちくぼんでいたが、その奥にある瞳には未だ鋭利な光が宿っていた。

それが、かつてこの国で九六件にも及ぶ『無差別密室殺人』を犯した殺人犯――通称『0』と呼ばれた人物だった。

中槻は男の言葉には取り合わず、あくまで事務的な口調で続けた。

「おまえは明後日、この特別刑務支所から本土の刑務所に移送される。これが最後の面会だ」

そんな宣告にも、男は特に目立った反応は見せなかった。平静とした顔でカメラのこちら側を見つめている。

「……霧悠さん」と中槻が冬真に話しかける。「今から向こうの画面にもこちらの映像が映ります。あとはお任せします」

「……わかりました」

冬真の首肯を確認してから、中槻はキーボードを操作する。

すると、画面の向こうにいる男の目に、ディスプレイが灯る反射光が映る。

そこで初めて男の表情に変化が現れた。

微かな驚き、そして口元から染み渡るように広がっていく喜色《きしょく》。

そして、その喜びは言葉となって男の口から溢《あふ》れ出す。

「――よう。久しぶりじゃないか、名探偵」

「――ああ。おまえを捕まえて以来だな、殺人鬼」

探偵と殺人鬼は、お互いに落ち着いた様子でそんな言葉を交わし合った。

その第一声のやりとりは、その場にいた研究所員の目に奇妙な光景のように映った。

霧悠冬真にとって0は父親の仇であり、そして0にとって霧悠冬真は自分を捕まえた憎き敵の筈である。しかし、再会した二人の間にはそんな怨嗟や憎悪は感じられなかった。それどころか、まるで卒業後にかつての学友にでも再会したかのような、一種の親密さすら感じられたのである。

「すべての証拠は揃った」と冬真は静かな声で言う。「改めて言おう。一三年前に俺の父、桐生秋彦を殺害した犯人はおまえだ」

男は表情を一切変えずに沈黙していた。構わず冬真は続ける。

「それだけじゃない。これまでの九六件の事件についても、FICTIONS-Tech《フィクションズ・テック》によっておまえの記憶がサルベージされた。その内容はすべて、我々の推理を裏付けるものだった。これでようやく、おまえを法の下に裁くことができる」

しばらくの沈黙があった。その場の全員が固唾《かたず》を呑むような沈黙だった。やがて、ゆっくりと殺人鬼の口元に不敵な笑みが浮かんでいく。

「……だが、君にも推理できなかったことがある。だから君は此処にいるんだ。違うか、名探偵」

冬真は答えず、無表情のままで沈黙する。そこにOは畳み掛けた。

「――私の真の動機を問うために。そうだろう？」

図星を突かれたが故の不快感が、冬真の眉間に深い皺を刻んだ。

「霧悠冬真、君は私の作り上げた九六の密室殺人のすべての謎を解き、それどころか殺された九六人の隠された共通項まで看破し、推理によって九七人目の被害者を特定することで私を捕らえるに至った。素直に感服するよ。いや、感動していると言ってもいい」

殺人鬼は自身を捕らえた探偵に向けて、恍惚とした表情を浮かべていた。

「逮捕されたときはあまりにも慌ただしくて会話することもままならなかった。私も君と是非、話をしてみたかったところだ。君が如何にして私を捕らえたのか、その過程を教えてくれるかい?」

冬真はしばらく口を閉ざしたまま、画面の向こうの０の瞳を見つめていた。

「――いいだろう。お互いの答え合わせだ」

やがて冬真はそう言って、語り始める。

「おまえが殺害した九六人は、一見するとまったく共通項が見えなかった。それぞれに知り合いの場合もあれば、まったく無関係ということもあった。脳科学者、アスリート、インフルエンサーなどの社会的な成功者もいれば、その一方で破綻した企業の経営者やホームレスまでいた。そのあまりに膨大なバリエーションが捜査を混乱させた。事実、俺がそれに気づくのにもかなり時間がかかったよ」

「ああ、彼らが私に選ばれたのは必然だ」

そこで冬真は小さく息を吸い込んだ。

「――定幅曲線《ていふくきょくせん》」と冬真は言う。「それが被害者たちの共通項だ」

０の表情が喜色に染まる。冬真は構わずに続けた。

「気づいたのはまさに奇跡だった。きっかけは被害者のうちの二人、起業家の滝沢《たきざわ》慎也《しんや》氏と岩田《いわた》泰久《やすひさ》氏について調べていたときだ。知っての通り、滝沢氏は五年前に動画投稿サービス事業をスタートし、二年ほど前からその事業を軌道に乗せて急速に資産を増やした。一方で岩田氏は二年前の飲食店事業の失敗で経営破綻し、資産を急速に失った。その過去五年間の資産推移を見比べたとき、両者ともにまったく同じ定幅曲線でグラフ線が推移していたんだ。まるで円を四等分したかのように、な」

Ｏは口元に不敵な笑みを浮かべたまま、冬真の話に耳を傾けていた。

「そこからだ。俺はすべての被害者の経歴を再び洗った。身長や体重などの推移、資産の推移、或いは試合の戦績、ＳＮＳのフォロワー数の推移……そして確信した。被害者たちは全員、過去五年間の何らかの数値が定幅曲線を描きながら増加、或いは減少していた」

冬真はそこで僅かに唇を噛んだ。そのことにもっと早く気づくべきだった、と悔やむかのように。

「一度殺人事件が起きれば、四日連続で四人が犠牲になっていたという規則性についてもそこで理解した。おまえがいずれの殺人現場にも残していた『Ｏ』という文字の意味にも、そこでようやく気づいた。四人分の定幅曲線を組み合わせると、歪みの無い円を描くことが出来る——つまり、あれは円の中心点を意味する記号の『Ｏ』だったんだ」

奇妙な沈黙があった。Ｏは微笑を崩さず、しばらく冬真の方を見つめた後で、一言だけ言葉を口にした。

「——正解だ、名探偵」

冬真は小さく、疲れたような吐息を漏らした。

「そのあとは力業だった」と冬真は続ける。「警察の力を借りて日本中のありとあらゆる人間のデータを調べ尽くした。そこから何らかの数値が定幅曲線を描いて増加、もしくは減少している人間をリストアップし、彼らの置かれた環境——家や学校、職場なども調べ尽くした。そしてこれまでおまえが起こした密室殺人のトリックをプロファイルし、その傾向からおまえが密室トリックを仕掛けそうな環境に身を置いている人物全員に白羽の矢を立てた。その数、実に二七三四人。そこからは日本警察の総力戦だ。その二七三四人全員に私服警察官を配備したんだ。一人につき最低四人、つまり一〇九三六人の警察官をな」

　更には犯人Ｏに警戒されないための偽装工作を徹底し、そして、冬真自身はその中で自分が最も可能性が高いと感じた被害者候補のもとへ向かった。そのときの冬真の選択はロジックを超越した一種のシンクロニシティだったが、結果としてそれは的中することになった。被害者の居る密室に侵入してきた殺人鬼Ｏの前に、名探偵・霧悠冬真が立ちはだかり、Ｏ事件は終結することとなったのだ。

「……以上が、おまえを捕らえるに至った事の顚末《てんまつ》だ」

「素晴らしい」

　と、画面の向こうのＯは小さく拍手をする仕草を見せた。

「まさに最後が劇的だったね、名探偵。お互いに死力を尽くして戦った仲だからこそ、運命が我々をあの現場で邂逅《かいこう》させた。霧悠冬真、私と君の根源はきっと同じ色をしているんだ。私も君のことを痛いほどに理解できるよ」

　冬真は答えず、密かに歯嚙みした。それに同意することはできない、と理性では結論を下している。だが、理性以外の部分が毛羽立ち、それが冷静さを脅かしていた。冬真は自分を落ち着かせるために大きく深呼吸を挟んだ。

「俺にはおまえが理解できない」

冷徹な声で、探偵は言う。

「今度はおまえの番だ、殺人鬼。答えろ。おまえの目的は何だったんだ」

冬真は真っ直ぐに、画面の向こうの殺人鬼の目を睨み付ける。その奥底にある、決定的な相互の違いを探るかのように。

「――名探偵、真円《しんえん》というものはこの上なく美しいものだと思わないか」

と、殺人鬼は静かにそんなことを切り出した。

冬真の頭に最初に浮かんだのは『深淵』という単語だった。だが、一瞬後に『真円』という単語にすげ替わる。Oがそちらを意図していることが冬真にはわかった。

「私はね、名探偵。歪み無き定幅曲線による円環《えんかん》こそ、この世で最も正しい物事の在り方だと思っている。美しい放物線を描き、すべては在るべきところに戻る。すべての始まりのところに。そうあるべきだと信じている」

何が言いたい、と冬真が言葉を投げる前にOは言った。

「霧悠冬真、君はどこで生まれた？」

唐突な問いかけに、冬真は一瞬鼻白んだ。思考にノイズが走る。

「俺の出身地か、それともそれは哲学的な命題か？」

そう問い返しながら、冬真は相手の思考をトレースするための時間を稼ぐ。しかし、Oはあっさりとその回答を提示してきた。

「君は密室で生まれた」

「……何だって？」

「君がこの世界に誕生したのは、両親の精子と卵子が受精した瞬間だ。そのとき初めて君という存在がこの世界に現れた。母親という究極の密室の中でな」

そう告げる0の口元には冷ややかな笑みが浮かんでいたが、その瞳孔は開ききっていた。

その声のトーンが、まるでギアを上げていくように高くなっていく。

「人間は皆、完全な密室で誕生する。ならば、終わる瞬間も完全な密室であるべきだ。それこそがこの世で最も美しい真円なんだ」

冬真は眉間に苛立《いらだ》ちの皺を刻みながら、問いを繰り返す。

「最初の質問に答えろ。何故……」

「選定基準は君の推理通りだ、霧悠冬真」

冬真の言葉に覆いかぶさるようにして0は続ける。

「その生き方が美しき定幅曲線を描いているか否か。上昇だろうが墜落だろうが、ね。死んだ九六人はそんな私の選定を通過した」

言いながら、殺人鬼は画面の向こうで両手を広げ、陶酔《とうすい》的な顔で天井を仰いだ。

「彼らは人生が完璧だった。その直径の大きさにこそ、多少のばらつきはあったが――描かれた曲線の美しさは、いずれも比類の無いものだった」

「俺の父親のみならず」と冬真は強い語気で再び問い詰める。「九六人もの人間を殺すことに、いったい何の意味があった？」

「フラワー・オブ・ライフを知っているか、名探偵」

冬真の問いかけを薙ぎ払うかのように、0は尚も続ける。

「すべての生命に刻まれている創造の幾何学《きか》パターン。あれもまた複数の真円によって形作られる。いいか、名探偵、真円は一つでは足りないんだ。古代神聖幾何学においては円が重なることによってヴェシカ・パイシスと呼ばれる形を成し、それは女性器を象徴する形とも呼ばれている。すなわち『原初の密室』の入り口だ。円環の重なりこそが必要なのだ。だが、人間は自らの力だけで真円を描くのは難しい。ともすれば些細なことでその定幅曲線は簡単に歪んでしまう。だからこそ、私は彼らの曲線の先を引き継ぎ、原初の始点へと導いたのだ。始まりと同じ密室へな。理解しろ、名探偵。密室で生まれし者は、密室で死ぬべきなのだ」

まるで機関銃のように捲し立てた後で、男は満ち足りた表情で、穏やかな声で告げた。

「——私はただ、真円を描いただけだ」

その場の一同は殺人鬼の振りかざす論理に言葉を失っていたが、冬真は奇妙なほどに納得している自分を感じていた。0の言い分を理解したわけでも、共感を覚えたわけでもない。ただ、彼と自分の間にある境界線が、ようやく形を得てきたような実感があった。

「おまえと俺は違う」

静かに、揺るぎない声で冬真は断言する。

「同じ色なんかじゃない」

「君の人生は美しい、霧悠冬真」

Oもまた、確固とした口調で告げる。

「私を捕らえるためだけに、僅か七歳からその人生を全速力で駆け抜けてきた。人並みの夢も、青春も、喜びも、人を愛することすら犠牲にして、まるで燃え尽きながら空を駆ける流星のように……嗚呼、溜め息が出るほどに見事な放物線だったよ。願わくば、最後に私のこの手で真円に仕上げたいくらいにね」

その言葉が、冬真の胸の奥に突き刺さる。思わず拳を握り締めている自分がいた。

――そうだ、俺はすべてを犠牲にしてきた。

本来、与えられるべき人生のすべての権利を。

同年代の友人を作ることを、誰かに恋をすることを、将来の夢を見ることを。

そんな一〇代のすべてを、『探偵』に捧げてきたのだ。

だからこそ――。

冬真は真っ直ぐに、画面の向こうの男の目を見つめた。

「おまえの最後の願いは叶わない。『探偵』の名にかけて、叶えるわけにはいかない」

「霧悠冬真、君もまた私の真円の一つに過ぎない」

「違う。おまえの真円は――ここで断ち切る」

冬真が宣告した、その直後だった。

画面の向こうの男は突然、スピーカーが音割れするほどに大きな声で笑い始めた。その狂気じみた様相を、監視室の五人は息を止めて見つめていた。

一頻り笑い終えると、Oは息も絶え絶えに言う。

「終わらないいいよ、霧悠冬真。すべては繰り返しに過ぎない。今からそれを証明してやろう……さぁ」

殺人鬼は歓喜に満ち満ちたような表情で、カメラに顔を近づけた。

──開ききった真円の瞳孔が、深淵のようにこちら側を覗き込む。

「解いてみろよ、名探偵。これが──Oの最後の密室だ」

そして、次の瞬間だった。

Oの映っていた大型ディスプレイの映像が、突如として暗転する。

同時に、冬真たちの居る監視室の電灯が消え、室内を非常灯の橙色が染め上げた。天井のスピーカーからけたたましい警告音が鳴り響く。

「何が起きた！」

正岡が立ち上がって叫び、その隣で上原がキーボードを連打する。

「分かりません！　突然、電源が落ちました！」

あまりの異常事態に、彼女の声にも緊張が走っている。

「バラク！」と、中槻が天井に叫ぶ。「どうなっている！」

「予期しないエラーです」

人工知能の抑揚の無い声に対して、中槻は続けて怒鳴った。

「バラク、システムをリセットしろ！」

「その操作は現在制限されています。エマージェンシー・リセットは管理者、もしくは下位権限者全員の……」

「所長！」

その場の三人の視線が、千代に注がれた。彼女の五指がキーボード上を走り、流れるようにその傍らにあるパネルに置かれる。電子音に続けて、千代は叫ぶ。

「バラク、エマージェンシー・リセット！」

「承認されました」

次の瞬間、鳴り響いていたブザーは止み、すべての電源が落とされ、室内は完全な暗闇に包まれた。しかし、一秒も経たない内に蛍光灯の明かりが部屋を染め上げる。コンピュータの駆動音が周囲に響き、やがて目の前のディスプレイも電源が復旧した。

そして、全員が絶句する。

画面の向こうの牢獄には、紅《くれない》の炎が立ち上がっていた。

紅蓮は、先ほどまで生きていた筈の人物の身体を包み込んでいる。

そこに、あるべきはずの頭部は存在しない。

——首の無い死体が、椅子に腰掛けたまま燃やし尽くされていたのだ。

画面の端に辛うじて、切断された頭部が炎に包まれながら床に落ちているのが覗えた。

「きゃぁっ！」

絶叫する上原を余所に、冬真は冷静な声で確認する。

「中槻さん、これはリアルタイムの映像ですか？」

「はい、先ほどからずっとです！」

「千代！」

冬真の呼びかけで、彼女は叫ぶ。

「バラク、A号室のスプリンクラーを起動して！」

「承認されました」

機械音声が答え、画面の向こうでスプリンクラーが動き出す。水が火を掻き消していく生々しい音がスピーカーから聞こえた。

「鍵を開けろ！」

冬真の言葉で、再び千代が叫ぶ。

「バラク、A号室のロックを解除！」

「承認されました。A号室を解錠します」

奥へと続くスライドドアからガチンという振動が足元に伝わる。開かれたドアの先は五メートルほどの短い通路だった。突き当たりの左手にもう一つドアがあり、そこからは強烈な異臭が溢れ出していた。人間の肉が焼ける臭いである。

「千代と上原さんは此処に残って。正岡さん、中槻さん、俺と一緒に来てくれますか」

冬真の言葉に、その場の全員が頷きを返した。

冬真を含む三人でゆっくり通路を進む。正岡と中槻は白衣の袖で鼻を押さえ、顔を顰めていた。A号室へと続くドアの横で、冬真は後方に掌《てのひら》を見せて二人の歩みを止める。

慎重に顔を覗かせて室内を確認すると、先ほど画面越しに見たものとほぼ同じ光景がそこにあった。

遺体の炎は鎮火したようで、皮膚の炭化した首の無い人型が椅子に載っている。その傍らには同じく黒焦げになった頭部が転がっていた。遺体が座っている正面の壁には液晶ディスプレイがはめ込まれており、監視室にいる千代と上原の姿を映していた。天井から降り注ぐスプリンクラーの水が、画面に無数の水滴を打ち付けている。

「中槻さん、スプリンクラーを止められますか？」

「え、あ、はい！　バラク、A号室のスプリンクラーを止めろ！」

中槻の声でスプリンクラーが停止する。それを確認して、冬真は水浸しとなったA号室に足を踏み入れた。異臭のする湯気の中、焼死体を回り込むようにして確認してから、冬真は室内に目を走らせる。

「被害者以外には誰もいません。寝台も足の無いタイプのようですし、身を隠せるような場所はありませんね」

「そんな馬鹿な」と正岡が部屋を覗き込みながら言う。「それじゃ、まさか……」

「はい——密室殺人です。しかも、ただの密室殺人じゃない」

「冬真」と、壁面のディスプレイから千代の声が聞こえた。「君たちがその部屋に入るまで、画面に変化は無い。誰も侵入していないし、誰も出て行っていない」

「あり得ません！」と中槻が叫ぶ。「だって、ついさっきまでこの男は画面越しに我々と会話をしていたんですよ！」

「ええ、そうです。つまり、これは俺の――探偵の監視下で起こされた密室殺人です」

その異常性が、室内の空気を冷たい手で掻き回す。混乱がその場の全員から言葉を奪っていった。

その沈黙を破り、千代が画面越しに投げかけた。

「冬真、いったい何が起こっているの？」

「――手法は解けた」

冬真の言葉が凍り付いた空気を砕く。冬真が現場に入って僅か数十秒しか経過していない。その場の全員の顔に、驚愕と疑念がない交ぜになった表情が浮かぶ。たったそれだけの時間で、この密室の謎を解き明かしたというのだろうか。

しかし、冬真の眉間には深い皺が刻まれている。

「だが、理由が謎だ」

続く探偵の言葉には、何故か悔恨のようなものが宿っていた。

「理由って……どういうこと？」

千代の再びの問いかけに、冬真は沈痛そうな顔を浮かべる。

「そのままの意味だよ。この行為の目的が、今の俺にはまったく理解できない。何故なら、これをなし得る現状最大の容疑者は――」

冬真の視線が、画面の向こうへと向けられる。

「……紅澄千代、君なんだ」

【急章〈伊月〉】

現在の連続殺人の物語

紅澄脳科学研究所の外観は、『箱』というのが第一印象だった。小高い丘の上に、立方体が乗っかっている。僕に見える範囲では壁に窓は一つも見当たらない。もともとは真っ白だったであろう外壁は、潮風と太平洋に降り注ぐ直射日光のせいでうっすらと赤茶けていた。入り口のドアは開いており、そこにはぽっかりとした暗闇があった。

「これ、壁に『ニヤついてる口のマーク』描いたらアマゾンの出張所になりそうですね」

愛雨の口にした頭の悪い感想を無視して、僕は宵子先輩に話しかける。

「なんだか、思っていたより廃墟感は無いですね。火事にあったと聞いていたので、もっとボロボロなのかと思ってました」

「ああ、火事になったのはこの建物の反対側だよ。こっちからは死角だ。新オーナーの赤上さんから事前に写真を見せて貰ったけど、向こう側はマジで焼け跡って感じだぜ」

宵子先輩はそう言いながら、躊躇《ためら》いもなく建物の中に入っていく。

「うわ、廊下は思った以上に荒れてるな」

エコーのかかった宵子先輩の声に導かれ、我々も後に続く。屋内は電灯が点いておらず、目が暗順応するのに少し時間がかかった。

目に飛び込んできた光景に、僕らは全員が絶句してしまった。

まず、僕らが入ってきた出入り口付近には無数の段ボールが雑然と積み重ねられていた。まるで引っ越し前といった様子である。加えて玄関から真っ直ぐ続く廊下は砂だらけで、枯れ葉のようなものまで散らかっている。廊下の突き当たりのドアは開いており、太陽の光が差し込んでいる。そこから先はどうやら外のようだった。つまり、入り口と出口が開きっぱなしのせいで、吹き抜ける風が砂やら葉っぱやらをこの屋内に運び込んでいるのだ。

「前言撤回します、先輩」と僕は冷え切った口調で言う。「これは廃墟です」

「一応、私たちの泊まる部屋は綺麗にしてくれたって言ってたよ」と宵子先輩が苦笑する。

「この段ボールは以前に住んでいた研究員のものだろうね。赤上さんが全部まとめて部屋の外に出してくれたって言ってたから」

「以前に住んでた研究員って……」

と、僕はそこまで言って続きを呑み込んだ。たしか、この研究所の職員は一人が行方不明、他の三人は殺害された、と聞いている。そう思うと、これから僕らが寝泊まりする部屋についてあまりぞっとしない気分になってくる。

そんなことを思う僕の横で、愛雨が無断で段ボールを一つ開けて中身を物色していた。その中から一着の服を取り出し、高く掲げる。

「うお、伊月先輩。これ、『スレイヤーズ』のリナ＝インバースの衣装ですよ。しかもめっちゃ作り込んでる。ぱねぇです」

「おまえ、故人のものを勝手に開けんなよ……」

「っていうか愛雨っち、マジで何歳よ」

ドン引きする僕の横で、宵子先輩は呑気にからからと笑っていた。

「あ、これ」と今度は鮎川が蓋《ふた》の開いている段ボールに屈み込む。『すべてがＦになる』だ。しかもノベルス版……」

箱にぎっしり詰まった古本を見て、彼女の目が興味に輝き始めていた。そんな鮎川を前にすると、僕は何も言えない。

「なかなかバリエーション豊かな趣味の方々だったみたいですね」

と、准が段ボールの箱を見渡しながら言う。僕も同じ感想だった。或いは、こんな孤島の研究所で住み込みで働いていれば、趣味に極端に傾倒してしまうのかもしれない。

「こっちの箱はモデルガンか。良い趣味してるよ」

蓋の開いた段ボール箱を一つ覗き込みながら、准は鼻を鳴らしていた。

「この建物、本当に大丈夫ですか、宵子先輩」と僕は再び薄暗い屋内を見回す。「見るからに電気や水が通っているとは思えないんですけど」

「この廊下の電気系統は壊れてるってメールに書いてあるな」と宵子先輩はスマホでメールを確認しながら答えた。「食堂とそれぞれの個室には電気が通ってるのを確認してるっぽい。まぁ、とりあえず食堂で珈琲でも淹れようぜ」

僕たちは入り口から向かって左手にある食堂室に足を向ける。その部屋のドアは木製で、通常の取っ手が付いた開き戸のようだった。

食堂室は大学の教室程度の広さで、入って正面の壁には海が一望できる大きな窓が備え付けられ、彼方には本土の陸地が辛うじて見えた。しかし、そこに本来あるべき硝子は完全に消失してしまっており、吹き抜けになった窓からは潮風が室内に吹き込み、床には砂が散らばっていた。硝子の破片が床に散らばっていないのが救いである。

中央には六人掛けの長方形のテーブルが一つ置かれ、入って右手にキッチンスペースがあり、左手にはまた一つ小さな部屋のようなものがあった。どうやらそちらはバスルームのようだ。

鮎川がキッチンでお湯を沸かし、人数分の珈琲を淹れてくれた。僕たちはテーブルを囲みながら、その珈琲に口を付ける。慣れない船旅で昂《たか》ぶっていた神経を、珈琲の苦みが少しずつ解きほぐしてくれた。

「でも、おかしいな」

宵子先輩がスマホを眺めながら首を傾げる。鮎川が訊ねた。

「何がですか？」

「この島を買ったっていう赤上さんだよ。案内役をしてくれるってことで、先に施設に着いてる筈なんだけど」

「どこかに出かけてるんじゃないですか？」

と、准は特に興味も無さそうに言う。

「うーん。まぁ、あれだけ私ら廊下で騒いでも姿を現さないってことは、そういうことなんだろうな」

電話を掛けようにもこの島には電波が無い。宵子先輩は諦めてスマホをテーブルの上に置いた。僕は珈琲に口を付けてから、切り出した。

「一息ついたところで、確認したいことがあるんですけど」

「あ、私も晩ご飯が気になります」

「夕飯の話じゃない」僕は愛雨を一蹴する。「三年前にこの研究所で起きた殺人事件の話ですよ。たしか、捕らえられていた殺人鬼と所員三人が殺されて、一人の所員と探偵が行方不明なんですよね」

「警察の情報によるとね。男の遺体が二つ、女の遺体が二つだ。ちょっと待ちな」

宵子先輩は再びスマホを手に取り操作する。

「あった、これだ。ほら、事件当日、紅澄研究所にいたとされる人たちの名簿だよ」と彼女はメモアプリの画面を表示してテーブルに置く。全員が身を乗り出して画面を覗き込んだ。そこには六つの名前が並んでいる。

紅澄千代、正岡充、中槻周哉、上原須磨子、そして——汀崎仁志と霧悠冬真。

「遺体の身元はすべて判明している」宵子先輩は画面を指さした。「行方が分からなくなっているのは霧悠冬真と、『こいつ』だ」

僕は指さされた人物の名前をじっと見つめる。とはいえ、名前だけ分かっても僕たちには手の打ちようが無かった。

「あの、所員の方々の顔写真とかは無いんですか？」

そう訊ねたのは鮎川である。宵子先輩は不満そうに唇をへの字に曲げて、首を横に振った。

「それがまったく無いんだよ。私もあの手この手を使ったんだけどさ。それっぽい大学、それこそ海外とかの方面も調べたんだけど、写真は一枚も見つからなかった。過去の写真まで徹底的に消されてた」

「消されてた？」

僕は眉を寄せる。しかし、妙に納得している自分もいた。あの草薙宵子のコネクションを駆使しても写真が一枚も見つからない、ということは、確かに人為的なものを感じられる。鮎川も思案深げに呟く。

「警察が消した、わけじゃないですよね……」

「日本の警察にそこまでの力は無いよ。でも、何となく大きな力を感じるというか、きな臭さはあるね。例のこの研究所の背後にあったって噂の『謎の国際組織』とかさ」

宵子先輩の口元が楽しそうに弧を描く。その隣で准が首を竦めて言った。

「まぁ、確かにＦＢＩとかならそれくらいはやりそうですけど」

「しかし、残念だ」と宵子先輩は頭の後ろで手を組み、椅子の背もたれに身を預ける。「写真の一枚でもあればこの私がＦＢＩよりも早く見つけてやるっていうのにさ」

「でも」准が苦笑まじりに言う。「もしその行方不明の二人のどちらかが犯人で、今も生き延びているとしたら、身元がバレないように徹底してそうじゃないですか。それこそ整形とか、海外逃亡とか」

「たぶん、整形して海外に逃げていても、宵子先輩は見つけると思うけど」

僕が冗談っぽく言うと、テーブルの上に小さな笑いが漏れる。しかし、宵子先輩は真顔で宣った。

「海外はキツいかな。でも、国内に居ればガチでイケると思う」

冗談を言っているような目ではなかった。僕は表情を強ばらせたまま、「あ、そうですか……」と小声で返すしかない。しかし考えてもみれば、彼女はこの国の経済を陰で牛耳《ぎゅうじ》る村雲一族の人間である。もし彼女が本気を出せば、本当に見つけ出せるかもしれない。

「でも、どうして写真が消されてるんですかねー」

間延びした声でそんな疑問を口にしたのは、愛雨だった。

「いくら何でも過剰すぎると思うんですよ、この愛雨探偵は」

「お、愛雨っちも探偵役に立候補？」宵子先輩が身を乗り出す。「いいね、勝負しようぜ。名探偵バトルロワイヤルだ」

「うお、何ですか、その滾る展開！」

「勝者にはシャーロック・ホームズ像を進呈しようじゃないか」

「メフィスト賞に失礼なのでそれはやめてください」

鮎川が真剣なトーンで口を挟んだ。さすがに小説家志望にとってホームズ像はかなり重いものであるらしい。二人は「あ、すみません……」と声を萎《しぼ》ませて頭《こうべ》を垂《た》れた。

宵子先輩は気まずそうに咳払いを挟んでから、気を取り直して愛雨に問う。

「で、愛雨っちは何か推理はあるわけ？　その写真が消された理由について」

「はい、もちのろんです」

と、愛雨は何故か敬礼のポーズを取った後で、得意げな顔で語り始める。

「愛雨探偵が考えるに、たぶんその『謎の組織』はこの研究所のパトロンだったと思うわけですよ。資金を注入する代わりに、そのヤバげな研究を献上するという爛《ただ》れた関係だったのではないかと。で、その『謎の組織』はヤバげな研究が外に漏れるとヤバげなので、世界中のあらゆる所から徹底的に関連情報を抹消しているのだ、っていうのが愛雨探偵の推理です」

「あ、うん」宵子先輩は困ったような笑顔で頷いた。「まぁ、そうだよね。手元にある噂を整理すれば、それが普通の推理だよね」

愛雨は無表情で僕の方を向き、平坦な口調で言う。

「推理を普通と言われてしまいましたので、愛雨は本日で探偵を引退しようと思います」

「そうか、再就職がんばれよ」

「止めないでください」

「止めてないよ」

僕の投げやりな返答を受けて俯く愛雨の肩を、鮎川が慰めるように優しく叩いていた。

「で、でも、そう考えると」と鮎川がフォローするように口を開く。「やっぱり、ここで研究されていたっていう例の技術、なんだか信憑性が出てきますよね」

例の技術――つまり、他人に人格を移植する、という技術のことだろう。

「まあ、世間に漏れたら大炎上どころの騒ぎじゃないだろうしね。いや、最悪の場合、各国間で技術の争奪戦になりかねないレベルだ」

宵子先輩の言葉で、僕はふと以前に愛雨と一緒に観たアニメを思い出した。タイムマシンの技術を巡って国家間の戦争が起きるという話である。

だが、何となくタイムマシンよりも人格移転の方が遥かに禁忌的であるように思えた。それは明らかに、幸福な使い道よりも不幸を生む使い道の方が多いような気がしたのだ。

「人格を他人に移す、なんて実際に出来るんですかね……」

僕の口から零れた呟きに、宵子先輩が腕組みをして唸る。

「そうだな。実は脳移植ってのは古くから議論されてきたテーマではある。大方の意見をまとめると『理論上は可能だが、現実問題として色んなハードルがある』ってところだろうね。例えばその一つが『身体感覚』だ」

「感覚、ですか？」

「ほら、人間って人によって手の長さも足の長さも違うだろ。だから無理矢理に別の人間の身体を操るとなると、その辺の感覚がちぐはぐになって上手く身体を動かすことが出来ないのでは、ってことさ。歩くこともままならないんじゃないかって意見もある」

「へー、現実だと『君の名は。』みたいにはいかない、ってことですか」

愛雨が感心したように頷いていた。

「まぁ、そんなとこだね」と宵子先輩は苦笑する。「私たちが何気なくしている動作も、結局はそれまでの体験の蓄積によって為《な》されているものだ。だから、人格を移植して他人になりすましても、実際は身体の動かし方が変だったりして、些細なところでボロが出るんじゃないかな。何より人間の仕草って個人によって結構特徴的だったりするしね。ちょっとした歩き方の姿勢とかも、中身が別人になったら意外とすぐ分かるんじゃない」

僕の頭の中に浮かんだイメージは、ぎこちない仕草で歩くロボットの映像だった。

「……では、逆説的に」そんなことを切り出したのは鮎川である。「その体験の蓄積の記憶を改竄《かいざん》出来れば、すんなり他人になりすますことも出来る、ということでしょうか？」

「ん？」と宵子先輩はしばし考え込む沈黙を置く。「――面白い考え方だ。さすがは小説家志望だね、月乃」

「あ、いえ、ただの思いつきですけど……」

「要するに、身体に流し込む前の人格データ自体を改竄して、身体側に最適化するってことか。でも、その方法は？」

「ええと……あ、例えば、この研究所で実験されていたというバイオデジタルツインを駆使してみる、というのはどうでしょう」と鮎川は手を小さく叩く。「身体側の３Ｄモデルを作ってシミュレーションさせれば、その身体感覚だけのデータが作れるんじゃないでしょうか。仕草とかはモーションキャプチャーとかの技術でデータ化できそうですし、それらを人格データに統合するんです」

鮎川の口調は、今湧いてきたアイディアを片っ端から解き放っているかのように生き生きとしていた。

「なるほど、面白い」

対話する宵子先輩も楽しくなってきたのか、口元をにやつかせている。二人の様子はまるで次の新作ミステリのプロットの打ち合わせをしているかのようにも見えた。

「理屈としてはあり得るかもしれないけど、めちゃくちゃ膨大な計算をしなきゃいけないだろうね。かなり高性能なコンピュータが必要になると思う」

言いながら、宵子先輩は残っていた珈琲を一口で飲み干し、椅子から立ち上がった。

「人類最先端の研究をしていた研究所だ、それくらいの設備はあったかもしれない。よし、とりあえずそれぞれの部屋に荷物を置いたら、施設内を探索してみようか」

珈琲を飲み終えると、僕たちは荷物を持って食堂室を出る。食堂室から廊下を挟んだ対面の壁に、五つの部屋が並んであった。しかし、いずれもドアは開けっぱなしで、その代わりにカーテンが引かれてある。

「これ、なんでカーテン引かれてるんですかね」

僕が訊ねると、宵子先輩は眉を寄せながらスマホの画面をスクロールしていく。

「ええと……ああ、なるほど。このドア、もともとは自動ドアなんだってさ。ほら、横にあるパネルで操作して開閉するらしい。廊下の電気系統が壊れてるから開閉できないんだそうだ。だからカーテンを付けてくれたのか」

「え？」

「ふぇ？」

と、鮎川と愛雨が顔を上げた。

「あの、宵子さん。それってつまり、部屋の鍵は閉められないってことですか？」

不安そうな鮎川の質問に、宵子先輩はあっさりと頷いた。

「そういうことだね。まぁ、キャンプみたいなものだと思いなよ。大丈夫、この島には熊とかの害獣はいないから」

「いえ、あの、そういう問題では……」

「宵子ちゃん先輩、それってマズくないです？　鍵が掛からないってことは、たまたま着替えをしていたところにばったり伊月先輩が入ってくることもあり得ますよ」

愛雨の言葉で、鮎川はちらりと僕の方に視線を寄越してから俯いてしまった。思わず僕は口を開く。

「さすがに声も掛けずに入室はしないぞ」

「えー、しましょうよ。なんだか古典ラブコメっぽいじゃないですか」

「おいおい」と宵子先輩が呆れながら言う。「私たちはラブコメじゃなくてミステリをしに来たんだぜ。そういうのは遠慮してくれよ、いっちゃん」

「だから、しませんって」

鮎川が目を合わせてくれなくなるので、これ以上、このやり取りは続けたくない。僕は強引に話題を変えることにした。

「荷物も置きたいですし、とっとと部屋割りを決めましょうよ。そんなに気になるなら僕は一番端っこの部屋でいいですよ」

「いいや、駄目だ」と宵子先輩が即答する。「いっちゃんは私の隣の部屋だ。名探偵の助手だろ。こういうのは隣り合った部屋に泊まるのがセオリーだ」

……いつから僕は宵子先輩の助手になったのだろう。

しかし、この先輩に不服を言っても無駄と思い、僕はそれに従うことにした。

「んー、それじゃあ私は――」

と、愛雨が喋りかけたときだった。鮎川が慌てた様子で小さく右手を挙げる。

「あの、私、伊月くんの隣の部屋にします」

僕が驚いて見やると、鮎川の視線と衝突する。先に目を逸らしたのは彼女の方だった。周囲が薄暗かったのでその表情は読み取れなかったが、何となく僕には彼女がどんな顔をしているのか想像できる気がした。

「いいんじゃね」と宵子先輩はあっさり了承する。「そいじゃ、その隣が愛雨っちで、准は一番端っこな」

「いいですよー」

「……なんか俺の扱い、雑じゃないですか？」

不満げに言う准に、こっそりと宵子先輩が何かを耳打ちしていた。准は怪訝《けげん》に首を傾げていたが、ひとまずはそこで溜飲を下げたようだった。

部屋割は、廊下の奥から順番に宵子先輩、僕、鮎川、愛雨、准という格好になった。

「よし、それじゃ、それぞれの部屋に荷物を置いたら、この廊下に集合ってことで」

そこで僕はふと、先ほどまでいた食堂室を振り返る。その部屋の隣には、まったく同じ形状のもう一つのドアがついた部屋が並んでいた。

「そういえば、あっちの部屋は何です？」

僕が訊ねると、宵子先輩はスマホを見ながら答えた。

「ええと……ああ、所長室らしい。とりあえず、火災現場の跡地を先に見ようぜ。どれくらいの火事だったのかも直接見てみたいしね。おーい、荷物持ち」

と、宵子先輩は准を手招きし、にっこり笑って足元のスーツケースを指さした。

「私の部屋まで運んでくれるよな」

「……約束ですしね。喜んで」

と、准は苦笑を浮かべていたが、満更でもないようだった。

僕もカーテンを開けて自分の部屋に入る。壁際にあったスイッチを押すと天井の蛍光灯が点き、僕を一安心させてくれた。

部屋はビジネスホテルくらいの大きさで、シングルベッドと書き物机くらいしかない。

しかし、廊下の荒れた様子とは打って変わって、室内は清掃も行き届いており、ベッドのシーツも新品のようだった。どうやら赤上さんというオーナーの心遣いらしい。念のため、寝袋を持ってきていたのだが杞憂に終わったようだ。

荷物を椅子の上に置いて、何となくベッドの上に腰掛けたときだった。

――急に視界がぼやけ、目眩《めまい》がした。

堪えきれずにベッドに倒れ臥すと、急激な睡魔が僕を襲ってくる。暴力的と言ってもいいくらい強烈な眠気だ。

……なんだ、これ？

そんな疑問すらも一緒に、僕の意識は暗闇へと墜落していく。その狭間で、何かガスが漏れるような微かな音が僕の耳に響いていた。

◆

「いっちゃん、起きろ。大丈夫か」

身体を揺すられ、僕は目を覚ます。霞んだ視界にぼんやりと二人の人影が見えた。しばらくして、それが宵子先輩と准であることに気づく。睡魔の引力から身を剝がすように、僕はやっとの思いで上半身を起こした。寝起き特有の気怠さがあり、声を出すのに少しばかり努力が必要だった。

「宵子先輩、准……？　いったい何が……何だか僕、急に眠くなって……」

「俺たちもだ」と准が神妙な顔で言う。「随分と長い間、眠ってしまっていたらしい。俺たちが島に着いてからもう六時間以上が経過してる」

「六時間も？」

咄嗟《とっさ》にスマホを取り出して時刻を確認すると、確かに時刻は一六時を回っていた。島に着いたのは一〇時前だった筈である。

「私も部屋に入った瞬間に睡魔に襲われた」と宵子先輩が顔を顰めて言う。「全員一斉に眠り込むなんてあり得ない。明らかに作為的なものだ」

「作為？」

「ハロタン系と笑気《しょうき》ガスの混合、たぶん外科手術で使われる吸入麻酔薬のようなものが使われたんだと思う。もう確かめようが無いが、予《あらかじ》めそれぞれの室内にそのガスが満たされていたんじゃないかな」

「催眠ガス、ってことですか？」

と僕は目を丸くする。そこで、意識が落ちる前に聞いたガスの漏れるような音のことを思い出し、混乱が頭の中で渦を作る。催眠ガス、昏睡、空白の六時間……いったい誰が、何故、そんなことを？

「とにかく、今はまず他の二人を起こしに行こう」

宵子先輩に言われて、僕の頭に真っ先に浮かんだのは鮎川のことだった。弾かれるようにして僕は部屋から廊下に飛び出した。声を掛けることすら忘れて、隣の鮎川の部屋のカーテンを開け放つ。彼女はベッドの上に身を起こし、今起きたような虚ろな目で僕を見やった。

「伊月、くん……？　あれ、私……」

混乱する彼女の姿を見て、しかし僕はほっと胸を撫で下ろしていた。彼女の姿には着衣の乱れも見えなかった。

「鮎川、無事か」

「私、寝てた……？」

「こっちも起きたぞ」

と、宵子先輩がもう一つ隣の部屋から愛雨の手を引いて現れる。愛雨はゆらゆらと揺れながら、寝ぼけ眼《まなこ》で大あくびをしていた。

「いったい何事ですかぁ？」

愛雨の間の抜けた声がその場の空気を弛緩させる。ひとまず全員の無事を確認できて、僕も宵子先輩も安堵の吐息を漏らした。

「念のために、何か盗まれていないか確認した方がいいんじゃないですか」と准が腕組みしながら言う。「全員が意識を失うなんて、明らかに異常事態ですし」

それから僕たちは一旦自分の部屋に戻り、荷物を確認した。しかし、何かが盗まれたような形跡はまったく無かった。

僕たちは再び食堂室に集まり、状況を整理することにした。先ほどと同じテーブルに着き、鮎川が再び淹れてくれた珈琲に口を付ける。苦み走った味が僅かな睡魔の残滓《ざんし》を綺麗に上書きしていく。

「不可解だ」

と宵子先輩はカップをテーブルに置くなり、眉を寄せて言った。

「いったい誰が、何の目的でこんなことをしたのか、さっぱり分からん」

「あの」と鮎川が心配そうに声を上げる。「本当なんですか、その催眠ガスって」

「全員が同時に眠って、ほぼ同時に目を覚ました。そんな事象を意図的に起こせるとしたらガスしか無いよ。実際、意識を失う瞬間にガスの漏れるような音も聞こえたしね」

「そういえば、そんな気も……」

「あ、それ、僕も聞きました」

「俺もだ」

「私は聞こえる前に寝落ちしたッス」

口々に言う部員たちを前に、宵子先輩は苛立たしげに大きく息を吐いた。

「だが、部屋の中にガスボンベのような装置は無かった」

「それじゃ」と僕は言う。「例えば部屋の換気口のようなところからガスが流し込まれたとか……」

「ドラマの見すぎだよ、いっちゃん」と宵子先輩は首を横に振る。「換気口ってのは相互に空気が行き交うから、一方的に単一の気体を流し込むには不向きだ。ガスの発生源は室内にあったと思われる」

「でも」と鮎川が口を挟んだ。「ベッドの下も確認しましたが、ガスボンベのようなものはありませんでしたよ」

「ああ。つまり、私たちが目を覚ます前に、何者かが部屋に入り込んで回収したってことになる」

宵子先輩の発言に、僕たちの表情が凍り付く。僕たちが意識を失っている間に、誰かがそれぞれの部屋に侵入した——その光景を想像するだけで、背筋が粟立つのを感じた。

「何すかそれ」と愛雨が顔を顰めて言う。「マジで気持ち悪いんですけど。生理的に無理ッス」

その横で僕も頷く。だが、それは生理的云々以前に、理屈としても非常に気持ちが悪い。何故なら、一見したところ五人全員には一切の被害が無かったからだ。何かを盗まれたわけでもなく、何らかの身体的な危害を被ったようにも見えない。

「でも、催眠ガスなんてそう簡単に入手できるものなのか?」

准の口にした疑問に宵子先輩が即座に答えた。

「正規のルートで調達する為には医療系国家資格を保有した医療従事者じゃないと無理だ。製薬会社が実家の私でも調達はまず難しいだろうね。アングラな方法なら、金さえ積めば出来なくはないと思うけど」

それを聞いて、僕の頭の中にとある考えが浮かんだ。

「あの、ちょっと気になったんですが」と僕はおずおずと手を挙げる。「たしかオーナーの赤上さんって人、この島を購入できるくらいにはお金持ちってことですよね？」

「そうか」と准も手をぽんと叩いた。「資金さえあればそのアングラな方法で催眠ガスの調達もできる。それに、そもそもこんな仕掛けを俺たちが来る前に設置できる人間なんて、そのオーナーくらいだ」

一方的な決めつけは良くないとは思ったが、少なくとも准の口にした仮説はかなり説得力があるように思えた。しかし、宵子先輩は釈然としない様子で呟いた。

「赤上さんにそんなことをする理由があるとは思えないが……」

でも、と僕は思う。

――こんなことをする理由のある人間なんて、僕たちの理解の範疇《はんちゅう》から抜きん出た存在なのではないだろうか。

「とりあえず」と宵子先輩は立ち上がる。「赤上さんを捜してみよう」

◆

一旦、僕たちは火災跡地である監視室を見てみることにした。食堂室を出て左に真っ直ぐ進み、開きっぱなしになっている両開きのスライドドアを通る。すると、冷たく強い潮風が僕の頬を撫でた。

そのドアから先に、天井は無かった。壁も殆どが倒壊して、黒く煤《すす》けた瓦礫《がれき》が地面に哀愁的な陰影を作っている。僕らの頭上にはどんよりとした空が広がっており、今にも泣き出しそうな天気だった。建物が小高い丘の上に建っているため、崩れた壁の向こうには島の全景が見渡せた。

「本当に、廃墟ですね……」

鮎川が風に遊ばれる髪を耳にかけながら言った。僕らの足元には割れた硝子や鏡らしき破片と、黒焦げになった机やパソコンの残骸が転がっている。建物の基礎らしき柱が二本だけ焼け残り、煤けた墓標として屹立していた。

「かなり火勢の強い火事だったみたいだ」宵子先輩は屈み込み、落ちていた黒炭を指先で砕く。「全焼にならずに済んだのは、火災当時が大嵐だったせいもあるのかもね。風向きに救われたのかも」

肌寒くなってきた風に身を竦めながら、僕はぐるりと周囲を見渡してみる。建物の北側の三分の一程度が、完全に燃え尽きていた。

この場所で四つの遺体が発見されたという。此処で誰かが、誰かによって殺された。そのことを考えると、脳の奥が痺《しび》れるような奇妙な気分になった。

「さすがに此処に赤上さんはいないか」

と、宵子先輩は周囲を見渡しながら呟いた。

「宵子ちゃん先輩」と愛雨が呼ぶ。「この辺り、ガラクタがすげーです」

愛雨が指さしたのは、部屋の入り口から左手にある一角だった。そこには黒焦げになった何かの残骸が堆《うずたか》く積まれている。床に倒れているのは歯医者などにある診療席のように見えた。

「これは」と宵子先輩が近寄って確認する。「……うん、何らかのハードウェアの残骸っぽい。たぶん、サーバだろうね。大きさから見てかなり大規模なものだったみたいだけど、しかし、オンプレミスとは今時珍しいな」

「研究機関とかだと未だに現役なんじゃないですか」と准が少し遠くから口を挟む。「物理的なスタンドアローンが究極のセキュリティですよ」

「バックアップが取れていればね」と宵子先輩は鼻で笑った。「こういう風に物理的に破壊されてしまえば、セキュリティもクソもない」

「本当に真っ黒焦げですね……」鮎川もまた興味深げに宵子先輩の背後から覗き込んでいた。「これじゃ、中身のデータなんか到底分からないでしょうね」

「ま、仮にデータが残ってたとしても警察が押収してるだろう。いや、もしかしたらその裏の組織が先に回収済み、ってこともあり得るか」

「これは——おい、伊月。ちょっと来てくれないか」

と、そこで准が僕を呼んだ。彼が立っていたのは右手にある少し開けたスペースだった。そこだけが他の場所とはどことなく趣きが異なっていた。他の場所の床はタイル張りなのに対して、ここだけ床板が合成樹脂のような素材で出来ている。そのため、火事のときに熱で変形したのか、妙に地面が波打っていた。

「どうしたんだ？」

「妙なものを見つけたんだ」

准の視線の先にあるものを見つけて、僕も首を傾げる。そこにあったのは僅かに黄ばんだ白いソファセットだった。背もたれのある二人がけのソファが二つ、対面して置かれている。その間には同じ色の四つ足のローテーブルまでセットされていた。

それは周囲の雰囲気から不気味に浮いた光景だった。明らかに、火事の後に此処に置かれたものであることがわかる。

……しかし、何故、こんなところに？

そんな疑問を抱いた瞬間、何故か急に鋭い頭痛が僕を襲った。思わずこめかみを押さえて俯く。島に来た時から疼痛のようなものは感じていた。それがまるでガスを入れられた風船のように急激に膨らみ、頭蓋を圧迫し始めたようだった。耐えきれず僕は床に膝を突く。

「おい、どうした？」と准が僕の肩を支える。「大丈夫か？」

「あ、ああ、大丈……」

顔を上げた時、僕の目に飛び込んで来たのは。

——血の色の光景だった。

誰かの首を持ち上げて。

その断面から。

赤黒い液体が。

重力に引き寄せられ。

滝となって私の足元に。

鉄の匂いのする湖を。

作り。その。芳醇《ほうじゅん》な。感動……。

「伊月？　おい、どうした、伊月！」

准の大きな声で、僕は我に返った。僕の視界には、深刻な表情で覗き込む准の顔があった。僕の心臓が早鐘《はやがね》のようになっている。言葉がうまく口から出てこない。

「先輩」と、僕の傍らにはいつの間にか愛雨が屈み込んでいた。「ゆっくり深呼吸をしてください」

愛雨の言葉に頷き、僕は言われたとおりに大きく空気を吸い込む。頭蓋と痛みの風船の間に空気の層が出来て、苦しさが消えていく。

「大丈夫です、先輩。もう大丈夫です」

落ち着かせるように、彼女は僕の耳元で優しく囁《ささや》いた。その声が、僕の昂《たか》ぶった感情を宥《なだ》めてくれる。いつものように——そう、真夜中に、過去の通り魔事件の悪夢に苛《さいな》まれる僕を救うように。

僕は愛雨の手を借りながら、ゆっくりと立ち上がる。少しずつ心拍が落ち着いてくるのを感じていた。宵子先輩と鮎川が心配そうな顔で駆け寄ってくるのが視界の端に見える。

「どうしたんだ、いっちゃん？　大丈夫か？」

「え、ええ……」ようやく僕の言葉が口から出てくる。「ちょっと、頭痛がして」

「顔色が悪いよ」と鮎川が僕の顔を覗き込んだ。「ちょっと休んでた方がいいんじゃない？」

「ありがとう。でも、もう平気だよ。ちょっと白昼夢を見たというか……」

「白昼夢？」宵子先輩が訝しむ。「それって、どんな？」

「ええと……」

僕は言い淀《よど》む。先ほど目の前に広がった光景について、うまく説明できる気がしない。というよりも、僕も突然の意味不明な体験に混乱していたのだ。あれはいったい何だったんだ？

ただ何となく、『口にすべきではない』という直感が僕の口を閉ざしていた。先ほどの感覚には、そう思わせるだけの不吉な生々しさがあった。

「いえ、ただ……ここであった殺人事件のことを想像したら、急に気分が悪くなっただけです。その、何というか、色々と共感してしまったというか……」

口から出任せで、そんな弁明を並べる。宵子先輩は興味深そうに僕の様子を眺めていた。

「ふぅん？　サイコメトリー、いや、メンタルトレースみたいなもの？」

「そんな大それたものじゃないですよ」

僕が苦笑すると、宵子先輩は幾分残念そうに吐息を漏らした。

「そっか。そりゃ残念だ。私の助手にそういう特殊能力があったら盛り上がると思ったんだけどね」

「――何でしょうね、これ」

と、鮎川がその横で不可解そうに呟いた。彼女の視線の先にあるのはあの白いソファセットである。

「ああ」准も腕を組んで顔を顰める。「俺も気になって、伊月に見せたんだ」

「ふむ」宵子先輩が顎《あご》に手を当てながら、屈み込んで観察する。「見るからに応接用のソファセット、って感じだ。焦げた様子も無いから、間違いなく例の火事の後に出されたものだろうけど……いや、妙だな。これだけ屋外の吹きさらしの中に置かれているのに、ほとんど砂も付いていない。昨日今日で此処に置かれたと言ってもいいくらいだ」

「昨日今日、ですか？　でも、いったい誰がこんなことを？」

僕の口にした疑問に、宵子先輩はすぐさま答える。

「考えられるのはオーナーの赤上さんしかいないだろうね。大方、ここに座って夜空を見ながらワインでも呑もうとしたんじゃないか。しかし、こんなもの何処から引っ張り出したんだか」

「こんな場所を取るような代物は、個人の部屋に置ける筈がない……」と、その横で鮎川が独り言のように漏らす。「応接用だとしたら、食堂に置くわけにもいかない。応接用のソファを使う人……つまり、『来客の対応をしなければならない役職の人物』の部屋、でしょうか」

顔を上げる鮎川に対し、宵子先輩も同意するように頷いた。

「だとすれば、ほぼ間違いなく所長室かな」そこで宵子先輩は踵を返す。「よし、そっちも調べに行こう。所長室はさっきの食堂の隣の部屋だ。もしかしたら赤上さんもそこにいるかもしれない」

再び研究所の中へと戻っていく宵子先輩の後を、鮎川と愛雨が追う。僕もそれに倣おうとしたとき、准が腕を掴んだ。

「どうした、准?」

「——何が見えた?」

「……何だって?」

「さっき、おまえの目には何が見えたんだ?」

僕にそう問いかける准の目は、いつになく真剣だった。僕の目を半ば睨み付けるかのような、ある種の切迫感すら感じられる目だった。その謎のプレッシャーに物怖じしながらも、僕は答える。

「何って……だから、何でもないよ。少し気分が悪くなっただけだって」

僕のその言葉の真意を探るかのように、准はしばらく沈黙しながら僕を見つめていた。妙な疑いを掛けられるのも嫌だったので、僕も無言で真っ直ぐにそれを見つめ返した。

しばらくして、先に目線を外したのは准の方だった。僕の腕を解放し、少しばつが悪そうに頭を掻いた。

「そうか、なら、いいんだ」

それだけ言って、准は三人の後を追って歩み去って行く。僕は准に掴まれていた腕をさすった。そこには手の力の余韻を残すような、小さな痺れが残っていた。

◆

所長室は監視室を出てすぐ右側、先ほど僕らが珈琲を飲んだ食堂の隣にあった。ドアは食堂と同じ片開きのもので、見た目もまったく同じである。壁には部屋の名前を記した札すらかかっていない。

「この施設で探索してないのは此処だけだ。いっちゃん、開けてくれ」

宵子先輩に促され、僕はドアノブに手を掛ける。しかし、予想に反した感触が伝わってきた。

「あれ？」僕は何度もノブを捻ろうとするが、ドアが開く気配は無い。「なんか、鍵が掛かってるみたいですよ」

「鍵？　そんな馬鹿な」宵子先輩が僕に代わってドアノブを捻る。「本当だ。内側から鍵が掛かってる」

「ちょっと待ってください」と、鮎川が問いを挟んだ。「宵子さん、どうして『内側から』と言えるんですか？」

「……良い質問だ、月乃」

そう答える宵子先輩の目には、しかし、いつもの冗談めいた雰囲気は見られない。むしろ、真剣さを通り越した感情——言うなれば、ある種の困惑が見て取れた。

「この部屋の鍵は、実は事前に赤上さんから私が預かっているんだ」

そう言って、彼女はライダースジャケットのポケットから一つの鍵を取り出して見せた。表面に凹凸のあるディンプルキーと呼ばれる種類の鍵である。それを見て僕の背筋も僅かに粟立つ。

「……合鍵は？」と僕は思わず縋《すが》るように訊ねていた。「先輩、他にもこの部屋の鍵はあるんですよね？」

しかし、宵子先輩は首を横に振る。

「赤上さんから聞いた限りでは、この部屋の鍵はこれ一本だけだそうだ」

馬鹿な、と僕は思わず口に出しそうになった。

ということは今のこの現状は……この部屋の内側からしか鍵が掛けられない、ということである。つまり。

「え」と愛雨がその可能性を口にする。「それじゃ、今、中に誰かが居るんですか？」

一同の間に、全く同じ戦慄が走ったのが、僕にはわかった。

――いったい誰が、いつから？

もし案内人の赤上さんという人なのだとしたら、僕たちに声を掛けないのは不自然だ。僕たちはあれだけ騒ぎながら施設内を探索していたのだから、気づかない筈が無い。仮に全くの別人だとしたら、それは更に異常な事態となる。

誰も何も言わず、視線が宵子先輩へと集中する。彼女は一度だけ重々しく頷き、手にしたディンプルキーをドアの鍵穴へと差し込んだ。カチンという小さな筈の解錠の音が、やけに大きく響く。

宵子先輩がゆっくりとドアを開ける。室内は蛍光灯が点いていたらしく、人工的な明かりが薄暗い廊下へと浸食してきた。僅かに眩《くら》んだ目を凝らす。

そして、僕たちはその光景を目にする。

全員が、息を呑む音が聞こえた。

それと同時に――僕の頭の中の風船が急激に膨張し、破裂したような感覚があった。

風船の中に満たされていた液体が一気に頭の中に撒き散らされ、僕の脳神経のシナプスにこびりついた埃《ほこり》を洗い流していく。その感覚に得体の知れない恐怖と、同時にある種の快感を覚える。言うなればそれは夢から醒《さ》めるような、いや、改めて自分が生きていることを実感したような――そう、一種の覚醒と言ってもいい感覚だった。

……おかしい、と自分でも思う。

今、目の前に広がっているのは、目を覆いたくなるほどに残虐な光景だというのに。

所長室は先ほどの食堂よりも少しだけ小さな部屋で、四方を真っ白な壁に囲まれた、何も無い部屋だった。

正面にある白亜のデスクと、『それ』以外は。

部屋の色に合わせたように真っ白なデスクは、その側面を赤黒い液体で汚されている。

その液体は——。

——デスクの上に載った、男性の生首から流れ出していた。

生首は切断された断面をデスクの上に接地した状態で、僕たちの立つ入り口の方を向いていた。六〇代くらいだろう。白髪交じりの男性の表情は瞼を閉じ、口を僅かに開けていた。まるで彫像がデスクの上に飾られているかのような光景だった。

そして僕たちの手前には、その生首の持ち主だったであろう身体が、血溜まりの中に大の字になって横たわっている。

それが、その部屋のすべてだった。

僕を含めた五人は、誰も悲鳴すら上げず、言葉を失って入り口に立ち尽くした。まるで時間が凍り付いてしまったかのようだった。その空間に、僕の声が微かな亀裂を入れる。

「密室殺人だ」

我ながら、間の抜けた言葉だったと思う。

だが、この部屋の扉には鍵が掛けられており、その鍵も一本しか存在せず、天井や壁には窓一つ無い。そこに首を切断された死体があったのだ。疑う余地も無い密室殺人である。

「みんな、現場には、入るな」と、宵子先輩が僅かに震えた声で言う。「私が、検証する」

彼女はポケットからゴム手袋を取り出し、慎重に遺体へ近づいていく。

「どうして……」

鮎川が泣きそうな声で呟く。その肩は小さく震え、顔色は青くなっていた。

「草薙さん」と准が宵子先輩の背中に呼びかける。「僕たちの死角、そのデスクの裏に注意してください」

「……ああ、誰もいないみたいだ」

宵子先輩は生首の置かれたデスクの裏手を屈み込んで確認していた。

「やっぱり、殺されているのは案内役の赤上さんだ。島に先行して待ってるって言ってたのに、どうして……」

この島を買ったというオーナーのことだろう。遺体の顔を観察しながら、宵子先輩の表情が沈痛そうに歪《ゆが》む。

つまり、と僕の思考が呟く。

この時点で、完全に密室殺人が確定したことになる。では、これを成し得る方法は何か？合鍵の存在は？　或いはこの条件で自殺を成し得るギミックは……。

思考の中の歯車が、その間に挟まった数多の土塊をかみ砕きながら猛烈な勢いで回転を始める。

そこで突然、僕の右手が握られた。顔を向けると、愛雨が真剣な表情で僕を見上げていた。

「先輩、大丈夫ですか？」

「え」

「目つきが怖いです」

「……ああ、大丈夫。少し、気が動転しているだけ」

「まさか」と、愛雨は遺体の方を見やりながら言う。「『０』の仕業でしょうか」

『０』――かつて九六件の連続密室殺人を巻き起こし、三年前に『名探偵』によって捕えられたという『殺人鬼』。だが、その存在は……。

「でも」と鮎川がその先を言う。「死んだ筈でしょう、その殺人鬼は？」

「そうだ」と宵子先輩が頷く。「密室殺人鬼０と呼称された人物、汀崎仁志はこの研究所で遺体となって発見されている。それは警察の記録にも残っている」

「――だが、０の遺体は焼死体だった」

と、僕は口走る。まるで言葉自体が意志を持って僕の口から飛び出てきたかのようだった。

三年前にこの研究所で見つかったという四つの焼死体。男性が二人と女性が二人、その内の一つが殺人鬼０のものだったという。

――だが、それは本当だろうか。

今、目の前に広がっている密室殺人の意図が僕には汲み取れない。殺害されたのはこの島のオーナーである赤上氏だという。僕は彼自身のことを詳しく知らないので、氏が誰かの恨みを買っていたという可能性は否定できない。しかし、何故、密室なのだ？　密室で首を切断することに、いったい何の意味がある？　そんなことをするのは——そこに意味を見いだせる人物がいるとしたら——もし、もしも、三年前の遺体に入れ替えが起きていたとしたら——。

僕の頭の中で情報が繫がり合い、連結するたびに電流が迸《ほとばし》る。

そこに唐突に絶縁体が差し込まれた。ふと、僕の左肩が重量を覚える。見やると、鮎川が震えながら僕の腕を摑んでいた。

しかし、それでも彼女の目は室内の遺体を観察せんと細められている。その凄惨な光景に耐えるように、彼女の唇は真一文字に結ばれていた。おそらく、無意識のうちに僕の腕を摑んだのであろう。まるで支えを求めるように。

「たぶん、だけど」と宵子先輩が床の首なし死体に屈み込みながら言う。「死因は頭部切断による失血性ショック死だろう。生きてるうちに首を切られたんだ。そうじゃないと、これだけの出血は起きないと思う」

検死のために医学生になった、と豪語するだけあって、宵子先輩は顔を顰めながらも淡々と状況を述べる。

「切断面は、う……かなり鋭利なもので一息に切られたみたいだ。鋸とかじゃなくて鉈とか、日本刀みたいなものかな。素人の犯行とは思えないけど……ん？」

と、宵子先輩はデスクの上の生首に再び視線を向け、眉を寄せた。

「何だ、あれ?」

僕たちの頭上に疑問符が浮かぶ中、宵子先輩は赤上氏の頭部に近づいて、その僅かに開かれた口の中を覗き込んだ。そしておもむろにその中に指先を突っ込む。鮎川が小さく悲鳴を上げた。

「よ、宵子さん、何を……」

「——口の中に何かある」

そう言って彼女は、その口を開けようとする。が、うまくいかないようで顔を顰めた。

「死後硬直で固くなってるな……准、手伝ってくれるか?」

「え、あ、はい」

「ちょっと押さえてくれ」

呼ばれた准は宵子先輩のもとに駆け寄り、恐る恐る遺体の頭部を押さえた。宵子先輩は両手の指をその口の中に入れ、力を込めてこじ開ける。広がった隙間から指を二本入れ、慎重にそれを取り出す。涎《よだれ》と血が混ざり合い、赤い糸を引いているのが覗えた。

それは、四つに折られた紙片だった。

「これは……」

紙片を開いた宵子先輩と准の目が、驚愕に見開かれた。僕の隣で鮎川が食いつくように一歩を踏み出した。

「宵子さん、何です、それは？」

宵子先輩は僕たちの方に歩み寄って、その血まみれの『写真』を見せた。

そこには、この研究所の正面入り口を背景として、五人の白衣を着た人物が写っていた。

記念写真、という単語が僕の脳裏を過る。

「これは、まさか」

「ああ」

僕の言葉に、宵子先輩は重々しく頷いた。

「――紅澄脳科学研究所の所員だろう」

◆

ひとまず遺体はそのままにして、所長室は宵子先輩の持つ鍵で封印された。ドアに鍵を掛けた後で、宵子先輩は自分のスマホを何故か廊下の床の端に立てかけていた。

「先輩、何してるんです？」

「……いや、ちょっと気になってね」

僕の質問に、宵子先輩は所長室のドアを睨み付けながら、言葉を濁《にご》した。

その後、僕たちは再び食堂室に集まり、今後のことを相談することにした。しかし、いずれにせよ僕らに出来ることは何もなかった。警察が来るまで待つしかない、というのが全員の意見として一致したが、この島は携帯電話も圏外で、当然のことながら衛星電話などという気の利いたものを持ち込んでいる者もいない。今すぐ警察を呼ぼうにも、その手段が無かった。

「つまり、迎えの船が来る明後日の昼までは、このまま待ち続けるしかないということですね」

僕の言葉に一同が静まり返る。重苦しい空気が舞い降りる中、鮎川が小さく右手を挙げた。

「あの、この島に他にボートは無いんでしょうか？　亡くなった赤上さんが乗ってきたものとか……」

「それは私も考えた」と宵子先輩は溜め息をついた。「でも月乃、仮にそんなものを見つけたとしても、今からこの島を出るのは危険すぎるよ」

彼女の言う通り、窓から見える海原では強い波が海岸線に打ち付け、白い飛沫《しぶき》を上げている。強さを増す風が島の木々を横薙ぎに揺らし、遠雷《えんらい》の音までもが聞こえた。硝子を失った窓から、ぽつぽつと雨がこの部屋に浸入を始めている。あと数十分もしない内に、この島が嵐に呑み込まれることは確かだ。

「本当のクローズド・サークルになっちゃいましたね……」

さすがの愛雨も深刻そうな表情を浮かべていた。

「赤上さんの遺体に関してだけど」と宵子先輩が神妙な顔で言う。「現状、あの出血だと死《し》斑《はん》での死亡推定時刻の精密な判定は難しい。少なくとも私には無理だ。ただ、死後硬直の具合から見ても死後六時間以上、八時間未満ってところじゃないかと思う」

六時間以上、八時間未満——その数字に、僕は嫌な予感がした。

「それってつまり……」

「ああ。私たちが意識を失っている時間帯に一致する。赤上さんは私たちが眠り込んでいる間に殺害された可能性が高い」

僕の回答を先回りするように、宵子先輩は答えた。

「ということは」鮎川が目を鋭く細めて言う。「——あの密室は崩れますね」

その発言に、宵子先輩が沈黙のまま首肯する。一瞬遅れて僕が気づき、その次に准が「ああ、なるほど」と頷いた。愛雨だけが疑問符を頭上に浮かべていた。

「え？　ええ？　どういうことです？」

「この鍵だよ」と、宵子先輩はポケットからディンプルキーを取り出した。「犯人は赤上氏殺害後、私が眠っている間に私のポケットからこの鍵を盗み取り、所長室を施錠した。その後で再び鍵を私のポケットに戻した。そういう事象が成り立つ」

「え、それじゃ」と愛雨が言う。「私たちを催眠ガスで眠らせた犯人は赤上さんを殺害した犯人と同じ人物で、その目的は宵子先輩の持つ鍵を盗んで密室を作るためだった、ということですか？」

一同は沈黙する。何となく筋の通らない話のようにも思えた。

――何故、赤上氏は密室で殺されなければならなかったのだ？

「あのあの、宵子ちゃん先輩。今の状況ってかなりヤバいと思うんですけど」と、愛雨が続けて言った。「だって、赤上さんを殺害した犯人がまだこの島にいるかもしれないってことですよね？　しかも催眠ガスまで使うような奴が」

「断定はできない」宵子先輩は首を横に振った。「ただ、赤上さん殺害が本当に今から六時間前であれば、まだ海は今ほどは荒れていなかった。ゴムボートか何かを用意すれば犯行後に島外へ逃走することも可能だとは思う」

いや、だとしたら辻褄が合わない。仮に犯人の目的が赤上さんの殺害だったとして、その後に島外に脱出するのであれば、わざわざ現場を密室にすることも、そしてその鍵を犯行後に宵子先輩のポケットに戻すことも必要なかったはずだ。

それが意味することはつまり――。

「どう考えますか、草薙さん」と准が問う。「犯人はこの島にいるか、既にいないか。それによって我々の対策も変わってくると思いますが」

「月乃はどう思う？」

宵子先輩は自分に飛んできた質問を、鮎川の方にそのまま投げる。彼女はしばらく考え込んでから答えた。

「いずれにせよ、犯人はまだこの島にいる、という想定でいた方が良いんじゃ無いでしょうか」

「賛成です」と愛雨が手を挙げる。「私もみんなで固まっていた方がいいと思います」

「なるほど。いっちゃんは？」

宵子先輩の問いかけが、今度は僕の方に飛んでくる。僕はテーブルに肘を突き、顔の前で両手の指を合わせて考え込んだ。

「今の僕たちが最優先すべきは、脅威の把握だと思います」

そんな僕の回答に、准が椅子から僅かに腰を上げる。

「おいおい、伊月。それってつまり俺たちで犯人を捕まえるってことか？」

「そうじゃない」と僕は真面目な顔で首を横に振る。「犯人に関する情報の解像度を上げるっていう意味だよ。『正体不明の殺人者と僕たち五人』と、『特定された犯人と僕たち五人』という状況はかなり違う。後者の方が色々と対策を練れるだろうし、僕らの安全性も向上する」

僕の説明に、准と宵子先輩は感心したように目を丸くし、何故か愛雨がドヤ顔をしていた。僕の対面で、鮎川だけが真剣な表情で頷く。

「私もそれが良いと思う。それで伊月くんは、さっきの密室についてはどう考えてるの？」

僕は再び両手の指先を合わせて考え込む。部屋に窓は無く、鍵は我々の手元にあり、施錠された部屋で首を切断された遺体が発見された、という、絵に描いたような密室殺人。

正直、気になっていることはたくさんある。だが、最初に手を付けるべきは、やはりあの件だろう。僕は顔を上げて宵子先輩に視線を送った。

「宵子先輩、あの所長室の現場は、誰も隠れられそうな場所は無かったんですよね」

「え？　ああ。せいぜいがあの生首が載ったデスクの裏くらいだ。それ以外は何も無い部屋だったから、他に身を隠せそうな場所は無い。でも、それはいっちゃんも分かってるだろ？」

「ええ、ただ、あのとき部屋に実際に入ったのは先輩と准だけだったので、念のために確認しただけです」

僕と愛雨、鮎川の三人は終始、部屋の入り口から室内の惨状を眺めていただけである。

現場の状況を改めて思い出す。入り口の正面にある壁際には白い机があり、その上には被害者の頭部が置かれていた。その手前の床には血溜まりがあり、そこに頭部を切断された身体が大の字になって横たわっていたのを覚えている。遺体は足の方が我々の方を向いており、切断された首側がデスクの方を向いていた。

「正直な話をすると」と僕はみんなの反応を覗いながら、自分の推理を口にする。「犯人が催眠ガスを駆使して、眠っている宵子先輩から鍵を盗んで使った、という理屈に僕は少し懐疑的なんです」

宵子先輩が興味深げに目を開いた。

「というと？」

「そもそもあの催眠ガスって、先輩の話を聞く限りだと準備するのにかなり労力が必要なわけですよね？」

「ん、まぁ、そうだね。指先ひとつで用意できるのは、クサナギ製薬をフル活用できる私くらいだ」

「だとしたら、犯人によほどの確信が無いとそんなものは用意できないと思うんですよ。『我々五人のうちの誰かが鍵を持っている』という確信が」

鮎川が首肯して同意する。

「うん。私も何となく、ちぐはぐな印象を抱いていたの。宵子さんが所長室の鍵を持っている、っていうのは私たちも知らなかった情報だし、宵子さんと赤上さんしか知らない情報だったんじゃないかな。普通はオーナーの赤上さんが鍵を持っているはず、でも殺害後に遺体を漁《あさ》っても鍵は見つからなかった、もしかしたらこれからやってくる大学生が持っているかもしれない、それなら催眠ガスでみんなを眠らせて荷物を漁ろう——っていうのはロジックとして破綻していると思う」

「ああ」と僕も頷く。「だとしたら、催眠ガスを仕掛けたのは犯人ではなくて別の人物だと考えた方が筋道が通る。僕らの昏睡事件と殺人事件は個別の事件だったんじゃないかな」

「ふむ、なるほど」

宵子先輩の目には興味の光が輝き始めていた。ミステリマニアとしての血が疼《うず》くのだろう。

「え、それじゃやっぱり、催眠ガスを仕掛けたのは赤上さんなんじゃないですか？」そう言ったのは愛雨である。「まったく想像もできないですけど、赤上さんは何らかの目的があって催眠ガスを使って私たちを眠らせた。でも、そのあとになんやかんやあって殺人犯に殺されてしまった」

一同は考え込むようにして唸った。ディティールはともかく、確かに愛雨の推理の方が筋道は通っているような気がしていた。

しかし、そのときの僕の胸中を圧迫していたのは、あまり考えたくない可能性だった。つまり——犯人、というのは本当に僕たち以外の人間なのだろうか、という疑問である。他の四人が眠っている間に、この中の誰かが犯行に及んだ、という可能性は考えられないだろうか……？　催眠ガスを容易に調達でき、密室の鍵を持つ、そんな人物は……。

宵子先輩の方に視線を向けてしまいそうになる自分を、僕は必死で制止する。あり得ない。こんな善良と正義の権化のような人物が、本当にそんなことをするだろうか。

ふと、鮎川と視線がぶつかる。彼女も僕と同じような推理の筋道を辿っていたようで、何処となく気まずそうな面持ちだった。

「密室トリックも気になりますが」と僕は話題の方向を変えるために口を挟む。「僕としてはオーナーの赤上さんがどうして殺されなければならなかったのかも気になります」

「うん」と鮎川も頷く。「それに関しては、現場に手がかりらしきものがあったよね」

全員の視線が、テーブルの真ん中に置かれたものに注がれる。血の滲んだその写真は、先ほど宵子先輩が被害者の遺体の口腔《こうくう》内から発見したものだ。

写真の場所は、どうやらこの紅澄脳科学研究所の正面玄関前のもののようだ。そこには五人の白衣を着た人物たちが、微笑とも無表情とも取れる微妙な表情で並んで立っている。黒縁眼鏡を掛け、赤みがかった髪を後頭部で括《くく》った女性。がっしりした体型の体育会系のような男性。縁の無い丸眼鏡を掛けた気弱そうな青年。背の低いボブカットの女性。そして、長い前髪で目元を隠した陰気そうな男性の五人だ。

「世界中のあらゆる所から抹消されていたはずの、研究所の職員の顔写真」と改めて、僕はその重要性を示す。「これが何か関係しているのは間違いないと思う」

「私も同感」鮎川が僅かに身を乗り出して言う。「だとすれば、可能性は二つだよね」

「え、どういうことです？」

頷き合う僕たちの横で、愛雨が首を傾げていた。

「つまりね、愛雨ちゃん。あの写真は被害者が殺される前に自分で口の中に隠したという可能性と……」

「犯人が殺害後に遺体の口に入れた、という可能性だよ」

「面白い」と、思わずといった様子で宵子先輩が言う。「……悪い。人が死んでるってのに、少し不謹慎だった」

ばつが悪そうに顔を顰めた後で、彼女は気を取り直した様子で僕たち二人に目配せした。

「でも、その二つの可能性を深掘りすると、それぞれで犯人像が見えてくるね」

僕と鮎川が同時に頷く中で、愛雨が置いてけぼりを食らったかのように泣きそうな顔をしていた。

「え、え、全く分からないんですけど、ちょっと誰か説明してくださいよ」

「もしこの写真を残したのが被害者なのだとしたら」と僕は言う。「この写真に犯人に繋がる鍵が隠されているかもしれないってことだ。シンプルにこの写真の人物たちの中に犯人がいる、とかさ。所謂、ダイイングメッセージってやつだよ」

「そしてもし、写真を残したのが殺人犯だとしたら」と鮎川も続ける。「犯人はこれを発見者である私たちに見せつけることで、何らかのメッセージを発信している」

「メッセージって、例えば何です？」

その愛雨の質問に対しては、宵子先輩が答えた。

「怨恨の誇示、報復の正当性の主張、或いは」と宵子先輩が顎に手を当てながら並べる。

「――見せしめ、とかかな」

「見せしめって……」

不穏な単語に、悲壮感を露わにする愛雨。宵子先輩が続ける。

「例えばこんなストーリーも想像できる。赤上さんはこの島を購入し、三年前の事件に関する何らかの新事実を知った。それ故に、犯人に殺害されてしまった。故に犯人は、この研究所の謎を暴こうとする者は殺す、というメッセージを込めて写真を残した。これ以上続けるとおまえたちもこうなるぞ、ってね」

「宵子ちゃん先輩……そのストーリーだと、その犯人って三年前の犯人と同一人物になりますよね？」

と、愛雨は泣きそうな表情を浮かべていた。

そこで僕の頭の中に嫌な方程式が浮かんだ。荒唐無稽だが、背筋を粟立たせるのに充分なくらいの、いわば黙示録のような考えである。

「――例の殺人鬼0の人格を移植された人物がこの島にいる、とか？」

全員の視線が僕に集中し、僕は言ったことを少しだけ後悔した。

「いえ、すみません。これはただの僕の妄想で……」

「その可能性は私も考えていたよ、いっちゃん」宵子先輩の目は真剣だった。「警察の発表を信じるならば、殺人鬼0と称される人物は三年前に死亡している。しかし、もし本当にその人格を移植するという技術が実現していたのであれば、0と同じ記憶、人格を持つ人物が存在する、という状況は考えられなくはない」

「0の、亡霊……」

鮎川がぽつりと呟いた。それはこの島に到着したときに宵子先輩が冗談交じりで口にした単語だった。僕の視線が再び写真に向けられる。

研究所の前に佇《たたず》む五人の人物。もし、この中に殺人鬼の人格を移植された人物がいたとしたら――そしてその人物が、今もこの島にいるとしたら。

しかし、そんなことがあり得るのだろうか、と冷静に考えている自分もいる。事件からの三年間、ずっとこの島に隠れ潜んでいられるわけがない。では、赤上氏が島を購入したという情報を何処かから得て、氏がこの島を訪れるタイミングを見計らってわざわざ犯人もこの島に上陸し、殺人を犯したというのだろうか？

「あの、ちょっといいですか」そこで、今まで沈黙していた准が口を開いた。「ずっと疑問に思っていたんですが……」

彼はずっとテーブルの上に置かれた写真を見つめていたようだった。

「たしか、この島で殺されたのは四人で、そのうち所員は三人だって話ですよね。そして所員の一人は行方不明……つまり、三年前の事件発生時、この島にいた所員は全部で四人だった」そう言いながら、准は写真を指さした。「だけど此処には白衣を着た人物が五人写っている。この研究所には所員がもともと五人いたってことじゃないですか？」

「良い所に気づいたな、准」宵子先輩が指を鳴らす。「そこは私も気になっていたところだ。ぶっちゃけ、紅澄脳科学研究所に何人の所員が勤めていたのかは私も分からない。何処にも情報が公開されていないからね」

「では、どうして事件当日の島にいた人数が分かったんです？」

准の質問に宵子先輩は即答する。

「警察が島と本土の間の船の本数を調べて発覚した数値だ。当時、連絡船の仕事を請け負っていた漁師たちに聴取をしてね。いわば消去法だよ」

「ということは、つまり」と僕は思わず口を挟む。「連絡船に頼らずにこの島に往来していた人物『X』が存在していた可能性もある、ってことですか？」

「あり得る話だ」宵子先輩が首肯する。「そしてその『X』は警察の捜査線上には出てこない。記録が残っていないからね。この写真以外は、ということだけど」

「まさに真犯人にうってつけ、という人物ですね」

鮎川が独り言のように漏らした。僕は五人の写真を見ながら、先ほど宵子先輩がスマホで見せてくれた所員四人の名前を思い出していた。

紅澄千代、正岡充、中槻周哉、上原須磨子。

名前から判断して女性は二人、そしてこの写真に写っている女性も二人である。とすれば『X』はこの男性三人の中のどれか一人ということになる。その人物が三年前の真犯人で、そして今回、オーナーの赤上さんを殺害した犯人なのだろうか。

「いずれにせよ、この写真の人物たちの人相は覚えておこう」と宵子先輩が神妙な顔で言う。「万が一、この島で出くわしたときに分かるようにね」

「宵子ちゃん先輩は」愛雨が泣きそうな表情で問う。「やっぱりオーナーさんを殺した犯人がこの島に居る、と考えているんですか？」

その質問に、僕たちは全員一斉に宵子先輩の方を見た。彼女は腕組みをしてしばらく考え込んでいたが、やがて決心したように口を開いた。

「ああ。その可能性が高いと考えている。もし犯人の動機がさっき言ったような『見せしめ』だとしたら、私たちを監視したいと思う筈だ。あの密室もそのための何らかの伏線なのかもしれない」

殺人犯が今もまだこの島の中にいる——その可能性が、食堂内に重苦しい空気をもたらした。それを払拭しようとするかのように、愛雨が再び質問を投げる。

「でも、だとしたら犯人は今、何処にいるんでしょうか？」

「その件だけど」と宵子先輩が言う。「実は、一つの可能性を考えている」

◆

宵子先輩に促《うなが》され、僕たちは一度食堂室から廊下に出る。日が完全に落ちてしまったせいで、廊下は真っ暗だった。それぞれにスマホのライトを点けて、再び例の所長室の前までやってきた。すると、宵子先輩は先ほど床に立てかけていた自分のスマホを拾い上げ、画面を操作し出した。

「……うん、特に変化は無いな」

「何をしているんですか、先輩？」

「ああ、録画していたのさ。この所長室の扉をずっとね」

「録画？」と、そこで鮎川は何かに気づいたようにはっとする。「まさか宵子さんの推理は……」

「そうだ、月乃」

宵子先輩は不敵に口角を上げた。

「犯人は今もまだこの密室の中に隠れ潜んでいるのではないか、というのが私の推理だ」

僕は驚きに目を見開いた。そんなことがあり得るのだろうか。僕のそんな疑問を汲み取ったのか、宵子先輩は腕組みをして説明する。

「私もいっちゃんの推理には概ね賛成だ。私たちの昏睡事件と赤上さんの殺害事件は個別のものだっていうのにはね」

「宵子ちゃん先輩」と愛雨が不満げに口を尖らせる。「そう推理したのは私です」

「あ、そっか、ごめんごめん。とにかく、犯人は『私がこの鍵を持っている』ということは知らなかったんじゃないか、と私は考えている。となるとこの鍵は盗まれてもいないし、使われてもいない」

と、宵子先輩はポケットから例の鍵を取り出す。

「しかし、この密室は完璧だ。この鍵以外にこのドアを施錠する方法は無い。内側から鍵を閉めない限りはね。となると、答えはもう消去法でそれしかないだろう。つまり、犯人は赤上さんを殺害してから私たちが部屋に入るまで、そして部屋から出た後もずっと同じ室内に居るってことだ」

「そういえば、国内ミステリでも同じような密室トリックがありましたよね」と鮎川が言う。「あれはたしか『黒……』」

「あ、あ！」と愛雨が慌てたように言う。「たぶんそれ、愛雨が読んでないやつだと思うので、ネタバレは無しでお願いしますです」

愛雨に制止され、鮎川は自分の口元に手を当てて言葉を呑み込んだ。

「さっきまで録画したデータをざっと確認してみた」

と、宵子先輩がスマホの画面を僕たちに見せる。そこには所長室のドアだけが映っていた。先輩の指が画面下部のシークバーを操作して早送りしていく。その間に動画内に変化は無く、最終的には宵子先輩の顔が映り、スマホ自体が持ち上げられる場面で録画は終了していた。

「見ての通り、私たちが退室してからこの部屋を出てきた者はいない」

「待ってください、先輩」と僕は異議を申し立てる。「でも、あの部屋には隠れられる場所なんて何も無かったんですよ。室内に誰もいないことはこの場にいる全員が確認しています」

「それは正確ではないよ、いっちゃん。隠れる場所が無かったんじゃない。私たちが見つけられていないだけだ」

先輩の屁理屈に、僕は思わずむっとする。

「部屋の中に隠し部屋や地下室がある、と言いたいんですか？　でも、その理屈で言えば外へ出る隠し扉だって……」

「少なくとも赤上さんから貰った見取り図に、隠し部屋や出口は無かった。尤も、隠しているのであれば図面になんか載る筈はないけどね」

自嘲するように言う宵子先輩。だったら、と僕が言い返そうとするのを、彼女は掌を見せて押しとどめる。

「いいかい、いっちゃん。これはあくまで私の推理、いや、トリックのアイディアだ。あの部屋は四方がすべて白い壁だった。蛍光灯の明かりを反射するくらい純白のね。例えば、天井から床まで届き一方の壁全体を覆えるほど大きな白い布を用意すればどうだ？」

僕は眉を寄せる。

「……擬似的に布で壁を作り、犯人はその偽物の壁と本物の壁との間に隠れている。そう言いたいわけですか、宵子先輩は？」

「そうだ」と彼女は恥ずかしげも無く頷く。「或いは床や天井でもいい。純白の板を用意して、部屋の構造を偽造すれば……」

「そんなの、いくらでも思いつくじゃないですか」

「そうだ、いくらでも思いつく。この私でも、そして犯人でもね。そして思いつく限りはあり得る話だ」

僕は押し黙るしかなかった。その通りだと納得している自分もいたし、屁理屈だと呆れている自分もいた。呆れの感情の背中を押して、僕は口を開く。

「それじゃ今からもう一度、この部屋に入って調べてみましょうよ。壁が偽装されていないかどう……」

「駄目だ、伊月」

唐突に准が険《けん》のある声で僕の言葉を断ち切る。

「遺体を調べたときに草薙さんが言ってただろう。被害者は鈍や刀剣のような凶器で頭部を切断されているって。犯人は武装しているんだ。もし草薙さんの考え通りにこの部屋にまだ犯人が潜んでいるとしたら、あまりに危険すぎる」

僕は再び言葉を呑み込まざるを得なかった。

もちろん、こちらは五人もいる。ただ、刃物を持った犯人が相手だとすれば、怪我人が出る程度では済まないかもしれない。追い詰められ、逆上した殺人者となれば尚更だ。こちらも何か武器になりそうなものはないか、と考えたが、せいぜいが台所にある包丁くらいだろう。

包丁を使って、刀剣などのリーチの長い武器を相手取る方法について考えようとしたとき、鮎川が僕の手を軽く握った。目を向けると、彼女は心配そうな顔で首を横に振っていた。僕は大きく溜め息をつき、反論を諦めた。

「……では、どうするんですか？」

「こうしてスマホの機能を使って監視は続ける。でも、准の言った通り、やっぱり犯人を野放しにしておくのはこちらも危険だ。できれば物理的にこの部屋を封印するべきだろう」

「物理的に封印っていうと」愛雨が腕組みをして考える仕草をする。「金槌《かなづち》とか釘とかで板を張り付ける、とかですか？」

「まぁ、そうだね。少なくとも釘みたいなものがあれば何とかなるんだけど……」

宵子先輩の目線の先には、この研究所の入り口付近に積み上げられた段ボールの山があった。

「とりあえず、使えそうなものを探してみようか」

そして僕たちは各々のスマホのライトを片手に、かつての所員たちの残留物の山々を漁り始めた。しかし、一通りの段ボールを開けて物色してはみたものの、大工用具のようなものは疎か、釘の一本も見つからなかった。

「これだとさすがに無理ですよね……」

愛雨はコスプレ衣装が一式詰まった箱から、裁縫セットのようなものを発掘して呟いた。

僕は溜め息をつく。

「まぁ、縫い針じゃ釘の代わりにはならないだろうな」

「うーん、この箱、コスプレとアニメの円盤ばっかりで役に立ちそうにないですよ」

「私の方は本ばっかり……」

「こっちも駄目だ」

鮎川は本の詰まった箱を物色し、准はガチャガチャと音を立てながら無数のモデルガンの入った箱を漁っている。宵子先輩はスマホを録画に使っているので、手元を照らす明かりが無く、物探しをする僕たちを眺めていた。そんな彼女が僕に訊ねる。

「いっちゃんの方は？」

「僕の箱は料理器具ばっかりです。ボウルにホイッパー、ブレンダーに、あ、ホームベーカリーまでありますよ」

僕の漁っている箱の持ち主は、どうやら料理が趣味だったのだろう。しかし、と僕はそこで妙な違和感を覚える。それにしては……あるべきものが無いような気がした。

「どれも不発か」と宵子先輩が諦めたように言った。「仕方ない。幸いなことにあのドアは外開きだ。ドアの前にこれらの段ボールを置いておこう」

僕と准はなるべく重そうな段ボールを選び、せっせと所長室のドアの前に積み上げる。宵子先輩の指示で、本の詰まった一番重い箱を土台に多めに置き、その上にコスプレ衣装の入った最も軽くて小さな段ボールを置く。そして一番上には金属のボウルなどの料理器具が入った段ボールを置いた。

「まぁ、これでも一定の対策にはなる」

と、宵子先輩は完成したバリケードを眺めながら言った。

「宵子ちゃん先輩、これ、置いた箱の順番に意味はあるんですか？」

愛雨の質問に、先輩は少し得意げに頷いた。

「ぶっちゃけ、内側から強い力で押せばドアは開くと思う。だから、下の土台が動けば上がぐらつくようにしたんだ。特にこの服が入った箱は小さくて軽いから、割と簡単にバランスは崩れるよ。崩れれば一番上の箱に入っている金属ボウルたちが床にぶちまけられて、廊下中に鳴り響くって寸法だ」

「おお、なるほどー」

愛雨は両手をぽんと叩いて感心した。単純な構造だが、確かに即席にしては悪くないように僕も思った。尤も、それは犯人がまだこの室内にいるという前提を信じるならば、ではあるけれど。

時刻は既に一八時を回っており、僕たちは一旦夕食を取ることにした。しかし、食堂室に戻った僕たちを待ち受けていたのは、水浸しになった床だった。硝子の無い窓から横殴りの雨が入り込み、食堂のテーブルと床をびしょびしょに濡らしてしまっていたのである。仕方なく僕らはテーブルを窓から引き離し、雨風の届かない位置に持ってきて夕食を取ることにした。

「カレーの材料を持ってきてはいるんだけれど」と宵子先輩が言う。「さすがに今から作る気分にはなれないね。カップ麺を買ってきてあるからそれを食べようか。デザートはフルーツの缶詰もあるぜ」

さすがの愛雨も自重したのか、大人しくそれに従っていた。ただし、一番大きなカップ麺を選んではいた。

特に会話も無く、一同が麺を啜る音と、雨風が吹き込む不吉な音だけが室内に響いた。まさか合宿の一日目でこんな重苦しい夕食を取ることになるとは、誰も思わなかっただろう。カップ麺を食べ終えると、宵子先輩からそれぞれにフルーツ缶が振る舞われた。

「バスルームはこの食堂室の中にある」

フルーツ缶に直接フォークを突っ込んで洋梨を頬張りながら、宵子先輩が言う。

「みんな食べ終わったら、交代でシャワーを浴びよう」

「あの」と、控えめに手を挙げたのは鮎川である。「今夜はどうするんですか?」

「さすがにこの部屋でみんな仲良く雑魚寝ってわけにはいかないだろうね」

宵子先輩は椅子に座ったまま足踏みし、水音を響かせた。彼女の言う通り、この水浸しの床の上で寝ることは出来ないだろう。

「となれば」と僕は言う。「今夜はこの部屋でみんなで寝ずの番ですか？」

「ぶっちゃけ私、夜通し起きてる自信無いです……」

愛雨が眠そうに俯きながらぼやいた。その場の全員の顔には疲労の色が濃く覗えた。肉体的にも精神的にも疲弊するようなことばかりだったのだから、仕方が無い。

「この島に迎えの船が来るのは明後日の昼だ」宵子先輩が真剣な顔で言う。「つまり、明日の夜も越えなくちゃいけない。今夜はちゃんとベッドで寝て、出来るだけ体力を回復させておいた方がいいと思う」

僕は少し考えてから、遠慮がちに言う。

「でも、各部屋は鍵どころかドアも閉まらない状況です。おまけにこの建物自体も玄関のドアは開きっぱなし、先ほどのサーバルームは殆ど屋外な上に、この食堂室は窓の硝子が無い。万が一、犯人があの密室ではなく屋外に潜んでいたとしたら、あまりに危険じゃないですか？」

「この食堂は夜間は施錠しよう。さっき確認したら、鍵は所長室のものと同じだったからね」先輩がポケットから鍵を取り出して言う。「とはいえ、窓から侵入されたら内側から開けられてしまうから、ここも所長室と同じように廊下側に段ボールを積んでおこうか」

そこまで言ってから、宵子先輩は悩ましげに溜め息をついた。

「問題は廊下の両端の出入り口だね。いっちゃんの言った通り、この二つのドアはスライド式で開きっぱなしだから、内側に段ボールを積むバリケード方式は通用しない。さて、どうしようか……」

「バリケードが無理なら、ブービートラップはどうですか？」

そんなアイディアを出したのは准である。准はポケットから手帳を取り出して一頁《ページ》を切り取り、そこにボールペンで廊下のポンチ絵を描いた。

「さっきの段ボール箱の中に裁縫箱がありましたよね。糸を何本か撚って切れないくらいの太さにして、それをこの両方の入り口にピンと張っておくんです。人間の目線より下、膝より上くらいの位置に。片方は裁縫針で壁に固定して、もう一方をこうして積み重ねた空き缶に結んでおく。誰かが通れば空き缶が崩れて音が鳴る、という仕組みです」

「……うん、悪くないな」

宵子先輩は頷き、僕に同意を求めるように視線を寄越した。僕も無言で頷き返す。少しばかり原始的だが、今は選り好みしていられる場合ではない。

「あの、ですが」と言いにくそうに口を開いたのは鮎川だ。「私たちが来た時、廊下は砂まみれでした。この建物は島でも高い位置にあるので、たぶん、風が吹き抜ける構造になっているんだと思います。それで空き缶が倒れちゃうんじゃ……」

「誤作動か。あり得るな」と宵子先輩は眉を寄せる。「よし、それじゃ空き缶は風で崩れないように、それぞれの入り口に近い個室の中に置こう。カーテンの隙間から糸を通せば出来るだろう。つまり私の部屋と准の部屋だ」

「わかりました」と准も神妙な顔で頷く。「音が鳴ったらすぐさま部屋を飛び出して、全員に伝えればいい」

「駄目だ」思わず僕は口を挟む。「それだと侵入者と鉢合わせすることになる。あまりに危険すぎるよ」

「でも、侵入者に皆殺しにされるよりはマシだろう」

真剣な口調で言う准を、僕はじっと睨んだ。彼は視線を外さなかった。やがて、准の方が僅かに口元を緩ませる。

「安心しろよ、無理はしない。それに俺、昔は陸上をやってたんだぜ、逃げ足には自信がある」

「そんな話、今まで聞いたことねぇよ」

「伊月、大丈夫だ。何度も言うけど、無理はしないって」

僕はしばらく准の顔を見つめた後で、諦めて視線を外した。そして今度は宵子先輩を見やる。僕の言いたいことを汲んだように、彼女も真剣な顔で頷いた。

「私もまだ死ぬつもりはないよ」

「音が聞こえたら僕も飛び出しますからね」

「頼りにしてるよ、いっちゃん」

優しく微笑みながら、宵子先輩はそう言った。

打ち合わせを終え、裁縫箱の糸と空き缶を使ってトラップの仕掛けを完成させた頃には、夜の八時を回っていた。それから僕たちは順番にシャワーを浴びることにした。鮎川、愛雨、宵子先輩、僕、そして最後が准という順番である。

愛雨がシャワーを浴び、鮎川が隣接する洗面台でドライヤーを使っているときだった。宵子先輩と准、僕の三人がテーブルで珈琲を飲んでいると、出し抜けに准が訊ねてきた。

「愛雨ちゃんと伊月は、いったいどういう関係なんだ？」

唐突な質問に、僕は思わず珈琲を吹き出してしまいそうになった。

「こんな時に、何を訊くんだよ」

非難がましい視線を向けるも、准の表情は真面目だった。

「いや、彼女、異常なくらいにおまえに懐いてるというか、絶大な信頼を置いているみたいだったからさ」

「それは……」

「小学校からの幼馴染みとは聞いたけど、確かに随分と仲が良いよな」

宵子先輩も口元をにやつかせながら話題に乗ってくる。僕はちらりとドライヤーの音のする方を一瞥《いちべつ》した。鮎川が出てくる気配はまだ無い。

「小学校？」准が訝しげに眉を顰める。「本当か、それ」

「しかも、いっちゃんたちの地元って西日本のさらに端っこだろ。此処からだとまるで日本の正反対だ。愛雨っちはそこからいっちゃんを追って同じ大学に入学して来てる。私には『ただの幼馴染み』には見えないけどね」

僕は何も言えなかった。

六年前の通り魔事件で両親を殺害された後、僕たちは故郷から一五〇〇キロも離れたこの街の養護施設に引き取られた。生まれ育ったあの街で生きていくには、僕たちの心の傷はあまりに深すぎたからである。当然、それらの事実は完全に秘匿されており、宵子先輩でもよほど本気を出して調べない限りは情報を得ることは難しいだろう。

「愛雨は――」

と、僕は口を開きながら続く言葉を探す。自分でも意外だったのは、その先の言葉がすんなりと零《こぼ》れてきたことである。

「――大切な、家族みたいなものです」

「伊月」准が真っ直ぐに僕の瞳を覗き込む。「それ、本気で言ってるのか？」

僕は少しばかりの沈黙を挟んでから、小さく、だが確かに頷きを返した。

「ふぅん」と宵子先輩は頬杖を突きながら、僕の横顔を見つめていた。「まぁ、家族愛と恋愛ってのは、また別物だろうからね」

僕は思わず苦い顔を浮かべてしまう。宵子先輩はおそらく、僕と鮎川の関係――いや、関係なんてものは何も始まっていないのだが――についてはとっくの昔に気づいている。そのことを下手に茶化してこないのは、愛雨と僕の関係を気にしていたからだろう。その辺りも含めて、異常に勘の鋭い人なのだ。

「そうか」と准は大きく吐息を漏らして椅子の背もたれに身を預けた。「家族、か」

「ああ、家族『みたいなもの』だよ」

僕はその単語の後ろをなるべく強調して言った。准はどこか釈然としなさそうに眉を寄せて珈琲を啜った。彼はずっと僕が愛雨に対して恋愛感情を持っていると思っていたのだろう。その誤解がこうして解けただけでも、まずは良かったのかもしれない。

「それじゃ伊月、おまえは……」

と准が言いかけたとき、鮎川と愛雨が同時にバスルームから姿を現した。並んだ二人のうち、僕の視線は無意識のうちに鮎川月乃の方に引き寄せられてしまった。彼女の僅かに火照った頬の朱色が、あまりに扇情的な吸引力を持っていたせいである。

そんな僕の目の動きで准は悟ったのか、続く言葉を呑み込んだ。

「お待たせしました」

「宵子先輩どうぞー」

「あいよ」

促されて、宵子先輩はタオルを片手に立ち上がった。何故かそれに合わせて、准も席を立つ。右手にはセブンスターのひしゃげたソフトボックスが握られていた。

「ちょっと廊下で一服してくる」

「個人行動は危ないぞ、准」

「じゃ、おまえも付き合え」

僕は溜め息をつき、彼に続いて廊下に出た。

風が吹き抜ける暗闇の中で、准は煙草をくわえてジッポライターを何度も擦る。が、強風のせいでなかなか火が点かない。僕も風よけのために掌を貸して、ようやくセブンスターの先端に火が灯った。准はライターの火を消さずに僕に手渡した。

「暗いからな、ちょっと持っててくれ」

「准、おまえ、いつまで煙草吸うつもりだ？」

「これを吸い終わったらやめる、といつも思いながら吸ってるよ」

思ってもなさそうに言って、准は暗闇に向けて紫煙を吹いた。ライターの灯りに照らされた准の横顔には、いつものようにシニカルな笑みが浮かんでいる。だから僕もいつものように呆れた溜め息をついた。

「鮎川月乃ちゃん、だっけ」准は煙を吐きながらその名を口にする。「俺も良い子だと思うよ」

僕は返答に窮《きゅう》する。こうして改めて他人に自身の胸の内を知られるというのは、妙な気恥ずかしさがあった。

「悪かったな」と准が小さく頭を下げた。「てっきり、おまえは愛雨ちゃんが好きなんだと思ってた」

「好きだよ」と僕は即答する。「愛雨は僕にとって大切な存在であることに間違いはない。

でも……鮎川に対する感情は、少し違う。うまく言えないんだけど」

「言ってみろよ」と准は真面目な声で言う。「何事も言葉にすることから始まる」

僕は手にするライターの火を見つめながら考え込む。廊下を吹き抜ける風に晒されながらも、そのオイルライターは決して火を絶やさずに燃え続けていた。僕は息を吸い込む。

「――彼女の隣に他の男の人が立っているところを想像すると、死にたくなる」

僕の言葉で、准は一瞬驚いたように目を丸くした。そして、次の瞬間には可笑《おか》しそうに笑い始める。

「ははは、まさか伊月の口からこんな熱愛報告が聞けるなんてな」

「笑うなよ」と僕は顔を顰める。「おまえが言えって言うから……」

「誇れよ。嫉妬はその気持ちが嘘ではないことの証明だ」

准の言葉には、妙な優しさが込められているように感じられた。僕は訊ねる。

「……准も、嫉妬することあるのか？」

「あるよ」と准は指先に挟んだ煙草を目の前に翳してみせる。「嫉妬してばかりだ。自分でも分かってるからな。草薙さんが俺に釣り合わないってことくらい」

小さな灯りに照らされた准の目は、哀しげに細められていた。彼のこんな表情を見るのは初めてだった。

「でも」と彼は続ける。「自分の気持ちに嘘をつく方が辛いだろう」

そう言って、彼は僕の肩を叩く。僕は無言で頷いた。

彼の言う通りだった。僕はもう、この感情から目を逸らして生きることは出来ない気がしていた。僕はほとんど無意識の内に、彼と肩を組んでいた。

「……応援しているよ、准」

柄にもなく、僕の口からそんな言葉が零れる。僕の行動が予想外だったのか、准は呆気に取られたような表情を浮かべた後で、少しだけ嬉しそうに、そして少しだけ哀しげに、微笑みを浮かべていた。

「ああ、ありがとよ、伊月」

そう言って、准は携帯灰皿に煙草を押しつける。僕がジッポライターの蓋を閉じると、暗闇が再び僕らを呑み込んだ。僕らは無言のまま組んだ肩を解いて、食堂室に戻った。

宵子先輩がシャワーを終えて、僕の番になった。バスルームは僕のアパートの浴室より少しばかり広い程度だった。バスタブは足を伸ばして浸かれるように広く作られており、全身を映せるほど大きな鏡が備え付けられている。バスタブにはお湯は張られていない。みんなシャワーだけで済ませていたようだ。

脱衣所で服を脱ぎ、頭から熱い流線を浴びると、溜め息が出るほどに心地よかった。昂ぶっていた神経が、まるで氷のように溶け出していくのがわかる。

鏡には疲れ切った男の顔が映っていた。シャワーを浴びながらぼんやりとその顔を見つめていると、段々とそこにいる人物が何者なのか分からなくなってくる。まるでゲシュタルト崩壊のような感覚。鏡を長く見続ける度に、僕はいつもそんな感覚を味わうことになった。

と、僕は鏡を見ながら奇妙な違和感を覚えた。

そういえば、と思考が疼き出し、先ほど見たものの記憶を引っ張り出そうとする。

かつての所員たちの私物である段ボール箱、その中に入っていたもの。

――どうしてだ?

どうしてあの箱には、いや、何処にも『あれ』が無かったんだ?

『あの趣味』を持つ人の荷物の中に、『あれ』が無いのは少し不自然な気がする。

でも、それはいったい何を意味しているのだろう――。

と、そんな思考を辿っていたとき、バスルームの外から声がかかった。

「おーい、伊月。大丈夫かー?」

僕は思わず身を震わせて驚いてしまった。准の声だった。僕は慌ててドア越しに答える。

「え、ああ、どうした?」

「どうしたもこうしたも、長風呂がすぎると思って見に来たんだよ。風呂場で倒れてるんじゃないかと思ってな」

そんな准の呆れた声が返ってくる。どうやら僕は思っていたよりも随分と長い時間、シャワーを独占してしまっていたらしい。

「ああ、今上がるよ」

「早くしてくれよ、俺もとっとと汗を流したいんだから」

シャワーを止めたとき、僕の思考もぴたりと動きを止めた。断ち切られた推理の切れ端が、室内に立ちこめる湯気に霞んで消えていくように思えた。

◆

僕たち全員が食堂室を出たのは夜の一〇時を回った頃だった。電灯の点かない廊下は真っ暗で、玄関の方から強い風が吹き込んでいる。轟々《ごうごう》という音が廊下に響いていた。

鮎川と愛雨のスマホの明かりを頼りに宵子先輩が食堂室を施錠し、僕と准は扉の前に段ボールを積み上げた。先ほどと同様の順番で積み上げ、やがて見た目も全く同じバリケードが完成した。

それが済むと、僕と准は協力して廊下の両端に仕掛ける例の空き缶トラップに取りかかる。外から吹き付ける雨風と悪戦苦闘しながら撚り糸を張り、端を空き缶に結びつけて、宵子先輩の部屋と准の部屋まで引き込んだ。屋内での作業であったというのに、その頃には僕と准は吹き付ける雨のせいでびしょ濡れになってしまっていた。

「伊月くん、これ、使ってないやつだから」

鮎川が差し出してくれたタオルを受け取り顔を拭《ふ》く。いつも彼女とすれ違うときのような香りがして、体温が少し上がるのがわかった。准は先ほど使った自分のバスタオルで顔を拭いながら、闇夜の向こうの暴風雨を睨んだ。

「本当に酷い嵐だな。せっかくシャワーを浴びたのにびしょ濡れだ。こんな中、外に殺人鬼が潜んでいるとは思えないぜ」

准は悪態をつきながら、自分の銀髪をわしわしとタオルで拭く。

「雨風をしのげる場所はないのかな。洞窟とか」

殺人犯が今もこの建物の中にいるとも考えたくなかった僕は、そんなことを口に出していた。すると、准が即答する。

「いや、亜魂島に洞窟は無い――と思う」

語尾を濁したが、前半は妙に確信めいた言い方のように感じた。追及しようと口を開き掛けたとき、玄関ロビーの横にあるトイレの方から宵子先輩が歩いてきた。

「みんなはトイレは済ませたか?」僕らの首肯を確認してから、彼女は親指でトイレの方を指した。「一応、見回りをしてきたが、トイレには誰もいなかったよ」

暗闇の中の五人の視線がほぼ同時に所長室のドアに向けられる。段ボールでバリケードが張られたドアは、スマホのライトを当てられて不気味に暗闇の中に佇んでいた。

宵子先輩はそこで、廊下の壁に立てかけてあったスマホを拾い上げ、録画した動画を再生した。シークバーを指で操りながら、動画内に変化が無いことを確認する。

「誰かが出てきた気配は無いな。まぁ、このバリケードだとそう簡単には出てこられないだろうけどね」

「あのー、私、ずっと疑問に思ってるんですけど」

と、そこで愛雨が少し遠慮がちに言った。

「何だい、愛雨っち」

「――本当に今もまだ、犯人はこの密室の中に居るんですかね？」

それは僕らもこれまでずっと胸に抱いている疑問だった。

「そればかりはこの扉を開けてみないと分からない。でも、開ければ災厄《さいやく》が飛び出してくるかもしれない」宵子先輩はそう言った後で、自嘲するように口元を歪めた。「――この殺人現場は、まさにパンドラの箱だ」

「パンドラ……」

――ギリシャ神話において、火を盗んだ人類に怒った神が地上に使わしたとされる絶世の美女、それが『パンドラ』だった筈だ。彼女の持つ箱の寓話はあまりに有名である。彼女は開けてはならないとされていた箱を開けてしまい、そこに閉じ込められていた哀しみや不幸、罪や絶望などが外に一気に飛び出して、この世界中に広まってしまったという。

だが、それらはすべて神が仕組んだプログラムだった。初めからパンドラは『いずれ必ず災厄の箱を開ける存在』として、地上に送り込まれた存在だったのである。

何故かそこで、僕は連鎖するように汀崎仁志という人物のことを考えてしまっていた。かつて九六人の人間を殺害したという凶悪殺人犯。僕は当然、その人物に如何なる動機があってそれほどの凶行に及んだのかは知る由もない。というより、善良な市民である僕に、そんなことが理解できる筈が無いのだ。

だが或いは、とも思う。

――彼に、動機というものが本当にあったのだろうか？

もしかして０という存在は、あの神話のパンドラと同じような存在だったのではないだろうか。そう、神によって仕組まれた災厄のプログラム――それこそが、連続殺人鬼０という存在だったのではないだろうか。

そんなことを考えている僕の横で、愛雨が異議を申し立てるように手を挙げていた。

「宵子ちゃん先輩、宵子ちゃん先輩」

「うん？」

「『パンドラの箱』って、たしか災厄だけが詰まってるわけじゃなかった筈です」

と、愛雨はいつもの呑気な口調で言った後で――突然、表情を豹変《ひょうへん》させる。

「――あの箱の中に最後に残っていたのは、『希望』ですよ」

廊下を吹き抜ける轟々という風を浴び。

まるで魔女のように不敵に微笑みながら。

その瞳に、今まで見たことの無い強い意志の光を宿して。

緑豆愛雨は、静かにそう言った。

――それが、僕が見た彼女の最後の姿だった。

◆

我々ミステリ研究会の合宿初日は、暗闇の廊下で解散となった。面々が就寝の挨拶を交わして部屋に引き上げていく傍ら、僕は廊下の段ボールの中から本を二冊ほど取り出して部屋に持って行く。このまますんなりと眠りにつける自信が僕にはなかったし、スマホの電波が届かない状況下では他に夜を越すためのアイテムが必要だった。部屋のカーテンを閉めてから、ベッドにそのまま仰向けに寝転がる。スマホを見やるとバッテリーが虫の息だったので、ベッドサイドにあるコンセントに充電器を繋げる。尤も、電波を拾わないスマホなんて、充電したところで大して役には立たないのだが。

「——いっちゃん、ちょっとお邪魔していいか？」

唐突に、部屋の外からそんな声が聞こえた。カーテンを開けて目を瞬かせる。そこにさっき別れたばかりの先輩が立っていたからである。

「宵子先輩？　どうしたんです？」

「いや、寝る直前に悪いね。ちょっと頼みたいことがあってさ」

そう言って、彼女が僕の目の前に差し出したのは、彼女のスマートフォンだった。

「私のスマホ、ずっと録画を回してたら、バッテリーが切れちゃってさ。悪いんだけど、私の代わりにいっちゃんのスマホで、一晩このドアを録画しておいてくれないか？」

「僕が？」

「私の部屋から充電ケーブルを延ばしても、部屋の外までは届かないんだよ。ほら、いっちゃんの部屋、ちょうどこの所長室の向かい側だろ。これなら充電しながらスマホで録画できるしさ」

彼女の言う通り、僕の部屋の入り口は所長室のドアの真正面に位置している。ベッドサイドにあるコンセントにスマホを繋げば、バッテリー切れの心配もなく録画はできるだろう。

しかし、バリケードがあるのだから、今更撮影など必要が無い気もした。何より充電しながら録画するとなると、ケーブルの長さ的にも僕の部屋のカーテンを一晩中開けっぱなしにして、室内から撮影しなければならない。

正直、あまり気乗りはしない。だが、と考える。こんなカーテン如きでは、別に開いていようが閉まっていようが防犯上はさしたる違いはなかった。

「……わかりました、引き受けましょう」

「あと」と思い出したように先輩が言う。「画質もフレームレートも最低にしといた方がいいな。動画ってかなり容量食うから、ストレージが足りないと途中で終わっちゃうし。ほら、この前私が入れてやったアプリあるだろ」

「ああ、あれですか」

僕は溜め息をつきながら自分のスマホを取り出した。僕のスマホには以前、宵子先輩の探偵ごっこに付き合った際、無理矢理に『監視カメラアプリ』なるものをインストールさせられている。そのときは、部室の冷蔵庫に置いてあった先輩のプリンを食べた犯人を捕まえるためだった。まさか、こんなアプリをまた使うときが来るとは——ちなみに、そのときの犯人は緑豆愛雨だった。

アプリを起動して録画設定を変更する。スマホの容量を削減しないために、画質は最低限にし、フレームレートは五ｆｐｓに設定した。椅子の上にスマホを立て、先ほど拝借してきた『鉄鼠の檻』と『絡新婦の理』で挟んで固定する。

「充電ケーブルがぎりぎり延びるのは、これくらいですね」

ちょうど部屋の真ん中くらいまでの距離に椅子を置く。宵子先輩はその状態で僕のスマホの画面を確認し、指で小さく丸を作った。

「少し遠いけど、まぁ、ドアとバリケードは映ってるから大丈夫だろう」

「でも、廊下が暗いせいで、あまり綺麗に撮れないですね」

僕は目を細めてスマホを睨んだ。小さな画面に映るバリケードとドアは、暗闇の中に辛うじてその輪郭が見えるかどうかという状況だった。

「スマホのライトも点けておきますか？」と僕は提案する。「充電しながらであれば、たぶんバッテリーが落ちちゃうことはないと思いますけど」

「駄目だ。そんなん、スマホの寿命が短くなるに決まってんじゃん」

僕らの寿命が短くなるよりマシでは、とも思ったが、少し不謹慎かと思い僕は口を噤んだ。宵子先輩は天井を見上げて言う。

「この部屋が明るすぎるだけだよ。電気を消すだけでいい。そうすれば綺麗に撮れるさ」

明かりを消したら本が読めない。しかし、その本はこうしてスマホを支える台座に使われてしまっている。僕は大きく溜め息をついた。今夜はとっとと寝るべきなのだろう。

「それじゃ頼んだぜ、いっちゃん」

「あ、ちょっと待ってください」

立ち去ろうとする先輩を、僕は思わず呼び止めていた。

「ん、どうした？　寂しいから一緒に寝てくれ、ってのは無しだぞ」

「——先輩には、この事件の真相が見えているんじゃないですか？」

僕の真剣な問いかけに、宵子先輩は特に驚いた風でも無く、しばし沈黙した。やがてどこか茶化すような口調で言う。

「……いっちゃんはどう思う？」

「質問で返さないでください」

「わかった。じゃあ答えよう」と彼女は長く息を吐いた。「……その問いへの回答は『いっちゃんが思っていることとたぶん同じ』だ」

今度は僕が沈黙する番だった。その回答が意味するところを、僕は慎重に吟味する。

「私には解けないと思う」と、宵子先輩は諦めたような微笑を浮かべた。「でも、たぶんいっちゃんなら解ける気がしてるんだよ」

「僕を買い被りすぎです」

「私の勘は当たるんだ。初めて会ったときから、こいつはタダ者じゃないって思ってたからね」

初めて会ったとき。僕は唐突に、そのときのことを思い出した。大学に入学し、サークル勧誘がひしめく四月のキャンパスを歩いていたときに、僕はこの人物に声をかけられたのだ。

——君、なんかミステリっぽい雰囲気があるね、と。

事実、僕は昔からミステリ小説が好きだった。初対面でそんな僕の背景を看破できたのは、彼女があの村雲一族の血を引く人間だからだろうか。

「……宵子先輩は、どうしてそんなにミステリに傾倒しているんですか？」

と、僕は何故か唐突にそんな質問を投げていた。

「面白いから」宵子先輩はあっさりと答える。「まぁ、いっちゃんも知ってると思うけどさ、私の家ってだいぶ金持ちなんだよね。それこそ私が『今すぐに北極のオーロラが観たい』って言い出せば簡単に叶えられるくらい」

「でしょうね」

「でも、まだ観ぬミステリが読みたいって言っても叶えられない。金でミステリの本を買うことはできても、金でまだ観ぬミステリに出逢うことはできない。だから、私にとってミステリの感動ってのは何よりも価値のあるものなんだ。オーロラよりもね」

僕は思わず小さく笑ってしまっていた。先輩らしい理屈のような気がした。

「そういうっちゃんはどうなんだよ？　なんでミステリにハマったんだ？」

「僕は……たぶん、道具として使ってるんだと思います」

「道具？　何の？」

僕は言葉を整理する沈黙を挟む。

「たぶん、先輩には分からないと思うんですけど……僕、生まれたときからずっと疎外感みたいなものがあるんですよ。何ていうか、ずっと場違いな所にいるみたいな。分かります？」

「いや、悪いが分からない」

でしょうね、と僕は内心で苦笑する。

「そんな僕にとっての最後の逃げ場がミステリ小説だったんだと思います。少なくともそこに繰り広げられる謎と論理はフェアです。感情移入を強制してくるわけでもない。そこなら僕は疎外感を味わうことなく立っていられる。ミステリを読んでるときだけ、何となく世界に触れてる感じがするんです」

「最後の逃げ場、ね」と宵子先輩はその単語を繰り返す。「いっちゃんは、いったい何から逃げていたんだ？」

その問いを前に、僕は押し黙ってしまう。そんな僕をしばらく見つめた後で、宵子先輩が口調を穏やかにして言った。

「いっちゃんは、たぶん強い人間なんだと思うよ」

顔を上げると、宵子先輩は見透かしたような優しい目で僕の瞳を覗き込んでいた。

「過去に二人に何があったのかは詳しく知らないけど、愛雨っちは少し無理してるのがわかる。何となくね。でも、いっちゃんは違う。何というか、全部ひっくるめて受け入れてる感じがするんだ。肝が据わってるというより、そうだな……強度が普通の人より高く見えるって感じ」

六年前に僕らを襲った通り魔事件のことが脳裏を過る。

当然、そのことは僕も愛雨も誰にも話していない。しかし、宵子先輩にはもしかしたら知られているのかもしれない、そんな風に思ってしまった。事実、恐ろしく勘の鋭い人であることは確かだからだ。

しかし、彼女は肝心なところで間違っている。

「……僕は強くなんてありません」

思わず、そんな言葉が僕の口から零れていた。そして、一度零れだしてしまうと、まるで蛇口を捻るように弱音が吐き出されていく。

「毎晩のように、悪夢で目が覚めるんです。そのたびに思うんです。僕の人生は実は過去に半分終わっているんじゃないかって。だから、こんな風に生きづらいんじゃないかって。きっと僕は、人間のようなフリをして生きてるだけなんです」

そこで、僕は自虐的に口角を上げていた。

「たぶん、僕という人間の器の底には穴が開いてるんですよ。何かを注いでもいつもそこから零れ落ちていってしまう。だから、他人を前にするとどうしたらいいか分からなくなることが多いんです。何か掛ける言葉を探そうと器の底まで探してみても、あった筈の言葉はとっくに底の穴から抜け落ちて消えてしまっている。だから押し黙る。誤解される。関係が進まない。その繰り返しです」

そんなことを語りながら、僕の脳裏に浮かんでいたのは鮎川月乃のことだった。死にかけた僕の心が、唯一引き寄せられた人。しかし、その感情を持つことが正しいことなのか、僕には分からなかった。そもそも、僕にはそんな資格を持つこと自体がおこがましい気がしていた。

生きているだけでずっと感じる疎外感。

一方で、この感情を失うことを怖れる恐怖。

そんな認知的不協和こそが、僕の生きづらさの根源であるような気がする。

「それじゃ、私らに会えて良かったな」

宵子先輩の言葉に、僕は思わず顔を上げた。彼女はいつも通り、自信満々に不敵な笑みを浮かべていた。

「ぶっちゃけた話、いっちゃんを苦しめてるのはただのモラトリアムの残骸だよ。成人して尚も続く思春期の痛みだ」

「……簡単に言い切りますね」

「いっちゃんが言い切れないから、私が言い切ってやったんだよ」

いつもの乱暴な理屈に、思わず僕の口から溜め息が漏れる。だが、その口元は知らず知らずのうちに緩んでいた。宵子先輩は続ける。

「もう一度言うが、いっちゃんは強い人間だよ。でも、器用な人間じゃない。だったら、諦めてもう少し雑に生きてみてもいいんじゃないか。少なくとも私や月乃、たぶん准だって、そう簡単にはいっちゃんを見捨てたりしないよ」

「それは所謂、友情ってやつですか」

「コミュニティ形成上の合理性だ」

彼女の浮かべるシニカルな笑みが、妙に心地良かった。

「さて」と宵子先輩は腕時計を見やる。「長居しすぎちゃったな。夜も遅いから退散するよ。まぁ、かなりの異常事態だけど、眠れるときには寝ておいた方がいい」

「はい。眠れるかどうかは分かりませんが」

「おやすみ、いっちゃん」

「宵子先輩」

「うん？」

「同意しますよ」

「何に？」

「会えて良かったってこと」

「おう」

「おやすみなさい」

「いっちゃんならこの事件を解けるよ」

と、彼女は最後に告げた。

「何せ、この私が見込んだ男だからね」

◆

いつの間にか眠ってしまっていたらしい。

目を覚ましたとき、自分が今、何処にいるのか分からずに一瞬だけ混乱してしまった。しばらくして、自分が孤島の研究所跡地のベッドの上にいることを思い出す。そして連鎖するように、昨日見た遺体の映像が脳裏を過《よぎ》る。

寝起きの気怠さを覚えながらベッドから身を起こす。カーテンの開いたドアの向こうの廊下はぼんやりと明るくなっていたが、まだ嵐は治まっておらず、轟々とした風の吹き抜ける音が響いていた。椅子の上に設置したスマホはずっと録画をしてくれていたようで、画面に触れてみると本体がかなりの熱を持っていた。ディスプレイの上部に表示されている時刻は朝の五時四四分だった。

目がすっかり冴えてしまった。身支度を整え、部屋を出ようとしたときである。

「伊月くん、起きてる？」

部屋の外から、風の音に混じって控えめな鮎川の声が聞こえた。

「ああ、起きてるよ」

僕の返事に続いて、彼女が開いたドアから顔を出す。その表情は何故か、少し困惑していた。

「おはよう、鮎川」

「愛雨ちゃんが、部屋にいないの」

「……何だって？」

部屋を出て廊下に出ると、風が全身に吹き付けた。開かれた玄関の向こうを見やると、今も尚、横殴りの雨が吹き荒れているのが覗える。僕と鮎川は二人で愛雨の部屋へ向かった。僕の隣の部屋が鮎川の部屋で、その隣が愛雨の部屋である。

愛雨の部屋のカーテンは開きっぱなしで、そこに彼女の姿は無かった。ベッドは使われた形跡も無く、荷物もそのままである。

「起きてお手洗いに行こうとした時に、愛雨ちゃんの部屋のカーテンが開いているのに気づいたの」と鮎川は言う。「中を覗いたら誰もいなくて、もしかしてお手洗いかなっと思ったんだけど……」

「トイレにも居なかった、ってことか。洗面所は？」

「宵子さんが食堂室を施錠しているから、入れないと思う」

僕は振り返って食堂室の扉を見やる。おまけにそこには段ボール箱を積み重ねたバリケードが構築されており、それが崩された形跡は無い。だとすれば、他の誰かの部屋だろうか。

僕と鮎川は、愛雨の部屋の隣にある准の部屋へと向かった。彼の部屋のカーテンは閉められていた。

「准、起きてるか、准」

僕の呼びかけで、カーテンの向こうから准の唸るような返事が聞こえてきた。どうやら眠っていたらしい。

「開けるぞ」

そう断りを入れてカーテンを開けると、准はベッドの上で寝ぼけ眼《まなこ》を擦《こす》っていた。

「ん、ああ？　伊月か。どうした、こんな朝早くに」

「愛雨が来ていないか？」

「愛雨ちゃん？　いいや……」とそこで准は何か不穏なものを感じたのか、ベッドから身を起こした。「何かあったのか？」

僕と鮎川が事情を説明すると、准は部屋の入り口の傍らを指さした。そこには空になったフルーツ缶が三つほど縦に積み重ねられており、結ばれた糸はカーテンの隙間を通って室外に延びていた。

「例の空き缶トラップは反応していない」そう言って、准は部屋を出て玄関の入り口を確認しに行く。「糸も昨夜のままだ。尤も、俺たちはこのトラップの存在を知っているから、糸を潜ってしまえば簡単に外には出られるんだが……」

「でも」と鮎川が心配そうに言う。「外は大嵐です。愛雨ちゃんがそんな中で外に出る理由なんて……」

「宵子先輩の部屋にいるのかもしれない」

僕は自分で言うなり、急ぎ足で廊下の反対側に向かった。

廊下の端のもう一つの屋外への出口にも、玄関と同様に空き缶トラップの糸が張り巡らされたままだった。糸の端はそのまま、すぐ傍らにある宵子先輩の部屋へと引き込まれている。部屋のカーテンは閉まったたままだった。

「宵子先輩、起きてますか」

僕の呼びかけにも反応が無い。僕たち三人は顔を見合わせた後で、神妙に頷きあった。

「ごめんなさい、先輩、開けますよ」

僕はそう言いながらカーテンを開け放つ。しかし、室内に宵子先輩の姿は無かった。こちらも愛雨の部屋と同様にベッドが使われた形跡は無く、荷物もそのままに放置されていた。

僕と鮎川と准の三人は、その異常事態に困惑する。

「おかしいぜ」と准が言う。「トイレには誰も居なかったんだろ。おまけに食堂室のドアは封印されている。二人は何処に消えたんだ？」

「まさか、本当に建物の外に……？」

鮎川が呟いたとき、僕の鼻が異常を捉えた。

「……何か、焦げ臭くないか？」

僕は思わずそう呟く。廊下を吹き抜ける風のせいで今まで感じなかったが、微かに何かが——木材のようなものが焼けた後のような臭いがした。

「まさか、何処かの部屋が火事ってことじゃ……え？」

と、准が廊下を振り返った時に、その異常性に気づく。

「——おい、何だ、これ」

と、彼が指さしたのは、所長室の前のバリケードだった。その様子を見て、僕と鮎川も言葉を失う。

堆く積まれた段ボール箱は昨夜、間違いなくこの部屋の扉にぴったりとくっつけて設置された筈だった。しかし今、バリケードと扉の間には、いつの間にか一五センチほどの隙間が空いていたのである。

僕は屈み込んで段ボールの基礎部分を調べる。

「これじゃバリケードの意味が無い。ドアを開けて人が通れるだけのスペースはある」

「それじゃ」と准が乾いた笑いと共に言う。「誰かがこの部屋から出てきたってことか？」

「いいえ、違うと思います」鮎川がそんな言葉を差し込んだ。「中から鍵を開けてドアを押し開いたのであれば、段ボールはドアとは平行にならずに斜めになっている筈です。それに、無理に押し開こうとすれば、最上段の調理器具の箱が崩れて、大きな音が鳴るはず……」

言いながら、鮎川は一番上に積まれた段ボールに触れてみる。箱はぐらぐらと揺れ、その中ではガチャガチャという調理器具がぶつかり合う音が聞こえた。

「つまり」と僕は言う。「このバリケードは外から動かされたんだ。箱が崩れないように慎重に、ドアから一五センチ離すように」

一同は言葉を失った。それがどんな可能性を示しているかは簡単に分かる。しかし、その可能性が意味していることが理解できなかった。

誰かが、外からこの殺人現場である部屋の中に入ったのだ。

では誰が？

――この部屋の鍵を持っているのは宵子先輩しかいない。

僕の手は、ほとんど無意識の内に所長室のドアノブに伸びていた。

「おい、伊月……」

心配そうに言う准の声を無視して、僕の手に力がこもる。ドアノブからは軽い手応えが返ってきた。

「鍵、開いてるの……？」

鮎川が口元を押さえながら言う。何故か、僕の心臓が早鐘を打っていた。嫌な予感がする。だが、確かめないわけにはいかない。

「――開けるぞ」

意を決して、僕はその所長室のドアを開けた。

途端、焦げ臭さが強くなる。

この臭いは木材じゃない。

もっと違う何かが——焼けてはならないものが焼けるような、嗅ぎ慣れない臭いだ。

開いたドアの隙間から中を覗う。部屋の中は電気が消されており、真っ暗だった。

危険ではないだろうか。

何者かが潜んでいるのではないだろうか。

そういった危機管理的な思考は、僕の焦燥感が既に呑み込んでいた。

ドアの隙間から滑り込むように室内に入り、手探りで壁の電灯のスイッチを探す。僕に続いて鮎川と准も室内に入った。ようやく僕の手がスイッチを捉え、力を込めて押し込む。

途端、室内が強い無色に染まった。明順応《めいじゅんのう》で僅かに目が眩む。やがて、慣れてきた視覚が捉えた光景に、僕たちは全員、言葉を失うことになった。

昨夜、僕たちが見た赤上さんの首なし死体は、昨日と同じ場所で、何故か真っ黒に焼け焦げていた。切断された赤上さんの頭部が載っていた机も、燃やされて炭の黒いオブジェと化している。その中には、焼け焦げた人間の頭部らしき物体も転がっていた。

あまりに理解の及ばない光景だった。

だが、それ以上に衝撃を与える光景が、そこには広がっていた。

燃やされた首なし死体の隣には。

真っ白な床に血の水たまりを描きながら。

左胸に包丁を突き立てられた――。


――草薙宵子の死体が、虚ろな目で天井を仰いでいた。

◆

やがて、僕たちは気づく。

そのドアは昨夜一晩中、僕のスマホによって録画されていたことに。

そしてその動画に、誰も出入りした瞬間が映っていないことに。

その部屋が、殺人犯も被害者も、誰も入れる筈の無い『監視による密室』であるということに。

【急章〈冬　真〉】

過去の連続殺人の物語

　0の首なし焼死体の発見から即座に、冬真は所員たち全員を監視室に集めた。そしてこの部屋から出ないように言いつけると、一人で0の殺害現場に戻った。その頃にはスプリンクラーが撒いた水は部屋の片隅のシャワーヘッドの真下にある排水溝に飲み込まれ、遺体の側以外の床はほとんど乾ききっていた。床の素材はどうやら特殊な樹脂のようだった。そういえば、千代が感圧式の床である旨を言っていたことを冬真は思い出した。

「千代」と冬真は壁のディスプレイに呼びかける。「この部屋に今、俺以外の人間の反応はあるか」

「どうやら床部の感圧システムがさっきの炎で一部故障しているみたいだ」と千代の声が聞こえてくる。「0の遺体と頭部がある場所だけ、重量を計測できていない。おそらくセンサーが焼き切れてしまったんだろう。だが冬真、君が立っている場所については正常に重量を感知している。君一人分の重量をね」

「ということは」と冬真は皮肉げに口角を上げる。「室内に透明人間が潜んでいることはなさそうだ」

「赤外線スキャナも問題なく動いているよ。その室内で人間の形状をした存在は君だけだ」

　冬真は部屋の中央で腕組みをして考え込む。それは彼にとっては、既に自明となったこの密室殺人の真相を、距離と角度を変えて矯《た》めつ眇《すが》めつ確認する行為であった。

「冬真」と再び千代の声がする。「念のための確認だが、そこにあるのは本当に人間の、汀崎仁志の遺体で間違いないのか？　心拍や体温が失われているせいで、モニター上ではその辺りの判別はできないんだ」

「ああ」と冬真は首肯する。「汀崎仁志かどうかはさておき、人間の死体であることは間違いないよ」

冬真は屈み込んで遺体を確認する。

「仄《ほの》かにガソリンの香りがする。順序としては頭部が切断された後にガソリンがかけられて火が付けられた、と考えた方がいいだろう。ただ、この遺体の外見からは正確な死亡推定時刻を割り出すのは難しそうだ。僅かに床に血が残っているが、さっきのスプリンクラーで大方が洗い流されてしまったから、そこから判別するのも厳しい。胃の内容物を確認できれば何とかなるかもしれないが、その辺りは警察が来た後で科捜研に任せるしかないな」

焼死体の纏う囚人服のような簡易な布も、その殆どが消し炭になってしまっている。だが、その炭の中から冬真はとあるものを発見する。ポケットから取り出したゴム手袋を嵌め、慎重にそれを取り上げた。

それは、黒焦げになった機械の部品のようだった。大きさは指先と同じくらいの、小さな物体である。それを指先で転がしながら、冬真は問う。

「千代、この部屋は電波暗室《シールドルーム》か？」

「いや、違う。携帯電話の電波も届かない絶海の孤島だからね。そこまでの仕様は明らかにオーバースペックだよ」そう答えた後で、千代は眉を寄せる。「それは何だ、冬真？」

「ああ——スパーク、つまり遠隔操作型着火デバイスだ」

「遠隔……？」

「フラッシュコットンを合わせて手品でよく使われるアイテムだよ。操作可能距離は一〇メートル弱、重量は数グラム程度。食事と一緒に室内に搬入すればバレないだろうな」

画面の向こうから一同のどよめきが聞こえてきた。

「ということはつまり」中槻周哉が言う。「犯人は外部から遠隔操作で０を殺害した、と？」

「いいえ、違います」と冬真は一蹴する。「殺害時、いえ、少なくとも頭部を切り落とした際には犯人はこの室内にいた筈です。現状のこの部屋に、密室内で人体を切断できるようなギミックはない。殺人に用いられたトリックと、遺体を燃やしたトリックはまた別物ですよ」

「し、しかし」今度は正岡充が声を上げた。「０は死の直前まで我々、いえ、霧悠さんと画面越しに会話をしていました。その直後に画面が暗転し、数十秒も経たない内に……」

「一九秒です、正岡さん」と冬真は冷徹に注釈を付け加える。「画面が一度消え、汀崎の焼死体が映し出されるまでの時間は一九秒。数えていたので間違いないです」

「そ、その一九秒で、一人の人間の首を切断して殺すなんて、そしてその後に部屋から姿を晦《くら》ますなんて、実質不可能では……？」

正岡の問いかけに冬真は答えずに沈黙した。回答は有している。そしてそれは概ね正解だろう。だが、そのカードは今は懐の中にしまい込み、然るべきタイミングで切るべきだと冬真は理解していた。

「あのー」と、そこでやや間延びした上原須磨子の声が響いた。「０の遺体に火を付けたのは、その遠隔装置によるものなんですよね？　ということは、そのリモコンを操作した人間が犯人ということでは？」

「そうか」と正岡が頷く。「では、犯人はそのリモコンを持っている人間か」

「無駄でしょうね」と冬真は溜め息と共に立ち上がった。「事件発生から一〇分以上が経過しています。処分する機会はいつでもあった。仮にリモコンが監視室のゴミ箱から見つかったところで、誰が捨てたかなんてわかりません。それにこのデバイスは仕組み自体は極めて簡単ですから、時限装置ということもあり得ます」

そこまで言った後で、冬真は小さく後悔した。それは今切るべきカードではなかった。もしかしたら、自分は少なからず動揺しているのかもしれない。自分が半生を捧げて捕らえた殺人犯が、こうして目の前で殺害されたという事実を前にして。

「時限装置？」と反応したのは中槻である。「ちょっと待ってくださいよ、霧悠さん。そんなことがあり得るんですか？　だってあの停電が起きたのは、０と霧悠さんの会話が終わってからですよ？」

「あ、確かに」と上原も同意する。「０が挑発した瞬間でしたね。解いてみろよ、とかって。時限式で火が点いたのだとしたら、そんなに上手くタイミングを合わせられるものなんですか？」

「いや、そもそも」今度は正岡が言う。「０の最後の言葉は明らかに霧悠さんへの挑戦でした。そして現場の状況からしても自殺はあり得ない。霧悠さん、それは本当に０の……汀崎仁志の死体なんですか？」

「——この研究所にいたのは私と汀崎、そして皆さん四人の合計六人です」冬真は静かに説明する。「研究所はバラクによって来訪者を完全にコントロールされています。この状況下で我々以外の部外者はあり得ません」

「——いいえ、違うわ、冬真」

そう言いだしたのは、紅澄千代であった。

「もう一人、この研究所に入れる人間がいる。休暇中の右代岸雄くんよ」

「右代が……」中槻がショックを受けたように呟く。「そんな、ではまさか、その遺体は右代だっていうんですか？　だから、人相が分からないように火を付けたとか……」

「え、ちょ、ちょっと待ってください」上原の悲鳴のような声が響く。「それじゃ、それじゃ、あの殺人鬼が逃げたってことじゃないですか！」

「所長、まずいですよ！」正岡が慌てふためきながら叫ぶ。「今すぐ警察に連絡を……」

混乱に陥る監視室の映像を見やりながら、冬真は大きく溜め息をついた。これ以上、この情報を隠していても意味が無い。遺体のある独房を出て監視室に戻る。

「皆さん、落ち着いてください」

冬真の一声で、全員が一度口を閉ざす。四人の視線を浴びながら、冬真は手元のカードを一枚ずつ切っていく。

「外は大荒れです。警察が来られるのはこの嵐が治まってからになるでしょう。そしてもう一つ、その右代岸雄さんがこの研究所に居る、ないしは入れ替えられた死体になっている、ということは絶対にあり得ません」

千代が訝しげに首を傾げた。

「随分と確信めいた言い方だけど、それは何故？」

「――右代岸雄は、昨夜未明に交通事故で亡くなっているんだ」

◇

冬真は自分の荷物の中から、今朝、船に乗る前に買った朝刊を引っ張り出し、監視室のデスクの上に広げてみせた。確かにその一角には海岸線の県道で起きた死亡事故についての記事が載っており、亡くなったのが右代岸雄という人物である旨が記されていた。

「事故の原因は落石による道路の陥没に気づかず、ハンドルを取られたことによるもの。被害者の運転する車はガードレールを突き破って断崖絶壁を落下し、真下にある岩場に衝突して炎上した。被害者である右代岸雄氏の年齢は二九歳となっている。この辺りでは珍しい苗字だし、同姓同名の別人という可能性はかなり低いと思うが」

冬真は冷徹に述べた後で、問いかけるような視線を周囲に配った。紅澄研究所の所員四名は、啞然とした表情を浮かべていた。やがて千代が大きく悲嘆の溜め息をつく。

「……おそらく、本人だと思う」

「やはりそうか。ちなみに、この記事では県内の会社員となっている。紅澄脳科学研究所の名前は何処にも出ていない」

「表向きの偽造プロフィールだよ。此処で行われているのは世界規模の超機密研究だ。この職場で働く所員全員に、AHCAR《アーカー》機関が用意してくれている。こういった事態のためにね」

おそらく、彼の葬儀には存在しない会社からの弔電《ちょうでん》や花が届いている筈だ、と千代は付け加える。そんな彼女の声からは生気が刮《こそ》ぎ落とされていた。先ほどの所長室での会話を、冬真は思い出す。右代岸雄という人物は料理が趣味で、よく所員たちに手料理を振る舞っていたらしい。そのエピソードからしても、彼が所員たちに慕われていたであろうことは想像に難くない。中槻、正岡、上原の三人もまた、沈痛そうな面持ちで俯いていた。

「……右代くんのことは残念だ」千代はそう言って、深呼吸を挟んだ。「その程度の言葉で片付けるわけにはいかないが……今はひとまず忘れよう。現状、我々は別の由々しき事態に直面している。いいね、みんな」

その呼びかけに対して、所員三人は沈黙のまま首肯を返した。千代は居住まいを正し、冬真を見やる。その瞳にはいつもの鋭い冴えが蘇っていた。

「それで、冬真。君の推理を聞かせてくれるか」

「死亡したのは我々が認識する『汀崎仁志』という人物であることはほぼ間違いない。そして、彼を殺害した犯人はこの中にいる」

躊躇いもなく、冬真はそう宣言する。一瞬にしてその場の全員の顔に緊張が走った。張り詰める空気の中、口火を切ったのは千代である。

「所内に我々以外の人間が居ない以上、それが当然の帰結だろう」

千代は胸ポケットから黒いペンを取り出し、指先でくるくると回していた。何かを考え込んでいるときの彼女の癖である。それがぴたりと止まり、彼女は溜め息を漏らす。

「……そして、この私が現状最大の容疑者、というわけだ」

「残念ながら」冬真は疲れたような吐息を漏らす。「確認だが、この研究所の電源系統はどうなっている?」

「正・副・予備の三系統だ。意図的に電源を落とさない限りは、まず停電は起こらない」

「では、その電源を落とす方法は?」

「この研究所の電源や空調はすべてバラクが管理している。つまり、そういったシステムを改竄するコードを書いてバラクに走らせればいい」

「そういったコードを書けるのは?」

「当然、私なら書けるだろうね」

「それくらいなら僕も書けます」と中槻が異議を申し立てるように手を挙げた。「それはたぶん、僕以外の二人も」

中槻の視線を受け、他の二人も真剣な眼差しで首肯していた。

「分かりました」と冬真は素直に頷く。「しかし、もしそういったシステムの改竄があったとしたら、履歴は残らないのですか？」

「今それを確認しているが」と、いつの間にか千代の視線は目の前の液晶ディスプレイに向けられ、十指はキーボードの上を縦横無尽に駆け回っていた。「今のところ、そんな形跡は見つからない」

「システムは改竄されていない、と？」

「見つからない、と言ったんだよ、冬真。金庫の扉に穴を空けて中のものをすべて盗み出し、その後に穴を元通りにした、というのと同じことだ。扉を分子構造レベルで復元してね」

つまり、改竄されたか否かは分からない、ということである。冬真は思わず呆れて溜め息をついた。

「それはセキュリティとして杜撰じゃないのか」

「最適化だよ。堅牢性も度を越せば効率性を損なうものだ。ここの環境は誰もが最高のパフォーマンスを発揮できるように最大限シームレスにしてある。何より、バラクの記録を改竄するメリットが個人に無い」

「無かった、だ、千代」と冬真は険のある声で言う。「これまではな。過去形だよ」

千代は苦虫を噛み潰したような顔を一瞬浮かべてから、「その通りだ」と小さな声で言った。冬真はさらに突っ込んだ質問を投げる。

「だが、それだけシステムの改竄が容易となると、汀崎の独房のドアを開ける権限も自在に変えることができてしまうんじゃないか？」

「それは無い。権限の操作だけはバラクとは独立したシステムだ。私以外はアクセスすら出来ない」

千代の断言に、冬真はしばらく考え込む。その『独立したシステム』とやらについて追及しようとしたが、周囲に視線を配った後でやめた。冬真は既に今回の密室トリックについては看破している。あとは『誰が』『何故』という二点だけだ。

『誰が』がまだ確定していない以上、情報の過度な並列化は避けたい。

探偵が皆を集めて「さて」と語り出すのは、すべての謎が自分の前に屈服するのを見届けてからにせねばならない。それは冬真が自分に課す黄金律である。

「念のために」と冬真は中槻に言う。「さっきの俺と0のやり取りを再確認したいのですが、停電になるまで、独房の様子はずっと録画されていたんですよね？」

「ええ、その通りです」

「では、0が最後に食事をした時点からの映像を見せてください」

「分かりました」

中槻がキーボードを操作すると、壁のディスプレイに映像が映った。汀崎仁志はベッドに横たわり、微動だにしていない。

「面会の二時間前、ちょうど昼食が運ばれるところからの映像です」

「昼食は誰が用意しているんですか？」

「いつもは右代が作ってくれています」と言った後で、中槻の表情が曇る。「あ、いえ……作ってくれていました」

「右代が不在の期間は原則としては所員全員で当番制になっています」と、今度は正岡が言う。しかし、その後で少し気まずそうに千代の方に視線をやった。

「その、所長以外の全員で、という意味ですが」

「……誰にでも得手不得手はある」

悪びれる様子も無く言う千代を一瞥してから、冬真は再び画面に視線を戻した。

「この食事の当番は？」

「私です」と手を挙げたのは上原である。「今日のメニューはビーフシチューとバゲットでした」

「提供した量は記録していますか？」

「ええ、提供前に計測するのが規則ですので。ちょっと待ってくださいね。シチューが二二六グラム、バゲットが四七グラムで合計二七三グラムです」

上原が答えたちょうどそのとき、画面に変化が起きる。ディスプレイから千代の「食事の時間だ」という声が聞こえた。

その声に合わせて汀崎仁志はのそりとベッドから身を起こす。出入り口のスライドドアの下部にある小さな窓が開き、そこから食事の載ったトレイが差し出されるのが辛うじて見えた。冬真がそれを見つめながら問う。

「この食事を運んだのは？」

「僕です」と手を挙げたのは中槻である。「当時、監視室にいたのは僕と紅澄所長と正岡さんの三人です。上原さんはたしか、食堂室のキッチンで食器を洗っていたかと」

「汀崎の食事は、キッチンから監視室までは自分が運びました」

そう言ったのは正岡である。冬真はその順番を頭の中で整理しながら、動画の続きに意識を向ける。

画面の中の汀崎は受け取り口から食事の載ったトレイを持ち上げると、カメラの方まで歩いてきて椅子に腰掛けた。テーブルと呼べるようなものは室内に無いため、彼は膝の上にトレイを載せて黙々と食事を始める。その動作は妙にきびきびとしており、まるで精密機器のようにも見えた。汀崎は食事を終えると、空になった食器の載ったトレイを入り口の床に置き、再びベッドに横になった。食事前と寸分の変化が無い絵面に戻る。

「ストップ」と冬真はそこで言う。「千代、この独房の床は特別製で重量も計測できると言っていたな？」

「ああ、そうだ。それがどうかしたか？」

「中槻さん、先ほどの食事が持ち込まれた時のトレイの重さと、この時点で床に置かれたトレイの重さの二つは分かりますか？」

「え？　ああ、はい。たぶん、分かると思います」

中槻はマウスを走らせては静止し、再び動かしては静止、という動作を五回ほど繰り返した。

「出ました。ええと、配膳されたときの重量が七〇四グラム、回収するときの重量は四一〇グラムです……え？」

「え……？」

中槻とほぼ同時に上原が驚いたような声を上げる。千代もまた訝しげに眉間に皺を寄せた。

「おかしいです」上原が困惑した様子で言う。「回収した食器には残されたものはありませんでした。シチューも綺麗に食べられていましたし……」

「それの何がおかしいんですか？」

そう言って首を傾げる正岡の隣で、中槻が神妙な顔で答えた。

「二一グラム多いんですよ」

「そうです」と上原が頷く。「私が作った料理はシチューが二二六グラムに、バゲットが四七グラムの合計二七三グラム。回収した食器類が四一〇グラムだとしたら合計は六八三グラムです。それなのに、あの部屋に食事が持ち込まれた時の総重量が七〇四グラムだと、辻褄が合いません。料理と一緒に二一グラムの何かがあの部屋に持ち込まれたことになるんです」

「――それが」と千代が口を挟む。「例の着火装置か」

「ああ、そうなるだろう。焼け焦げているが、おそらく燃える前のこいつの重さはそれくらいだ」

そう言って冬真は上着のポケットから小さな透明のビニール袋を取り出してみせる。そこには先ほど汀崎の遺体から発見された黒焦げの部品が収まっていた。

「そんな馬鹿な。ということはですよ」正岡が慌てた様子で言う。「つまり、誰かが食事の中にそれを隠して、汀崎に渡したってことですか？」

「それが論理的な帰結です」

冬真の冷静な答えに、正岡は更に混乱した様子で頭を抱えた。

「そんなのいったい誰が……いえ、そもそも、食事にそんな異物が入っていたのだとしたら、食べてる最中に汀崎が、気づくはず……」

と、正岡の声が萎んでいく。彼の表情には、そこで何かに気づいたらしき戦慄が現れていた。中槻はどうやら一足先にその可能性に気づいたらしく、理解しかねる、といった風に顔を顰めていた。冬真は彼らの思考が至った答えを、改めて言語化する。

「そうです。着火装置が食事と一緒に手渡されることを、事前に汀崎は知っていた。犯人と汀崎は何らかの手段で意思疎通を図っていたものと思われます」

「え？　え？」と上原だけが逡巡した様子で周囲を見回す。「ちょっと理解が追いつかないんですけど……汀崎が着火装置を受け取るメリットって何なんです？　独房内でこっそり煙草でも吸おうとしたわけじゃないですよね？」

「そんなことをしたら、あの部屋に設置されたサーモセンサーで一発でバレるだろう」

正岡が少し苛立たしげに言って、上原は不満そうにじろりと彼を睨んだ。

「あの装置は」と冬真が補足する。「内部のコットンに一瞬だけ炎を立ち上がらせるだけで、煙草に火を付ける用途には向きません。だったら百円ライターでも入れた方がいい。少し借りますよ、中槻さん」

冬真は中槻の操作していたマウスを静かに奪い取った。それを操り、ディスプレイに映し出された動画のシークバーを少し過去に戻す。再生されたのは汀崎がバゲットをむしって口に運んでいるシーンだった。

「おそらくこのときですね」と冬真は画面を指さす。「装置はこのバゲットの中に隠されていたんです。汀崎は手でパンをむしり取る際に装置を掌中に隠したんだ」

「ですから、汀崎はそれを何のために……」

冬真はそんな上原の問いを途中で断ち切り、答える。

「――当然、死後の自分の遺体を焼却するためです」

驚愕が彼女の目を見開かせた。

「そうです。汀崎は自分が殺されることを理解し、受け入れていた。これは明らかに殺人事件ではありますが、同時に——Oの自殺でもあるのです」

——解いてみろよ、名探偵。

そんな殺人鬼の台詞が、再び冬真の思考の片隅に思い出される。

——これが、Oの最後の密室だ。

◇

その後、冬真はマウスでシークバーを小刻みにスライドさせながら、一時間ほどの時間をかけて一週間分の独房の録画データを確認した。録画データと同時に、ディスプレイにはワイヤーフレームで作られた独房全体の３Ｄ映像が並列で再生された。それは赤外線スキャンと感圧床のデータからＡＩが描画したもので、録画データの汀崎が動きを見せると、画面内にポリゴンで作られた人型がまったく同じ動きをしていた。画面の下にはその時点で床が感知した重量の数値や、汀崎の身長、体重、爪の長さの数値までバロメータとして表示されていた。

しかし、収容中の汀崎は一日の大半をベッドの上に横たわったまま過ごしていた。汀崎はいつも決まった時間にシャワーを浴び、時折、トイレに腰掛けて排泄を行い、決まった時間に食事を取っていた。結局、仮にどれかの日にちが入れ替わっていたとしても、誰にも分からないほどに変化の無い動画だった。当然、汀崎以外の人間が独房内に入った記録も無かった。

冬真が動画を確認している間、他の四人はほとんど無言のまま、同じ室内で動画を見つめていた。その誰もが、霧悠冬真の一挙手一投足から目を離せずにいるようだった。

最後に冬真は汀崎仁志との会話のシーンを見直した。画面が暗転した後に燃え盛る汀崎の遺体が映り、独房の入り口から自分が入ってきたところを確認して、冬真はマウスから手を離した。

冬真は椅子の背もたれに身を預け、目頭を軽く指で揉み込みながら、独り言のように漏らす。

「——概ね、わかった」

その発言で、他の四人に動揺が走る。

「犯人がわかったというの？」

千代の質問に対して冬真は首を横に振った。

「いいや、わかったのはこの衆人環視の密室をどのようにして作ったか、ということだよ。正確に言えば、その手法については完全に解けていたんだが、改めて確証を得たってところだ」

「ど、どうやったんです？」と中槻が食いつくように訊ねる。「見ての通り、０は霧悠さんと直前まで画面越しに会話をしていました。停電して二〇秒かそこらで……」

「一九秒」と冬真は言う。「時間は正確にしましょう。一九秒です」

「……その、一九秒間であの密室に侵入し、姿も見せず記録も残さず首を切断して殺害するなんて、そんな方法があるんですか？」

中槻の目には、真実を希求する飢餓のようなものが宿っていた。そういえば彼はミステリ小説のマニアだったな、と冬真は思い出す。

「中槻さん、その手法は今はまだ開示できません。先ほども言いましたが、犯人はあなた方の中にいます。その謎が解けない限り、真相を披露することはできません。それはあなたの好むミステリ小説でもお約束では？」

「それは……いえ、中には例外的なミステリもありますよ」

中槻は僅かにむっとした顔で反論する。冬真は辟易した様子で首を横に振った。

「申し訳ありませんが、私は例外ではない方の探偵です」

「では」千代が言った。「その真相とやらに対して、これからどのようにアプローチをしていくつもりなの？」

冬真は一同の顔を見渡してから、答えた。

「それぞれの部屋で、一人ずつ事情聴取を行います」

◇

事情聴取は、千代、上原、正岡、中槻という順番になった。正岡と中槻は先ほどの停電で研究データが破損していないかを急ぎ確認したいと申し出て、千代がこれを承認した。中槻は本来、今日の夕飯の当番だったが上原が臨時で交代することを申し出た。そんな諸々の相談の結果、中槻と正岡は監視室に残り、上原は食堂室で夕飯の準備に取りかかり、冬真は千代と一緒に所長室で事情聴取、というかたちになった。

所長室の白いソファに、冬真と千代は向かい合って腰掛ける。千代は湯気の立つ珈琲を一口啜ってから、大きな溜め息を漏らした。眼鏡を外し、掌で瞼をマッサージしている。

「想定外という概念の定義は」と千代は疲弊した声で言う。「私にとっては常人よりずっと狭いものだと思っていたが、さすがに現状はその領域内にあるね」

「千代、まずこの研究所の仕様について確認させて欲しい。俺の認識に齟齬があったら言ってくれ」

と、冬真は出し抜けに質問する。千代は頭をがりがりと掻いた後に、再び眼鏡をかけた。そしていつものようにペンを取り出し、それを指先で弄び始める。その頃には彼女の瞳にいつもの鋭い冴えが戻っていた。

「わかった。早速始めようか」

冬真は手帳とペンを取り出し、メモの準備をする。

「一つ。さっきの汀崎の食事が二一グラム増えていた件についてだ。全員の話を聞く限りでは、その食事は上原さんが作り、正岡さんが監視室まで運び、最後に中槻さんが独房の中に運んだ。その過程において千代は一切料理には触れていない。そうだな？」

「イエス。基本的に私は自分で食事を取る以外に料理に触れることはないよ。それがこの世で最も利口な選択の一つであることを自負している」

　自嘲気味に言う千代だったが、冬真は真剣な表情で考え込んでいた。千代は料理に触れていない。まさにそこだけが唯一、千代が犯人であることを否定する要素であった。当然、彼女が嘘をついている可能性もある。しかし、冬真はそうは思いたくは無かった。

「二つ目の質問だ。この施設の扉はすべて下記のいずれかの条件によってのみ開くことができる。紅澄千代の承認、もしくは所員全員の承認。承認方法は声紋と指紋と静脈の一致」

「ふむ」と千代は顎に指を当てて、言葉を選ぶような短い沈黙を挟む。「そうだな、自分の個室は本人であれば鍵を開けることができる、という前提を追加してイエスだ。そして補足しよう。各人の個室に鍵を掛けられるのも本人だけだ。要するに、物理的な鍵の役割が人そのものに変わっただけだね。つまり鍵の掛かっていない個室なら誰でも入れる」

「つまり、ホテルのオートロックとは違うってことだな」

「その通り。まぁ、寝るとき以外は鍵を開けっぱなしにする職員が多いよ。正岡くんは性格なのか、こまめに鍵を掛けてるみたいだけど。あと、所長室と食堂室だけはアナログのディンプルキーだから例外となる。鍵を持った者にしか開閉はできない。尤も、食堂室に鍵を掛けることは殆どない」

「追加で確認だ。その『所員全員』には交通事故で亡くなった右代氏も含まれている」

「それもイエスだ」そこで千代は自虐的に口の端を歪める。「……つまり、その四人が揃っていない現状で、汀崎仁志の独房の鍵を開けることができるのは、私だけということになる」

力なく言う千代。だが、冬真は構わずに質問を続けた。

「三つ。それらの扉の開閉の権限は、通常とは異なる系統のコンピュータで管理されている。そしてこれらを改竄することは出来ない」

「イエス。この研究所のメインシステムとも切り離されている。その詳細は冬真にも言えない。私だけが知る完全なスタンドアローンだ」

「それはつまり、君の右手と声だけあれば到達できるようなシステムではない、ということか？」

千代はしばらく考え込んだ後で答えた。

「イエス。そこを開けるためには私だけが知るパスワードが必要となる。だが、答えられるのはそこまでだ」

冬真はしばらく千代の目を見つめた後で、わかった、と頷いた。研究所内の扉の開閉権限は紅澄千代本人でしか変えられない、ということで一旦の認識を確定させる。

「では四つ目の質問だ」と冬真は手帳にペンを走らせながら訊ねる。「四つ。研究所の扉の開閉権限以外の部分については、ここの職員は誰でもデータや記録の改竄が可能である」

千代はしばらく考え込んだ後で、大きな溜め息を漏らした。

「……イエス、だ」

「さっきも言ったが」と冬真は呆れる。「セキュリティとしてどうなんだ、それは。所員なら誰でもいくらでも、自分に都合の良いように研究成果を改竄できるということじゃないのか？」

「私もさっき言ったが」と千代は真剣な顔で言う。「ここの所員には、データやシステムを改竄するメリットが無い」

「メリットだって？」

「この研究環境以上に、彼らに都合の良い環境は無いんだよ、冬真。研究者ではない君には理解できないかもしれないけどね」

冬真は押し黙る。理解できない、という事実を認めるのは自分の性格上は癪《しゃく》だったが、その通りだった。

「亡くなった右代くんも含め、今の紅澄脳科学研究所の所員は全員、私が選出した人材だ。報酬も充分すぎるほど支払っているし、その点に関して不満の声は一切ない。仮にあったとしても我が研究所はそれに応えることが出来るし、そのことも全員に告げている。彼らがその人生において求めているのは研究の先にある真実だけなんだ。それが彼らの最大の欲であり、最大の業だ。研究をしなければ正常に現実世界で生きていくことのできない存在、それが研究者という生き物なんだよ」

冬真はしばらく千代の目を見つめた後で、自ら視線を外した。

「……とりあえず、わかった。何も俺はこの研究所のセキュリティを非難したいわけじゃない。そんなものは今更の話だからな」

千代は俯き、自分の珈琲に口を付けた。冬真の目に、彼女は少なからず傷心しているようにも見えた。無理もない話なのかもしれない。彼女の中では今、部下たちへ向けていた信頼に僅かな亀裂が入り始めているのだろう。

「千代、研究者が追い求めるのは真実だけ、と君は言ったな」

冬真の静かな言葉で、千代は顔を上げる。

「――だが、君は違うだろう」

「え……？」

「君は自分が思っている以上に人間臭い存在だ。君が研究に人生を捧げた最大の目的は、恩師の仇を取るためだった。それは自分自身のために。そして――この俺のために」

冬真は千代の返答を待ったが、彼女は何も言わなかった。そこで冬真は立ち上がり、千代のデスクへと足を向ける。手に持っていたペンをデスクの上に置き、その横に伏せられていた写真立てを手に取る。

「これもきっと、研究者としてではなく、ただの紅澄千代という人間に端を発するものだろう。違うか？」

写真に写っていたのは高校生くらいの少女の姿だった。入学式の写真なのか、学校名が書かれた門の前で、真新しい制服を着てはにかんだ笑みを見せている。冬真はそこに、何処となく千代の面影を感じた。

千代はずっと黙り込んでいたが、やがて諦めたように長い息を吐き出した。力ない微笑を浮かべながら、彼女は髪をかき上げる。

「ああ、そうだね……君の言う通り、私は研究者としては中途半端な存在なのかもしれない」

「この子は？」

「絵緒良《えおら》。私の姉夫婦の子供だよ」

予想外の返答に、冬真は思わず目を丸くしてしまった。

「君に姪《めい》がいたなんて、初耳だな」

「姉夫婦とはほぼ絶縁状態だったからね」と、千代は目を細める。「……結局、最後まで」

冬真は何も言わず、千代の言葉の続きを待った。

「交通事故で姉夫婦が亡くなったと聞くまで、私も絵緒良の存在は知らなかった。初めて彼女に会ったのは半年くらい前のことだよ。病室で会ったんだ。植物状態になっている彼女とね」

「……そうか」

「私たちの両親もとっくに亡くなっていたし、姉の夫の方にも他に親類縁者はいなかった。だから、今は私がこの子の後見人になっている。苗字も紅澄に変えてね。まぁ、その辺りの事情は社会通念上の成り行きだよ。二週間に一回程度、その義務を果たしに見舞いに行っている。ベッドで天井を見上げる彼女に、撮りためた写真を見せながら今週はこんなことがあった、なんて話をしに」

苦笑を浮かべる千代の瞳の奥には、同情と悲哀の色が見て取れた。それは彼女にしては珍しい表情だった。

半年前、と千代は言った。冬真はその事実に口を噤む。おそらく千代も理解できているのだろう。頭部外傷が原因の植物状態の場合、およそ一二ヶ月経過後の快復率は殆どゼロに近いということを。しかし、そこで千代は少しだけ口の端を緩めた。

「私はね、冬真。絵緒良との出逢いに、少しだけ運命めいたものを感じたんだ」

「運命？」

「私のこれまでの研究——いや、人生というものは、突き詰めていけば桐生先生の仇を取るためにあった。だからいつか君が0を捕まえたとき、私の人生は終わるんだろうと思っていた」

千代は立ち上がって、冬真の手からそっと写真を受け取った。指先で、そこに写る人物の顔を愛おしげになぞる。そして表情を和らげた。

「でも、今は別の目標が出来たんだよ。この研究の先に……FICTIONS-Tech《フィクションズ・テック》と、そしてPandora-Brain《パンドラブレイン》の最果てに、いつか絵緒良を完全にこの世界に呼び戻す技術が見つかるかもしれないって。私の残りの人生は、そのために捧げたい」

「だが、君とその子とは一度も会話すらしたことがないんだろう？　ただ血が繋がっているというだけで、千代がそこまでの責務を背負い込む必要は……」

「あるのよ」と千代は冬真の言葉を遮《さえぎ》る。「私と絵緒良の間に『絆』と呼べるべきものはない。でもそこにある『縁』は、この世でたった一つしかない繫がりなの。私とあなたの間に存在するものと殆ど変わりない。色が違うだけよ。そしてきっとそれは、この世界においては極めて重要度の高いものだと私は考えている」

冬真は腕組みをし、眉間に皺を寄せたまま千代を見つめていた。

「……それは構成員相互の信頼性で成立するコミュニティの重要性のことを言っているのか？」

「いいえ」

と、千代は微笑みながら首を横に振った。彼女は写真立てを机の上に戻し、その代わりに冬真のペンを手に取った。いつものようにくるくると指先で回した後で、何かの印のように、そのペンの頭で机の上をトン、と叩いた。

「構造的に生命が抱える孤独への感情的反抗、よ」

冬真は何か言い返そうと思ったが、出かかった言葉は空気を震わさずに消えていった。

いつの間にか、冬真は自分が拳を握り締めていることに気づく。そして自分の胸の奥底に、嫉妬心のような感情が芽吹き始めていることに驚いた。千代が手にしたものは、自分には絶対に持ち得ないものだったからだ。

そう——復讐の為に、『名探偵』に人生を捧げた自分には。

「俺には何も無い」

と、半ば無意識の内に、冬真はそんな胸の内を吐露していた。

「……0が言ったように、俺の人生は真円だった。その中心には虚無しかなかった。すべてが終わったとき、きっと俺には『名探偵』という形骸《けいがい》しか残らないだろう」

そう言って冬真は自虐的に口元を歪め、俯いた。千代は指先でペンをくるくる回しながら、そんな彼の姿を見つめていた。

やがて彼女は小さく吐息を漏らし、弄んでいたペンを白衣の胸ポケットに収める。そして、冬真の身体を優しく抱擁した。その耳元で彼女は囁く。

「……そんなことないわ、冬真。本当の天才というものは、ゼロから一を生み出すことができる人間のことよ。たとえあなたの本質が虚無だったとしても、あなたはそこから一を生み出すことができる。だって、あなたはあの0を捕らえられるほどの天才――最強の名探偵なのだから」

抱擁を解き、千代はデスクの引き出しから小さな部品のようなものを取り出した。

「冬真。念のためにこれを渡しておく」

手渡されたのは指先大のUSBメモリだった。金属製のようで、掌にずしりとした見た目以上の重量を感じた。

「これは？」

「あなたに頼まれていた『例のもの』。そのバックアップよ。小さいけど二テラバイトもある特別製の記憶媒体だから、衝撃とかには注意してね」

「そんなものをどうして俺に？」

「今、この施設の中にはおそらく殺人犯がいる。万が一の事態には備えておいた方がいい」

千代は真剣な眼差しを向けてくる。万が一の事態。そんなものはあまり考えたくはなかったが、千代の言う通りだった。

「しかし、これだけ渡されても、俺にはどうすることも出来ないぞ」

「大丈夫。それがあなたを導くから」

冬真は掌の上に載ったその小さなＵＳＢメモリを見つめる。

そこに格納されているものについて考える。

その重要性について考える。

そして——自分自身の最後の祈りについて考える。

「パンドラブレイン、か」と、冬真は思わず呟いた。「これが、文字通りの災厄の種にならないことを祈るよ」

「冬真、『パンドラの箱』には災厄だけが詰まっていたわけじゃないわ」

そこで千代は、にっこりと微笑みを浮かべて見せた。

「——あの箱の中に最後に残っていたのは、『希望』よ」

◇

所長室を出て、冬真は隣にある食堂室に向かう。キッチンでは上原須磨子がちょうど炊飯器のスイッチを押したところだった。

「あ、私の番ですね」と彼女は布巾で手を拭いながら言う。「夕食の仕込みは終わりましたので、ちょうど良かったです。場所はどうしますか？」

「個別にお話をお伺いしたいので、上原さんの部屋でも宜しいでしょうか。ここでは他の人も入ってきてしまう可能性がありますし」

本当の冬真の目的は、それぞれの部屋の様子を目視で確認することである。誰か第三者が隠れ潜んでいる可能性を、冬真はまだ完全には捨てきっていなかった。上原はいつもの間延びした声で「いいですよー」と了承し、二人は食堂を出て上原の部屋に向かう。

「私の部屋は玄関から数えて二番目の部屋です」

と、上原は指さす。そこは冬真が千代から借りた個室の隣だった。

「他の方々の部屋は？」

「ええと、私の隣が正岡さん、その隣が中槻さんです。監視室側に一番近い部屋が右代さんですねー」

説明しながら、上原は扉の横にあるパネルに手を置き、名前を名乗る。するとスライドドアが滑らかに開いた。

「狭いところですが、どうぞー」

足を踏み入れたとき、冬真は思わず身じろいでしまった。入り口から入ってすぐのスペースに、自分と同じくらいの身長の人形が佇んでいたからである。どうやら何かのキャラクターのようで、顔の造形は実際の人間からは遠くかけ離れたアニメ調だった。それなのに銀色の頭髪だけが人工毛で、妙に生々しい存在に見える。真夜中にはあまり出くわしたくないな、と冬真は思った。

「あ、これですか」と上原は得意げに言う。「さっき話してた等身大フル可動『渚カヲル』フィギュアです。私、『新世紀エヴァンゲリオン』がドストライクの世代でして、この衣装はテレビアニメ版なんですよ。ほら、制服の下のシャツがオレンジ色で……」

上原の披露する蘊蓄《うんちく》を聞き流しながら、冬真は室内を見回した。

壁には特設したらしいハンガーラックが備え付けられ、そこに色取り取りのコスプレ衣装が掛けられていた。ベッドの真正面には寝転がりながら見られるようにだろう、四〇インチほどの薄型ディスプレイが取り付けられている。壁際の棚にはバリエーション豊かなアニメのＤＶＤやブルーレイディスクが無数に並んでいた。加えてさらに、壁の一面にはキャスターの付いた大きな姿見が三枚も並んでいた。コスプレをした自分の姿を確認するためのものだろう。

情報量と圧迫感の凄まじい部屋だったが、室内の物の並び方には一種の秩序めいたものを感じられる。彼女の性格なのだろう。

「凄い衣装の数ですね」

「ああ、これ全部自作なんですよー」

「自作、それは凄い」

「いやぁ、それほどでもないですけどー」と、上原は照れた様子で首元をぽりぽりと掻いた。「最近作ったのはですねー」

と、彼女が手近にあった衣装に手を伸ばそうとしたので、冬真はこれ以上話が脱線する前に本題に入ろうとする。

「お伺いしたいのは、上原さん自身のことなんです」

そう言って冬真は手帳を取り出す。しかし、ポケットの中に手帳はあったものの、ペンが見当たらなかった。どうやら千代の部屋に置いてきたらしい。

「え、はぁ。私自身、ですか。ええと、アリバイとかじゃなくて？」

仕方なく手帳をしまい、冬真は話を続ける。

「ええ。上原さんは神経科学を専門とされるスペシャリストだとお聞きしました。しかし」と言葉を句切って冬真は室内を見回す。「他にも随分と熱中されているものがあるご様子ですが、どうして研究の道に進まれたんですか？」

その質問に対し、上原は顎に人差し指を当てて考え込んだ。

「んー。改めてどうしてと言われると、考え込んじゃいますね。私、もともと凝り性な性格だったので、一つのことにハマると他が見えなくなる性格なんですよ。ぶっちゃけ、気づいたら此処に至るって感じなんですけど」

なるほど、と冬真は頷く。生まれついての天才肌だった、ということなのかもしれない。冬真は更に深掘りをしてみる。

「しかし、神経科学と言えばよほどのことが無い限り、道を志すことの稀な分野だと思うんですが、何かきっかけでもあったんですか？」

冬真のそんな問いかけで、彼女は思い出したように手をぽんと叩いた。

「あー、きっかけ。それなら確かにありました。私、昔からおばあちゃんっ子だったんですよ」

「おばあちゃんっ子、ですか」

「そうです。小学生くらいの頃、学校から帰るといつもおばあちゃんと一緒に夕方のテレビアニメを見てたんです。それが私にとっては一番大好きな時間で……だから、おばあちゃんが認知症になったとき、凄くショックを受けたんです」

そこで初めて、彼女の表情に翳《かげ》りが見える。

「少しずつ記憶を失って、徐々に日常生活すら難しくなっていくおばあちゃんの姿を見るのは凄く辛かった記憶があります。最後には私の事も分からなくなっちゃって。それで、どうして人間ってこんな風になっちゃうのかな、って真剣に考えた時期があったんです。私が脳科学の分野に興味を持ったのは、たぶんそれがきっかけだと思います」

「なるほど。上原さんがアニメにご興味を持っているのも、そのお祖母様との原体験があるからなんですね」

「まぁ、アニメは昔から好きだったんですけどねー」

上原の表情に、先ほどまでの間延びしたような呑気さが戻る。少なくともそれらのエピソードについては何の矛盾も無いように冬真には感じられた。

「コスプレも幼い頃から好きだったんですか?」

「んー、願望はあったと思いますよ。ほら、フィクション的なキャラクターに憧れるというか、そういうものに自分もなってみたい、って思う感情。霧悠さんもありませんでした?」

「さぁ、覚えていないですね」

と冬真は苦笑で誤魔化した。冬真の過去の人生のすべては、恩讐の波濤《はとう》の彼方に消え去ってしまっている。

「実際に自分で衣装とか作り始めたのは大学生くらいのときですかね。コスプレってめちゃくちゃお金かかるんですよ。だから、この研究所に雇われる前まではずっと金欠でした。ぶっちゃけ、紅澄所長にスカウトされて本当に良かったです。ここ、めちゃめちゃ給料良いんですよ。びっくりしました。え、不満ですか? うーん、もうちょっと個室が広いといいな、とは思いますけど、まぁ、それくらいです」

その後、冬真は大学での専攻などについていくつか質問をした。しかし、上原はすぐに話を脱線してアニメやコスプレの話を始めるので、肝心の情報を得るのは一苦労だった。

「最後に一つだけ聞かせてください、上原さん。汀崎仁志、密室殺人鬼０についてはどんな印象を持っていましたか？　率直な感想でいいです」

冬真の最後の質問に、上原は腕組みをして考え込んだ。

「うーん、そうですね。脳波を調べたときにシナプス伝達効率の数値が高かったので、かなり知能指数の高い人物だな、と思ったのが率直な感想です。殺人鬼って聞くとやっぱり怖いとは思いますけど、なんか現実感が無いなって感じです。私、こうして常に外界と遮断された環境に居ますし、趣味もフィクションばっかりで世間のニュースも見ないので、あんまり関心が向いてないだけかもしれないですけど」

「そうですか……ありがとうございます、色々と参考になりました」

「あ、あ、ちょっと待ってください、霧悠さん」

礼を言って退室しようとする冬真を、上原が少し慌てた様子で呼び止める。

「何でしょう？」

「霧悠さんって、メイク映えしそうな可愛い顔してますよね。コスプレとか興味ありませんか？　私、最近『スレイヤーズ』のリナのコスを作ったんですけど、これとか霧悠さんに似合い……」

冬真はにっこりと微笑んだ。

「興味ありません」

◇

上原の部屋を出てすぐに、冬真は自室に入ろうとする正岡とばったり出くわした。

「ちょうど良かったです、正岡さん」と冬真は言う。「上原さんの聴取が終わったところで、お呼びしようと思っていました。データのチェックは終わったんですか？」

「ええ、概ねは」と正岡はやや緊張した面持ちで頷く。「今は中槻くんが一人で最終チェックをしています」

「お部屋にお邪魔しても構いませんか？」

「もちろんです。どうぞ」

表情をほとんど変化させないまま、正岡は開いたドアへ冬真を招き入れた。

事前に千代から聞いていたとおり、正岡の部屋の壁には無数のモデルガンがディスプレイされてあった。見渡しただけでも四〇丁以上はあるだろう。部屋の雰囲気は先ほどの上原の部屋とは対照的に落ち着いており、天井の明かりも少し橙色がかったものになっていた。

「凄いコレクションですね」

「いや、年甲斐も無くお恥ずかしい」

正岡の表情にそこでようやく変化が見られる。彼は少し照れた様子で首元を指で掻いていた。何となく冬真はその反応に上原と似たようなものを感じていた。つまり、他人にこうして自分のコレクションを披露できることに対するコレクター特有の恍惚感である。

「拳銃は私も英国時代に少しだけ嚙《かじ》っていたことがあります」と冬真は言う。「あちらは銃規制は厳しいですが、ピストル射撃競技は日本よりはずっとメジャーなスポーツですからね」

「ほう、ピストル射撃ですか」と案の定、正岡は食いついてきた。「ちなみに霧悠さんはどちらの種目を？　スコアは？」

「二五メートルのラピッドファイアです。五二〇くらいがベストでしたね」

「なるほど、大したものですね」

「そういう正岡さんは？」

「ははは、バークレーに居た頃は週末ずっと射撃場に入り浸っていましたからね。一度だけですが、ベストスコアは五八九です」

そんな弁解を交えながらも、正岡の口調は得意げだった。

「五八九！　それは凄い。日本代表にもなれますよ。いえ、お世辞ではなく」

「いえいえ、まぐれですよ」

冬真の賛辞を、正岡は満更でも無さそうに聞いていた。

「正岡さんは大学在学中に射撃に出逢ったと仰っていましたが――」

アイスブレイクが済んだところで早速、冬真は本題に切り込む。

「生体医工学の道を選んだのは、何かきっかけがあったんですか？」

「ええ。といっても、割と月並みな理由ですよ。ああ、どうぞ、そちらの椅子にお掛けください」

促され、冬真は部屋に一つしかない書き物椅子に腰掛ける。正岡はベッドに腰掛けた。

「私は幼い頃からずっと野球をやっていましてね。それなりに大会でも良い成績を収めていたんです。当時はプロを目指すぞ、とか本気で言ってたりもして。ただ、高校に入学した直後に自転車で事故に遭って、靭帯を傷めてしまいました」

「ああ、それはお気の毒に」

「選手生命は疎か、歩くことすら難しいと言われたんですがね。リハビリ期間中に出会った医師やリハビリトレーナーたちが、もの凄く熱心にサポートしてくれたんです。そのおかげで、日常生活を送る分にはまったく影響が無いくらいまで回復しました」

語りながら、正岡は自分の右大腿をさすった。

「そのときに一種の感銘を受けたんです。医師たちの献身的なサポートに、というよりは、どのように科学の力で身体の回復をサポートしているか、という部分に対して。そこからです。スポーツの世界から医療、生体医工学の世界へと意識がシフトしていったのは」

「なるほど」と冬真は頷く。「何となく理解しました」

もともとスポーツマン気質だった正岡にとって、傷めた靭帯でも出来る射撃競技はちょうど良かったのだろう。

「野球をやってた頃も収集癖があったというか、バットやスパイクを集めるのが好きでしてね。なんと言いますか、このコレクションもそんな私の偏在的傾向の結果です」

正岡の話を聞きながら、冬真は壁にずらりと並んだ拳銃たちを眺める。

「並んでいるのはかなり精巧なモデルガンのようですね」

「ええ。給料が入るとすぐに新しいのを買ってしまうんですよ。特にグレードの高いシリーズには目がなくて……」

「本物は無いんですか？」

「……何ですって？」

「本物の拳銃ですよ。これだけのコレクションが並んでいたら、一丁くらい混じっていても分からないかなと思いまして」

冬真の言葉を、正岡は朗々と笑い飛ばした。

「ははは、さすがの私も法を破ってまで買い求めたりはしませんよ」

しかし、冬真はぴくりとも笑わずに正岡の目をじっと見つめた。やがて正岡は居心地が悪そうに頭を掻いた。

「もしかして、疑っていますか？」

「正岡さんは密室殺人鬼０のことを、どのように思っていますか？」

急な話題の転換に面食らいながらも、正岡は答える。

「はぁ。そうですね……恐ろしい人間だと思います。正常な人間は九六人も殺人を犯したりしません」

「それは畏怖ですか、それとも恐怖ですか？」

正岡は少し考え込む時間を置いてから答える。

「もちろん恐怖です。近づきたくない、近づきがたいという意味では前者の意味合いもありますが、そういった感情を抱くのは何というか……」

「禁忌的？」

「ええ、そうです。何がどうあれ、汀崎の行ったことは決して許されることではありません。あの人物は司法の手によって正当な裁きを受けるべきだったと思います」

確固とした口調で、正岡は答える。

「約一一〇人」と冬真は言う。「これが何の数字か分かりますか？」

正岡は首を傾げる。

「いえ、分かりませんが……何の話です？」

「アメリカでの拳銃による死亡事故、その一日当たりの平均人数です」

冬真は努めて冷徹な声色で告げる。正岡の表情が凍り付き、気まずそうに目を逸らした。追い打ちをかけるように、冬真は続ける。

「当然、その数値は一人の人間が行ったものではありませんが、銃というものは容易く人の命を奪います。0の行った犯罪よりも遥かに容易く、誰にでも出来る。そういった意味では、あの汀崎仁志という人物よりも忌避すべきものかもしれません」

言いながら、冬真は壁に飾られた拳銃の中から一丁を手に取った。ずしりという重みが冬真の手に伝わる。その様子を見つめる正岡の額には、いつの間にか汗が浮かんでいた。

「——これをどこで入手したのかは分かりませんし、言及もしません。しかし、この特異な状況下において、容疑者の一人であるあなたの手にこういったものを預けておくわけにはいきません。ご理解いただけますか？」

正岡は葛藤するように唇を嚙みしめていたが、やがて重々しく頷いた。

「……わかり、ました」

その返答を確認してから、冬真はその手に持ったもの——ベレッタ九二の実銃を自分のジャケットのポケットにしまい込んだ。部屋を出ようと背を向ける冬真に、正岡の縋るような声がかかる。

「あの、霧悠さん、このことは……」

「誰にも言いません。事件が収束したらこの銃もお返しします。ただ——」と肩越しに冬真は言う。「以降もこれを保持し続けることは、個人的には推奨はしませんし」

返答はせずに項垂れる正岡を背に、冬真は部屋を出て行った。

◇

冬真は廊下を出てから一度、監視室を覗いてみた。しかし、そこに中槻の姿は無かった。

自分の部屋に戻ったのだろう。

たしか、と冬真は上原に説明された部屋の順番を思い出しながら、廊下に並ぶドアを眺める。中槻の部屋は監視室側から二番目の部屋だった筈だ。

ドアをノックすると、中槻の声が返ってくる。

「はーい」

「中槻さん、霧悠です」

「ああ、今開けますね」

返事と共にスライドドアが内側から開かれ、中槻が顔を出す。

「どうぞ、お入りください」

中槻の部屋は数百冊はあるであろう本に埋もれていた。しかし壁の本棚には隙間が多く、床に乱雑に積まれている本の方が目立つ。どうやらその殆どがミステリ小説のようだった。

「あの、散らかっててすみません。どうも本を読み出すと、仕舞《しま》うことも忘れて止まらなくなってしまうタチでして……ああ、奥の椅子にどうぞ」

中槻は気恥ずかしそうに言う。辛うじて足の踏み場はあるが、部屋の奥底に進むために冬真は足元の本の塔を崩さぬよう注意を払わねばならなかった。冬真は内心で溜め息をつく。先ほどの二人の部屋にも物はたくさんあったが、少なくともそこに一定の秩序は感じられた。しかし、中槻の部屋は殆どカオスである。

「本当に本が好きなんですね」

冬真は椅子に腰掛けながら言う。中槻は先ほどの正岡と同様にベッドに座った。尤も、足元には本が散らばっていたので、彼は靴を脱いでベッドの上に胡座を組む。

「本というより、ミステリ小説ですね。正直、ミステリ以外の本はあまり読まないんです」

「昔からお好きなんですか？」

「ええ。幼い頃からずっとです。特に探偵物に目がなくて」

そう語りながら、中槻は少しそわそわした様子を見せていた。目の前の『名探偵』という存在に興奮を隠し切れていない。その熱っぽい視線を浴びながら、冬真は居心地の悪さと辟易を感じていた。

「色々と訊きたいことはありますが」と冬真は自分のペースを崩さずに切り出した。「まずは中槻さんご自身のことについて伺います」

「もちろん。何でも訊いてください」

前のめりになって答える中槻に、冬真は小さく溜め息をついた。調子が狂う。

「中槻さんは随分お若いですが、おいくつですか？」

「今年で二一歳です」

予想以上の若さに、冬真は素直に驚いてしまった。

「二一？　それじゃ俺と殆ど変わらないんですね。でも確か、大学はスタンフォードを出られたと聞きましたが……」

「はい、飛び級で一六歳の時に入学しました。ちょうど昨年卒業しまして、そのまま紅澄所長に雇われた格好になります」

何ということの無いように言う中槻に、冬真は目を瞬かせる。あの千代がスカウトしたというくらいなので優秀な人材なのだろうとは思っていたが、まさかこれほど突出した人物とは思わなかった。冬真は思わず嘆息する。

「なるほど、生粋のエリートというわけですね」

「いえ、そんなんじゃ……」と中槻は照れくさそうに首元に手を当て、すぐさま首を横に振った。「でも、霧悠さんなんて一〇歳で渡英して、一六歳で英国探偵協会公認の私立探偵になっているじゃないですか。僕にしてみればそっちの方がずっと凄いですよ」

その指摘に、冬真は苦虫を噛んだような表情で押し黙る。冬真にとってその経歴は、すべて父の仇である殺人鬼0を捕らえるためのものだ。だが、中槻は熱っぽく語る。

「霧悠さんの噂はアメリカにいても聞こえてきてましたよ。イギリスに、僅か一六歳でテロから女王陛下を救った日本人の私立探偵がいるって。顔も身長も体重も、プロフィールの一切が不明、分かっているのはトーマ・キリューという名前だけ。正体不明の名探偵、通称『存在しないはずの一人《ファントム・アルファ》』！　僕、夢中になってネット記事を追いかけましたよ」

冬真は思わず辟易の溜め息を漏らした。

「それはイギリスのタブロイド紙が勝手に付けたニックネームです。俺は一度も公認したことはありません」

だが、結局はその大仰なニックネームも、自分の目的に対して有効に働いたことを冬真は理解している。女王を狙うテロを阻止したという功績は、冬真にとってはある意味では僥倖であった。それほどセンセーショナルな肩書きが無ければ、この国の警察組織の協力を得ることは出来なかっただろう。

「でも、やっぱりちょっと感動ですよ」と中槻は語る。「まさか自分がこうして、あの名探偵・霧悠冬真と会話をしているなんて」

中槻は賛辞のつもりで言っているのだろう。しかし、冬真は段々と苛立ちを覚え始めている自分を感じた。そのせいだろう。思わず語気の荒い言葉が口を衝いて出る。

「……俺は好きで探偵になったわけじゃないですよ」

言った後で少し後悔する。冬真らしくない発言だった。

だがその一方で、中槻は急にその表情を和らげていた。

「——僕も同じです、霧悠さん」

「何ですって?」

「僕も本当は、好きで研究者になったわけじゃないんです」

中槻はそう言って壁にもたれるように背中を預け、天井を見上げた。遠い目をしながら、彼は語り始める。

「僕の父も、実は研究者なんです。素粒子物理学では割と有名な人間で……」

「素粒子物理学?」と冬真はそこでようやく思い至った。「ということは、もしかしてあなたは中槻章一《しょういち》博士のご子息ですか?」

「父をご存じで?」

「ええ——分野は違いますが、私の父、桐生秋彦が生前、少しだけ交流があったと聞いております。たしか、今はスイスにいらっしゃるとか」

「……自分もそう聞いています」煮え切らない返事をした後で、中槻は苦笑した。「実はここ二年くらい、父とは会話をしていないんです。あの人の期待値に僕はまだ届いていないようで」

どうやら父親との確執があるらしい。冬真は黙してその話に耳を傾ける。

「父は厳格な上に極めてプライドの高い人物で、僕は幼い頃からずっと勉強が最優先の生活を強いられてきました。父は僕を、自分のような研究者にしようとしていたんです。叡智こそがこの世で最も得難い財産であり、それを得ることが出来ればこの世界を正しく、そして美しく見ることが出来るようになる――いつもそう言い聞かせられてきました。正直、僕は世界が美しく見えようが醜く見えようが、心底どうでも良かったんですけどね」

と、中槻はそこで冷笑を浮かべる。

「テストではいつも満点を取らないと厳しい叱責を受けました。だから僕は小学校、中学校、そして高校の一年目までのすべてを勉学に捧げたんです。当然、友人を作る余裕なんてある筈も無く、とても孤独な青春時代でした」

その話に、冬真は妙な親近感を覚える。冬真もまた、彼と同様に孤独な人生を歩んできた。冬真にとっての青春は、いつだって焦燥と絶望だけだったのだ。

「そんな中で、僕が唯一楽しみにしていたのがミステリ小説の世界だったんです。いつも本をこっそり持ち歩いて、隠れるようにして読んでいました。本の中で展開される様々な謎や心理戦の中には、僕ですら真相を見抜けない話もありました。それが僕を夢中にして、現実の孤独や辛さを忘れさせてくれたんです」

「それが」と冬真は口を挟む。「ミステリに傾倒したきっかけですか」

中槻は首肯する。

「僕の人生に最初に現れたのが、たまたまミステリだったんだと思います。もしかしたらミステリよりも先にポエムに出逢っていたら、そちらにハマってたかもしれません」

冗談のように言って中槻は軽く笑った。冬真は笑わなかった。

「特に名探偵という存在は僕の心の拠り所でした。僕にとって作中の探偵は唯一の友人で、ミステリ小説は一種の現実逃避——言うなれば、青春時代の隠れ家みたいなものでした。僕はミステリを通じて、世界に触れていたんだと思います。だから、本を閉じるときはいつも寂しかった——友人たちの集う隠れ家から、一人で出て行かなきゃいけないような気がして」

「ミステリ作家を目指したりはしなかったんですか？」

冬真の問いに、中槻は落ち着いた様子で首を横に振った。

「一〇代の頃に一度、ミステリを書いてみようと挑戦したことがあります。でも、どうやら僕は書くよりも読む方が好きなようでした。それに今の僕は、この計算論的神経科学という研究分野にやりがいも感じているんです。ここにはミステリ的な謎解きに近いものもありますから」

そう宣う中槻の瞳に迷いはなく、心底からそう信じているように見えた。

「良い問題には、良い答えよりも価値がある。それが、僕がミステリを通じて得たこの世界の真理ですよ」

「なるほど」と冬真は椅子から立ち上がる。「貴重なお話をありがとうございます、中槻さん。非常に参考になりました」

「え、もう終わりですか」と中槻は拍子抜けしたような表情を浮かべる。「事情聴取というくらいなので、もっとアリバイとかを訊かれると思っていました」

「どちらかというと今回の目的はプロファイリングですので。あ、そうだ。最後に一つだけ質問させてください」

冬真は部屋の入り口で振り返り、その問いを投げる。

「密室殺人鬼０について、中槻さんはどんな感情を持っていますか?」

「いえ、特に何も」

穏やかな笑みを浮かべたまま、中槻はそう答えた。

◇

中槻の部屋を出て、冬真は大きく息を吐き出した。

O殺害の密室のトリックについてはわかった。

そして今、犯人もわかった。

あとは動機だけである。

冬真は急ぎ足で所長室へ向かった。

◇

所長室に千代の姿は無かった。玄関ロビーの横にあるトイレを見に行ってみたが、そこにもいない。食堂室を覗いてみると、上原が再び夕食の準備の続きをしていた。

「霧悠さん、どうしました？」

「千代は来ていませんか？」

「紅澄所長ですか？　いいえ、食堂室には来ていませんが……監視室で何か作業をされているとか？」

冬真の胸中に嫌な予感がした。そしてこれまでの経験上、その予感ははずれたことがなかった。

――しかし、何故だ？

「上原さん！　正岡さんと中槻さんを廊下に呼んでおいてください！」

冬真は叫ぶように言うなり、食堂室を飛び出して監視室に向かった。

監視室の中には誰もいなかった。左手にある硝子張りの実験室にも千代の姿は無い。冬真はその扉を開け、更に奥にある磨り硝子のドアも開けて、サーバルームに足を踏み入れる。サーバルームは正方形の部屋で、壁際に積み上げられたコンピュータが低く唸るような音を上げているだけだった。室内に身を隠せそうな場所はない。

冬真は額に浮いてきた汗を拭いながら監視室を後にする。廊下には上原、正岡、中槻の三人が既に集まっていた。中槻が困惑した様子で訊ねてくる。

「霧悠さん、どうしたんですか？」

「皆さんの部屋に千代はいますか？」

「え、紅澄所長ですか。いいえ、部屋には来ておりませんが……」

「自分もです」

「私もさっき自分の部屋を見てみましたけど、居ませんでしたよ」

三人が口々に答える。冬真は一瞬、玄関の方に視線を向けた。しかし、外は大嵐である。千代が外に出る理由が無いし、もしその必要性があるのであれば、間違いなく自分に伝えているはずだ。この状況下で、冬真に何も言わずに研究所を出て行くというのはあり得ない。

しかし、千代の姿は研究所のどこにも無い。

では、犯人によって研究所の外に連れ出されたか。

いや、と冬真は首を横に振った。

もしそうであれば——今、目の前にいる犯人も雨で濡れているはずだ。

しかし三人とも、先ほど冬真が事情聴取したときと全く同じ格好である。

だとしたら——千代はどこに消えた？

「霧悠さん、いったい何が起こっているんですか？」

中槻の質問を無視し、冬真は顎に手を当てて考え込む。そして思い当たる。まだ調べていない部屋が——いや、調べることが出来ていない部屋が二つある。

０が殺害された独房、そして、右代岸雄の個室である。

「右代さんの部屋は廊下の端でしたね？」

「え、はあ、そうですが……」

冬真はすぐさま右代の部屋の前まで走り、その勢いでドアを強く叩いた。

「千代、いるのか！　返事をしろ！」

しかし、ドアの向こうからは何の物音もしない。冬真はドアの横のパネルに手を叩きつけて叫んだ。

「バラク、このドアを開けろ！」

しかし、小さな電子音の後に無機質な声が廊下に響く。

「承認されていないユーザです」

冬真は舌打ちを漏らす。その手は自分のジャケットの懐に伸びていた。

――もはや、迷っている暇はない。

「全員下がれ！」

冬真の怒号に全員が身を震わせて一歩退く。

次の瞬間、冬真は手に握ったベレッタ九二の銃口を、ドアのロック構造がある位置に突きつけ、三度連続で引き金を引いた。

乾いた銃声と共に廊下に火花が散り、同時に、天井のスピーカーがけたたましいアラートを鳴らし始める。

「ドアロック異常発生、ドアロック異常発生――」

バラクの電子音声を無視し、冬真は火傷も怖れずに、ドアに空いた銃痕に指を突っ込む。そして力任せにドアを引き開けた。胸中を圧迫する絶望の予感を抑え込みながら、冬真は転がり込むように右代岸雄の部屋に足を踏み入れる。

千代、と名前を叫ぼうとしたが、その言葉は当の本人に届くことはなく。

冬真の心の底に空いた虚空に、静かに呑み込まれていった。

思わず、冬真は膝を突いて崩れ落ちる。

ベッドの上に横たわる――紅澄千代の遺体を前にして。

【終章〈伊月〉】

現在の終熄の物語

食堂室はバリケードで封鎖してしまったので、僕と鮎川、准の三人は一旦、僕の部屋に集まった。鮎川はベッドの上で膝を抱え、僕はその隣で壁にもたれて天井を眺めていた。准は椅子に腰掛け、膝の上に肘を突いて頭を抱えている。誰も何も言葉を発しなかった。外の嵐は更に激しさを増しているようで、廊下を吹き抜ける不穏な風の音だけがその空間に満ちていた。

宵子先輩の遺体に毛布を掛け、僕たちは事件現場の所長室に改めて鍵を掛けて封印した。鍵はやはり宵子先輩が身に付けていたようで、彼女の白衣のポケットから見つかった。また、彼女の遺体の横には明かりの消えた懐中電灯も転がっていた。

宵子先輩の遺体は心臓に包丁が突き立てられており、僕たちが駆けつけたときには既にほとんど冷たくなっていた。彼女のように厳密な鑑識が出来る人間はいなかったのでおおよその見当でしかないが、鮎川曰く、おそらく死因は心臓を刺されたことによる失血性ショック死で、死後三時間以上は経過しているのではないか、ということだった。

遺体に突き立てられた包丁はキッチンにあったものではなく、見慣れないものだった。以前の所員たちの荷物の中に調理器具が一式詰まった箱があったことから、そこに納められていた包丁を使ったのではないか、という結論に至った。僕があの箱を漁ったときに感じた違和感はまさにそれである。料理が趣味の人間の荷物の中に、包丁が無いというのはおかしいと思っていたのだ。おそらく、犯人が予め抜き取っていたのだろう。

僕は唇を噛みしめる。

あのとき、僕がそのことに真っ先に気づいていれば、何か対策が打てたのではないか。

そんな無為な考えが、僕の胸中を掻き乱す。

「……愛雨ちゃん、どこにいったのかな」

ぽつりと、鮎川がそんなことを漏らした。

「何かに巻き込まれたか」と准が力なく言う。「或いは……」

「――宵子先輩が言ったんだ」

と、僕の口から言葉が漏れる。まるで、コップに溜まった水が縁から零れ落ちるみたいに。

「僕ならこの事件を解けるよ、って。昨夜、僕の部屋に来たときに」いつの間にか、僕は拳を強く握り締めていた。「あれが、最後の会話だったなんて……」

ふと横に重みを感じた。鮎川が僕の左肩に寄りかかり、俯いて嗚咽《おえつ》を漏らしていた。彼女の手が、僕の握り締められた左手の上に重ねられる。その手は少しだけ震えていた。いや、震えていたのは僕の手の方だったのかもしれない。

だが、何故だろう。僕は泣けなかった。

僕の胸中には哀惜と共に、憎悪にも似た感情が渦を巻いていた。

この状況に対して。

宵子先輩を殺した犯人に対して。

或いは、何も出来なかった自分に対して。

「明日の昼には迎えの船が来る筈だ」と准が冷静に言う。「それまでは、こうして三人で固まってこの部屋で籠城を……」

「――駄目だ」

僕はそう言って、天井を睨んでいた目を自分の手元に落とす。僕の右手にはスマートフォンが握られている。

「これ以上、犠牲者を出すわけにはいかない」

「どうするつもりだ？」

険のある声で問う准に、僕はあくまで冷静に答える。

「愛雨を捜す。そして犯人を突き止める」

准は大きく溜め息を漏らした。

「前者については同感だ。だが、後者については賛成できない」

「何故だ？」

「何故？」准は呆れと怒りの入り混じった視線を僕に向ける。「人を二人も殺している犯人だぞ、迂闊《うかつ》に動くのは危険だ。伊月、気持ちはわかるが冷静に……」

「宵子先輩が殺されたんだぞ」

と、僕は自分でも驚くほど大きな声を上げていた。

「それに愛雨も行方がわからないんだ、こんな状況で冷静で居られるはずがないだろ」

「だからこそ落ち着けって言ってるんだよ」准もまた語気を強めて言う。「自暴自棄になったら、全員殺されちまうかもしれないんだぞ」

僕はベッドから降り、准の胸ぐらを摑んでいた。

「准、おまえ、宵子先輩のことが好きだったんじゃないのかよ、それなのにどうしてそんなに冷静でいられれ……」

「辛いのはおまえだけじゃないんだ！」

准の怒鳴り声が──彼の瞳に浮かんでいた涙が、僕を冷静にさせた。全身から力が抜け、摑んでいた准の胸ぐらを離す。

「……俺だけでもない」言いながら、准は僕から視線を外す。「みんな辛いんだ」

振り返ると、鮎川が膝を抱いたまま無言で俯いていた。その打ちひしがれた姿を目の当たりにして、僕の中の憎悪の炎が静かに鎮火していく。

「悪かった。鮎川も、ごめん」

鮎川は俯いたまま小さな振幅で首を横に振った。

「でも」と彼女は泣き腫らした目を上げる。「それでもやっぱり、私も愛雨ちゃんのことは捜すべきだと思う。無事でいる可能性が少しでもあるうちに」

「ありがとう、鮎川」

「だがせめて、何か手がかりがあればな……」

准の呟きで、僕は思わず「あ」という声を上げていた。自分の手に持っているスマートフォンに視線を落とす。

「そうだ、録画だ」

僕の口にしたその単語に、二人が首を傾げる。

「僕、宵子先輩に頼まれたんだよ。あの所長室のバリケード、先輩のスマホのバッテリーが切れたから、代わりに僕の部屋から充電しながら撮っておいてくれって……」

「録画って、一晩中か？」准が椅子から腰を浮かせる。「だとしたら、あの所長室に誰かが入る瞬間が映ってるってことか」

「もしかしたら」と鮎川も僕のスマホを覗き込んでくる。「愛雨ちゃんの行方の手がかりも映ってるかも……！」

スマホはずっと充電しっぱなしだったので、バッテリーは充分にある。僕は録画したデータを確認する。

「宵子先輩が僕の部屋に来たのは夜の〇時の少し前だった。僕が起きたのは朝の六時前だから、約六時間ずっとこのスマホで廊下を録画していたことになる」

僕が眠っている間に所長室のドアが開いたり、誰かが僕の部屋の前を横切ったりすれば間違いなくその瞬間が映っている筈だ。

「でも」と准が言う。「バッテリーはともかく、それだけ長い時間の録画なんて出来るのか？　スマホのストレージだって無限じゃないだろ」

「事前に宵子先輩に言われて、ちゃんと画質を最低、フレームレートも五ｆｐｓにしてあるよ。一般的な監視カメラと同じくらいだ。ほら、大丈夫そうだ」

二人は僕のスマホの画面を覗き込む。表示された画面の下部のタイムスライダーには、しっかり六時間一二分という数値が刻まれていた。動画には、薄暗い廊下の奥に辛うじて所長室の前に積まれた段ボール箱のバリケードが映っている。准が眉を寄せた。

「かなり見にくいな」

「仕方ないよ。暗闇で最低画質だし。でも、何かしらの変化があれば絶対に分かるはずだ」

「早送りして確認しましょう」

鮎川の提案に頷き、僕は指で動画の下にあるシークバーをなぞる。できるだけゆっくりと、一時間、二時間、三時間と、画面内の変化を見逃さないように。

しかし――。

「……そんな、馬鹿な」

僕の指がシークバーの最後の地点まで辿り着いたとき、思わずそんな声を漏らしていた。

動画内には何の変化も記録されていなかった。

スマホのカメラは一晩中、所長室の前のバリケードだけを録画していた。

そう――誰も部屋の前を通らなかったし、何よりも、誰もバリケードを動かして所長室の中に入っていなかったのである。

「あり得ない」

准もまた愕然として言う。

「それじゃ、どうして草薙先輩の死体があの部屋にあるんだよ……！」

誰も入っておらず、誰も出ていない部屋。

そこに存在する、存在しないはずの死体。

不可能犯罪などというレベルではない。こんなものはもはや超常現象だ。

こんなことが出来るのは——。

「Oの、亡霊……」

僕の口から、その単語が飛び出す。かつてこの国で一〇年以上に渡って密室殺人を繰り返し、その手がかりすら摑ませなかったという、連続密室殺人鬼。

その人物は三年前に死んだという。

だが、この研究所では人間の人格を他人に移植するという禁忌の研究がされていたとも言われている。

もし、もしも——Oの人格が誰かに移植されていたら。

O以外に、こんな殺人事件は起こせないのではないか……。

「——ちょっと待って」

と、恐れおののく僕と准の間で、鮎川が口を開く。画面を睨む彼女の目には鋭い冴えが宿っていた。僕はこの目を見たことがある。彼女が自作のミステリ小説を執筆しているときの、集中力の極限に至った目だ。

「伊月くん、そのスマホを貸してくれる？」

「え、ああ」

鮎川は僕の手からスマホを受け取ると、指で慎重にシークバーを操りながら、画面を食い入るように観察し始める。

「――ここ」と、鮎川の指が止まった。「ここを見て」

鮎川が見せてきた画面に映っていたのは、相変わらず僕の部屋から映した廊下の様子だった。時間は録画を始めてから一時間程が経った頃である。何の変哲もない薄暗い映像に見えたが、僕は目を細めてようやくその違和感に気づく。彼女は僕の顔を見て、こくりと頷いた。

「そう――この瞬間だけ、バリケードもドアも消えている」

画角には僕の部屋の出口はしっかりと映っている。

つまり、カメラ自体の録画が止まってブラックアウトしたのではない。

それなのに、廊下を横断した先にある筈のバリケードとドアの部分だけが、完全な暗闇に包まれていたのである。

まるで、そこにだけ瞬間的に暗闇が発生したかのように。

そこで鮎川が再生ボタンを押すと、次の瞬間には再びバリケードが画面上に現れた。

准と僕はお互いに胡乱な視線を交わす。

「なんだ、これ……？」

「ドアが、消えてる？」

「うん。時間にして一秒も無いと思う」鮎川が神妙な面持ちで頷く。「あと、この時の音、ちょっと聞いてみて」

鮎川は動画を少し戻し、再生した。一瞬だけ消えるバリケード、そして轟々という風が吹き抜ける音の隙間に、辛うじて聞こえる音があった。

「……金属音、か？」と僕は呟く。「キィっていう、何かが軋むような音だね」

鮎川は首肯し、画面を再び指先で操作する。

「そして、もう一度よく画面を見て。この暗闇発生と音が鳴った後で、バリケードの位置が少しだけ変わっているの。ほんの少しだけなんだけど」

画面に顔を近づけ、僕は目を凝らす。バリケードが闇に包まれる前と後の画面を、じっくりと見比べてみる。僕はハッと気づく。

「少しだけ、バリケードが前に出てる、ように見えるかな」

「所長室の前の段ボール箱は昨夜、私たちが設営したときはドアにぴったりとくっつけて設置していた」と鮎川は語る。「でも今朝はドアから一五センチくらいの隙間が出来ていたよね。ちょうどドアを開いて中に滑り込んで入れるくらいの隙間が」

「つまり、この一瞬のうちに、バリケードは動かされたってことか？」准は訝しげに眉を顰めた。「あり得ないんじゃないか。時間にして一秒以下だ。無理矢理に動かそうとしたら最上段の箱が崩れて大音響が鳴るだろう？」

「うん」と鮎川はあっさりと頷く。「――だから、何らかのトリックだと思う」

彼女の瞳に、先ほどの憔悴した弱々しい光はない。そこにあったのは、真相を彼方に見据えた強い意志の光だった。

「密室、トリック……」

と、僕が呟いた、そのときだった。

――頭蓋骨を貫通し、脳髄に灼熱の鉄棒を差し込まれたかのようだった。

未だかつて無いほどに強烈な頭痛が、突如として僕を襲った。目眩がし、僕はうめき声を上げながらその場に膝を突く。

「伊月くん、どうしたの！」

「おい、大丈夫か、伊月！」

鮎川と准の声が、僕の頭上から聞こえる。だが、呼吸すらままならないほどに、僕の意識はどんどん地中の奥深くへと沈んでいく。

視界が暗く染まり、深淵が――否。

真円が、僕を呑み込む。

落下していく先、その奥底で、僕を見上げて笑いかける人物がいた。

その人物が何かを呟く。

底冷えするほどに邪悪で、心底幸福そうな笑みを浮かべながら。

——密室で生まれし者は、密室で死ぬべきなのだ。

その言葉が聞こえた瞬間、僕の意識は急速に浮上していく。先ほどまで僕を取り囲んでいた激痛が、急上昇するときの風圧で剝がれ落ちていく。まるで稲妻の逆再生のように、僕の意識が天空の一点に向かっていく。僕は必死に手を伸ばす。

——そして、僕の指先が、その真相の切れ端に触れた。

やがて、僕の視界に見慣れた二人の姿が見えた。鮎川と准が、心配そうに僕の顔を見下ろしていた。僕は肩で息をしながら、瞬きを繰り返す。

「伊月くん!」

「おい、どうしたんだ?」

僕は思わず飛び起きるように立ち上がった。先ほど僕を襲った頭痛は、今や片鱗すら無く消え去っていた。むしろ、思考はかつて無いほどに澄み渡っていて、一種の清々しさまで感じる。

僕は咄嗟に自分の手を見つめる。先ほど微かにその指先に触れたものを思い出す。

「……わかった、かもしれない」

「え」

鮎川の呟きも置き去りにして、僕は駆け出した。

僕がこの研究所で見てきたもの、感じた違和感、あるべき筈なのに無かったもの、宵子先輩の殺害現場、そして扉とバリケードの一瞬の消失。僕はそれらを一瞬のうちに反芻し、考える。それらを繋ぎ合わせる唯一の可能性について。

「おい、伊月！　どこへ行くんだ！」

准の呼びかけも無視して部屋を飛び出し、薄暗い廊下に躍り出る。そして暗がりの中、手探りで僕の部屋の入り口の横にある壁を探り、『それ』を見つけた。

「やっぱり……それじゃ……」

独り言を漏らしながら、今度は廊下の反対側、所長室のバリケードの横にある壁に手を伸ばす。しかし、予想に反してそこに目当ての『それ』は無かった。

……無い？

だとすれば、何処に？

一際強い風が玄関の方から吹き込み、僕の全身を撫で回したときだった。可能性の閃きが迸り、玄関から反対方面へ僕は駆け出す。

監視室跡地に飛び出したとき、僕の全身を強烈な風雨が包んだ。空は相変わらず大荒れで、眼下の木々をなぎ倒さんばかりの勢いで雨が暴れ狂っている。

足元に転がる累々たる瓦礫に屈み込み、僕は目的のものを探す。

だが、それはあっさりと見つかった。

探すまでもなく、それは僕の足元に散らばっていた。

風に飛ばされることもなく、無数に。

「伊月くん!」

「おい、伊月!」

僕の背後から、鮎川と准が追いかけてくる。僕は立ち上がり、再び思考に没頭する。

だとすれば、どうだ?

もし、宵子先輩を殺害したトリックが、僕の推理通りのものだとしたら——それが出来るのは……。

僕は駆けつけた二人を見やる。鮎川月乃と森合准。当然、この二人にも犯行は可能だ。

しかし、では何故、愛雨は消えた?

もしかして、犯行現場を目撃したから、犯人に口封じの為に殺害されてしまったのか?

それとも——いや、と僕は首を振る。そんな考え方は馬鹿げている。だが、僕の中の何かが、その考えを後押しする。

——緑豆愛雨は死んでいない。

理由は分からない。ただの願望なのかもしれない。だが、僕にはどうしても、彼女が死んでいるとは思えなかった。死ぬはずが無い、という謎の確信すらあった。

だとしたら、だとしたら——。

「伊月くん!」

両肩を摑まれ、僕はようやく気がつく。鮎川が僕の肩を摑んで、心配そうに僕の顔を見上げていた。

「突然どうしたの？」

「——宵子先輩を殺害したトリックが、わかったんだ」

「え……？」

「何だって？」

二人の顔が驚愕に歪む。僕は思考を整理し、言葉を選びながら口を開く。

「ああ、あの密室は……」

「待って伊月くん」と鮎川が打ち付ける雨に目を細めながら言う。「とにかく中に入りましょう。このままだと風邪を引いちゃ……」

「誰だ！」

突然、准が大きな声で叫んだ。彼の視線は僕たちの背後、崩れた壁の向こうに向けられている。

「准、いったいどうしたんだ……」

振り返ろうとする僕たちのすぐ横を、准が勢いよく駆け抜けていく。瓦礫の向こうに一瞬だけ、栗色の髪のようなものがなびくのが見えた。

「誰か女性がそこに立ってたんだ！」

そんなことを叫びながら、彼の姿が遠ざかっていく。崩れた壁を乗り越え、暴雨風の彼方へ。そこから先は背の低い木々が生えた崖になっている。少しでも足を踏み外すと危険だ。

「おい、准！　やめろ、危ない！」

僕の叫びも虚しく、准の姿は謎の人物を追って嵐の中に消えていった。

「女の人って、もしかして愛雨ちゃん……？」

鮎川がぽつりとそんなことを漏らす。僕の中の不安が増大していく。先ほど一瞬だけ見えた髪の色は確かに愛雨のようにも見えた。

しかし——だとしたら、どうして僕たちの前から逃げる必要があるんだ？

得体の知れない恐怖が僕の背筋をなぞる。この先には良くないことが待ち受けているような気がした。

「追いかけよう、鮎川！」

僕も准の後を追って、崩れた壁を乗り越える。すぐそこは五メートルほどの高さの崖になっており、崖の下はごつごつした岩場だった。崖沿いをなぞるように辛うじて道のような足場があるが、背の低い木々が茂っているせいで非常に歩きにくい。視線の先に、木々をかき分けて走って行く准の後ろ姿が辛うじて見えた。

「おい、准、待て！」

慌ててその後を追おうと足を踏み出したとき、嫌な感覚があった。大きな石を踏んでしまったらしく、不意に身体のバランスが崩れる。

「伊月くん、危ない！」

咄嗟に鮎川が僕の手を掴むものの、慣性は僕たちの身体を完全に搦め捕っていた。何とか踏みとどまろうとしたが、僕と鮎川の身体は無情にも重力の為すがままに崖下に落ちていく。

僕は咄嗟に、絶叫する鮎川の身体を引き寄せ、彼女を守るように抱きしめる。

そして、僕は岩肌に全身をぶつけながら、崖下へと墜落していった。

◆

目を覚ますなり、痛みで唸り声を上げてしまった。視界に、僕を覗き込む鮎川の泣き顔が現れる。

「伊月くん！　良かった……」

どうやら気絶してしまっていたらしい。僕は鮎川に膝枕をされながら介抱されていた。咄嗟に起き上がろうとしたが、全身に痛みが走る。どうやらあちこちを強かに打ち付けてしまっているようだ。顔だけ上げて自分の身体を確認すると衣服はボロボロで、破けた布の下は擦り傷だらけである。

「無理をしないで。かなり高いところから落ちたみたいだったから……」

「ああ……鮎川は、怪我は無い？」

泣きはらした目を細めて、彼女はにっこりと微笑んだ。

「うん、伊月くんが守ってくれたから……」

「良かった。でも、ここは……?」

僕はゆっくりと身を起こして、周囲を見回す。ごつごつとした岩肌は天井まで続き、周囲は薄暗い。雨風が顔に当たる感覚が無かったので不思議に思っていたが、どうやら此処は洞窟のように見えた。風の音の方に目を向けると、半円に切り取られた世界の向こうは相変わらず、嵐が吹き荒れている。

「落ちたところのすぐ側に、この洞窟があったの」と鮎川は説明する。「とにかく雨風を凌げる場所に行かないと、と思って」

「そっか……准と愛雨は?」

僕の問いに、彼女は目を伏せて首を左右に振った。

「分からないの。私たちが崖に落ちたときに、そのまま見失っちゃったから……」

「まずい、早く止めないと……」

立ち上がろうとするが、身体の節々が痛んでうまくいかない。僕の口から思わず舌打ちが出る。そんな僕の身体を鮎川が支えてくれた。

「落ち着いて。止めないとって、いったいどういう意味なの?」

「愛雨が犯人の可能性があるんだ」

僕の発言に、理解出来ない、というように鮎川の表情が歪む。

「どういう、ことなの……?」

何から話したものか、と僕は逡巡する。とにかく、順序立てて話すしかない。

「順番に話すよ。まずはあの宵子先輩が殺された部屋のトリックだ。監視による密室の殺人。あれが出来るのは、僕の部屋よりも玄関側の部屋に居た人物だけなんだ」

僕は手近にあった流木の枝を手に取り、砂浜に研究所の見取り図を描く。

「研究所自体の屋外への入り口は二つある。一つは僕たちが入ってきた玄関、もう一つはさっき僕たちが外に飛び出した監視室。あそこは火事のせいでほとんど屋外だからね。そして、玄関から入って左手の壁には食堂室、所長室。それぞれには段ボールで作ったバリケードが置かれている。どちらも中段に軽い段ボールを挟んで、上段に料理器具の入った少し大きめの段ボールを積んだ、見た目がまったく同じバリケードだ」

「見た目が、同じ……？」

僕は頷き、説明を再開する。

「そして、そのバリケードの対面の壁には僕たちの部屋が並んでいる。監視室側から順番に宵子先輩、僕、鮎川、愛雨、そして准だ。見て分かる通り、僕の部屋は所長室のバリケードの真正面に位置している。僕は此処から一晩中、所長室のバリケードを録画していたつもりだった。だが、違ったんだ」

「違った？」

「ああ——僕が録画していたのは、食堂室のバリケードだったんだよ」

鮎川は驚愕の表情を浮かべた後に、眉を寄せて頭を抱えた。

「待って、伊月くん。この図面だと、伊月くんの部屋から食堂室のドアは角度的に見えないよ？　どうやってそんなことを……」

「ああ、僕もそう思った。でも、古典的なミステリのトリックを使えば、簡単にその状況を作れるんだ」

鮎川はしばらく顎に手を当てて考え込んでいたが、やがて何かに気づいたようにハッと顔を上げた。

「まさか――鏡？」

「そうだ」

僕は頷き、砂の図面に描き足しをする。

「たぶん、全身が映るような縁なしの大きな姿見を使ったんだと思う。使われた鏡は二枚だ。そのうち一枚は食堂室のバリケードの正面、つまり、僕と鮎川の部屋の間の壁に設置する。そしてもう一枚は、所長室のバリケードを隠すようにして少し斜めにして配置。そうすると……」

僕は自分の部屋の入り口から、カメラの視線の矢印を引く。

「カメラは所長室の前の鏡を映す。その鏡には僕と鮎川の部屋の間にある鏡を映す。そしてその鏡には――」

「所長室と同じ、食堂室のバリケードが映っている……」

鮎川が呆然として呟く。

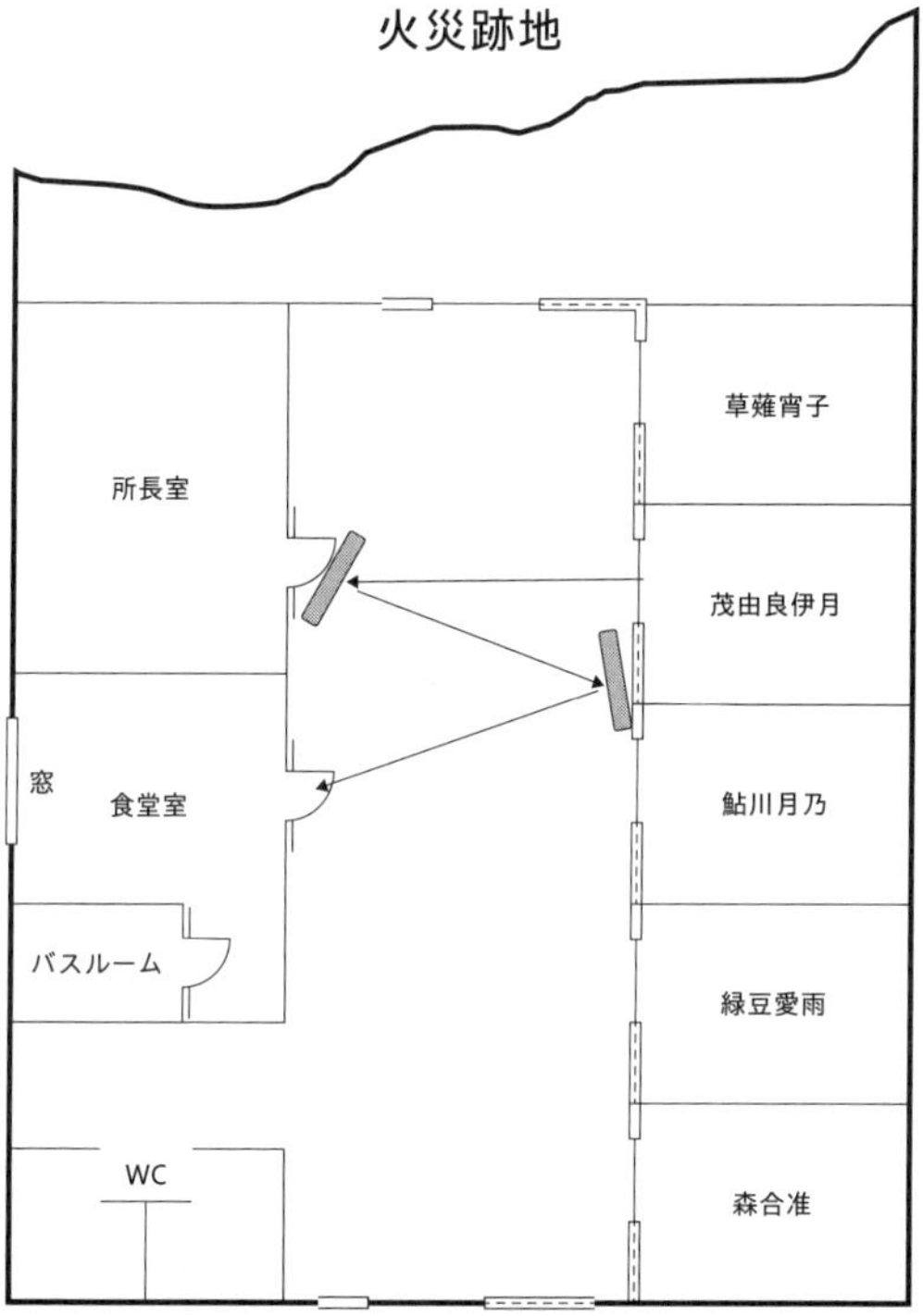

鏡のトリック

「その通りだ、鮎川」と僕は頷いた。「段ボールの中に、コスプレ衣装が入っている箱があったただろう？　たぶん、コスプレが趣味の所員がいたんじゃないかな。でも、それなのに施設の中には鏡が一つしかなかった。バスルームにね。だから違和感を覚えていたんだ。普通、コスプレをしたら鏡で確認したくなるものじゃないか、って。ましてや、自作のコスプレ衣装なら尚更だ。絶対にこの館のどこかには、全身が映るくらい大きな鏡があるはずだって思ったんだ」

僕は更に図面に描き加える。所長室のバリケードを一旦消し、扉から少し離れた位置にまた描き込む。

「こうすれば、カメラの目をかいくぐってバリケードを動かすことが出来る。あとは被害者をこの部屋に誘導して殺害した後、犯人は堂々と部屋を出た。でも、このまま鏡を放置するわけにはいかない。だから、カメラの目の前で一瞬、黒い布を掛けたんだ。鏡を移動させるためにね」

それこそが、あのスマホに一瞬だけ録画されていた映像だったのだろう。鮎川はしばらく腕組みをして考え込んだ後、疑問を口にする。

「どうして布を掛けてから移動させたの？」

「そのまま移動させせようとして鏡の角度が変わると、反射で余計なものがカメラに映りかねないからね。下手をしたら、その場ですぐに鏡を使ったトリックだと看破されてしまうかもしれない」

「あ、そっか」

「たぶん、その姿見は足元にキャスターが付いていたんだと思う。あの動画に収められていた金属音は、きっとそのキャスターが動く音だったんだ」

「でも、そんな大きな鏡、事件が起きるまでは何処に隠していたの？」

「廊下だよ。黒い布を掛けて壁にぴったりくっつけていただけだ。電気系統が壊れているせいで廊下は常に真っ暗だから、僕らは気づかなかったんだよ。事実、さっき僕が部屋を飛び出したとき、僕と鮎川の部屋の入り口の間にある壁に大きな鏡が隠されているのを確認した。黒い布を被せられてね」

「そんな、全然気づかなかった……」

鮎川はそう言って、どこか悔しそうに唇を噛みしめていた。

「あれ……」とそこで彼女は何かに気づいたように再び問う。「それじゃ、伊月くんが監視室の方に飛び出して行ったのはどうして？」

「ああ。廊下にもう一枚の鏡が見つからなかったからね。だとすれば、あと隠せる場所は宵子先輩の部屋か、監視室の方しか無い。先輩の部屋にあんな大きなものは見当たらなかったから、外の監視室跡地だと思ったんだ。案の定だったよ。あそこの床には割れた硝子に混じって、火事で焼けた痕跡の無い『真新しい鏡の破片』が転がっていた」

「それじゃ、犯人は鏡を屋外まで運び出して割った、ということ？　どうしてそんなことをしたの？」

「ここからは僕の想像だけど……たぶん、トラブルだと思う」

「トラブルって？」

「風だよ」と僕は図面に矢印を描き込んだ。「玄関から吹き抜ける風で、鏡を隠そうとしている最中に布が飛んで行っちゃったんじゃないかな。たぶん、監視室の入り口から外の方へ。黒い布だから夜の闇の中だと見つけられなかったんだと思う。かといって鏡をそのまま放置するわけにはいかない。だから仕方なく、犯人はあの火災現場で鏡を叩き割ったんだ」

「鏡を割った？　でも、そんなことをしたら音でバレちゃうんじゃ……あ」

鮎川はそこで気づく。そう、聞こえる筈が無いのだ。

昨夜から続く嵐によって、廊下には玄関の方から風が吹き抜けていた。外で鏡を割る音は監視室の入り口から飛び出して行く風に阻まれ、屋内の空気を震わせることなど出来なかったのである。

「なるほど」と鮎川は再び顎に手を当て、こくこくと頷いていた。「伊月くんの推理は筋が通ってると思う……でも、どうしてその犯人が愛雨ちゃんだっていう結論になるの？」

僕は深呼吸を一つ挟んだ。息を吸い込む度に、全身の傷がひりひりと痛むような気がした。

「犯人が廊下を通って所長室に入ることは出来ない。僕のスマホが廊下を録画していたから、そんなことをすれば映ってしまう。だとしたら……」

僕は砂の図面に再び枝を走らせる。矢印を玄関から外に向けて描き、ぐるりと研究所の外壁を一周させて、監視室の入り口から再び建物の中に戻す。

「こんな風に、屋外を経由して行くしかない。だとすれば、犯人は僕の部屋よりも玄関側の部屋の人間ということになる。つまり、鮎川、愛雨、准の三人だ」

「私も容疑者になるんだね」

と彼女は小さく苦笑を挟んだ。僕は続ける。

「この場合のそれぞれが犯人だったパターン、いや、正確には『犯人ではなかったパターン』を考えてみたんだ。もし鮎川と准が犯人ではないとしたら、現状は別に違和感は無い。でも、『愛雨が犯人ではない』としたら、愛雨がこうして僕らの前から姿を消す理由が無い。事実、さっき愛雨は瓦礫の陰から僕たちの様子を窺っていたわけだし」

鮎川は沈黙する。僕の考えを頭の中で反芻しているように見えた。

「例えば」と彼女は言う。「愛雨ちゃんは犯人の犯行を目撃してしまった。だから口封じを怖れて姿を晦ましている、というのは？」

「だったら、さっき僕たち三人が揃っているときに糾弾すればいい。むしろ、愛雨の性格を考えたらそうする筈だよ。僕が殺人犯と一緒にいる状況を、あいつがほったらかしにする筈が無いんだ」

自分で言いながら、僕はそこに大きな矛盾を感じて思わず顔を顰めた。鮎川はそんな僕の横顔を見つめて、溜め息をついた。

「――そんな優しい愛雨ちゃんが、宵子さんを殺害するなんてこと、あるかな」

愛雨の能天気な笑顔が脳裏を過り、僕は胸が締め付けられるような痛みを感じる。そんなことはあるわけがない、と僕の心は叫んでいる。そんなこと、あって欲しくない、と。

だが、僕の理性は一つの可能性を指し示している。

「人格移植、だ」

と、僕はその単語を口にした。その可能性について、僕はずっと考えていた。

「人格移植って」鮎川が眉を寄せる。「あそこで研究されてたって噂の？」

「ああ。僕らはこの島に着いてすぐに催眠ガスによって昏睡させられただろう。もしかしてそのとき、僕ら五人のうちの誰かの頭に何者かの人格が上書きされてしまったんじゃないかって、ずっと考えていたんだ」

「何者かって、まさか……」

「三年前に死んだ筈の人物、汀崎仁志――殺人鬼0だよ」

そう考えると、愛雨には存在しないはずのホワイダニットが目の前に現れる。稀代のシリアルキラーであれば、殺人を犯す理由はいくらでも生まれる。彼女が先ほど我々の前から逃げた理由は、もしかして自分の中に残る緑豆愛雨の人格が作用したのではないだろうか。僕たちから自分自身を、殺人鬼を遠ざけるために。

「待ってよ、伊月くん。その理屈だと、誰かが愛雨ちゃんに0の人格を移植したってことになるでしょう。そんなこと……あ」

自分で言いながら、鮎川もその可能性に気づいたらしい。もともとミステリの趣味が似通っているだけあって、彼女と僕の推理の筋道は似ている。きっかけさえあれば、いつも僕らはお互いに同じ答えに行き着く。僕も頷きを返した。

「赤上さんだよ。彼が実はもともとこの研究所の職員だったとしたらどうだろう？　あの写真には一人だけ、髪が長くて年齢も顔もよく分からない人物がいたよね。それが実は赤上さんで、彼の手によって愛雨に0の人格が移植されたんだとしたら……」

「移植を施した後に殺人鬼化した愛雨ちゃんによって赤上さんは殺害された、ってことね」

鮎川はいつものように顎に指先を当てて考え込む。だが、やがて首を横に振った。

「確かに、ホワイダニットとしては理屈がつきそうだけれど、でも、それは他の人たちにも言えるんじゃないのかな。さっきの鏡のトリックだって、言ってしまえば伊月くんの部屋より玄関側の部屋の人物なら可能なわけだし」

「……だとしたら」と僕は別の可能性を口にする。「准が犯人、ってことになる」

僕の悪友、森合准。この一年間、僕はずっとあいつとツルんでいた。あいつの性格は、たぶん僕が一番知っていると思う。准は軽薄で適当な部分もある男だけれど、少なくとも宵子先輩に対する感情だけは真摯なものだったように感じる。

そんな彼が、殺人鬼に身体を乗っ取られて自分の恋する女性を殺害したとしたら……。

そう考えたとき、まるで自分がぽっかりと空いた穴に呑み込まれたような気分になる。

僕はよほど沈痛そうな顔をしていたのだろう、鮎川がそっと優しく僕の頬に手を触れた。

「私もだよ」と、彼女は困ったように笑いかけた。「私に殺人鬼が移植されてる可能性だってあるよ」

その笑みを見たとき。

僕は思わずその彼女の手を取り、強く握り締めていた。

「――そんなの、絶対に嫌だ」

絞り出すように告げる僕の掌に、鮎川の手の冷たさを感じる。

彼女の人格が、別の人間に上書きされているなんて考えたくもなかった。彼女が消えてしまった世界なんて、想像するだけで絶望的な気分になってくる。

「――うん、私も嫌」

震える声で言いながら、彼女も僕の手を握り返した。

「世界中の誰に疑われてもいいけど、私、伊月くんに疑われるのだけは……絶対にやだ」

僕と鮎川は、しばらくの間ずっと無言で手を繋いでいた。冷え切ったお互いの掌の間に、少しずつ熱量が生まれていくのが分かった。その熱は静かに心臓にまで届き、ずっと押し込められていた僕の奥底の氷塊を、少しずつ解かしていくような気がした。

嵐は相変わらず亜魂島を取り囲み、洞窟の外は絶望が吹き荒れている。

そんな中で、僕はあまりにも不謹慎なことを願ってしまった。

このまま時間が止まってしまえばいいのに、と。

しかしそんな時間は、僕の腹部に走った痛みが唐突に断ち切った。

「……痛っ」

僕が思わず漏らした呟きで、鮎川が驚いて手を離す。

「大丈夫？」と鮎川は顔を真っ赤にしながら謝った。「身体が痛むの？」

「あ、いや、違うんだ」と僕もまた頬を上気させながら否定する。「ちょっと古傷が痛んだだけで……」

「あ、私、絆創膏《ばんそうこう》を何枚か持ち歩いてるから」鮎川は慌てた様子でポケットから絆創膏を取り出した。「えっと、背中だよね、擦りむいてるの」

「え、あ、うん」

「じゃ、絆創膏貼るから、その服を一度脱いで」

「いや、でも」

「駄目だよ、バイ菌が入っちゃうよ」

勢いに押されるような格好で、僕はおずおずとシャツを脱ぎ、上半身を露わにさせる。

「えっと、絆創膏、三枚しか無いから、とりあえず一番大きく擦りむいているところから貼っていくね」

そう言いながら、鮎川の手が僕の背中に触れる。そこだけが局所的に妙に熱く感じられた。思わず変な気分に陥りそうになり、僕は慌てて何か別の話題を探して、口を開いた。

「……これからどうしようか」

「塗り絵でもする？」

唐突に鮎川がそんなことを返してきて、僕は思わずふっと笑みを漏らしてしまった。いつもの意味なしジョークが、凝り固まった緊張を少しだけ解してくれる。それに応えるように僕も切り返す。

「煮物みたいなことを言うんだね」

「意味のないことが高級、だもんね」

「でも、この経験に意味は与えられそうじゃないか」

「え？」

「今回の事件、全部が終わったら、鮎川の小説のネタになるかもなって」

背中越しに感じる沈黙。その一瞬後に、鮎川の吹き出す声が聞こえた。

「そんなこと考えてたの、伊月くん」

「まぁね」

「ありがと。でも、まずは今書いているのを仕上げないとね」

「ああ、名探偵ファントムだっけ。そうだ」

と、そこで僕は彼女に言おうと思っていた感想を思い出す。

「途中まで貰ってた原稿、感想を言おうと思って忘れてた」

「読んでくれたの？」

「うん。たぶん初めてだよな、鮎川が三人称の小説を書くのって」

「あ、気づいてくれた？」と彼女が嬉しそうに言う。「そうなの。だから実はちょっとした仕掛けもあるんだ」

「仕掛けって？」

「うーん」と鮎川は少し考え込む。「伊月くんになら教えてあげてもいいかな」

首だけを僅かに後ろに向けると、鮎川の悪戯っぽい笑みが僕を迎えた。

「実はね、主人公のファントムについて描写するときは、絶対に『彼』とか『彼女』とかの人称代名詞は使ってないの。気づいてた？」

僕は素直に驚いてしまった。

「え、全く気づかなかった。ずっと僕はファントムが男だと思って読んでたけど……」

「ふふふ、作者の掌の上だね、伊月くん」と、鮎川は得意げに笑う。「私の小説の主人公『ファントム』は、実は女性なんだ」

楽しそうに語る鮎川の笑顔を見て、僕も思わず微笑を漏らす。

ああ、そうかもしれない。

――僕の心はいつだって、彼女の掌の上だ。

「はい、絆創膏、貼り終わったよ」

「ああ、ありがとう」

と、僕は立ち上がってシャツを着ようとする。だが、迂闊にもそのとき、僕は上半身が裸のまま鮎川の方を向いてしまった。

「え」と彼女の表情が固まる。「伊月くん、どうしたの、その傷……」

鮎川の視線は、僕の腹部に注がれていた。反射的にそれを隠そうと手が動いたが、途中で諦める。

「ああ、ずっと昔の傷だよ」

と、僕は努めて明るい声で言った。いつまでも隠し通せるようなものでもないし、鮎川に対してなら、もう別に話してしまっても構わないような気がした。

「――六年前にね、通り魔にナイフで刺されたんだ」

「……通り魔？」

「うん。実はさ、僕と愛雨の両親はその事件で亡くなってるんだ。僕たちも同じ現場にいた。だからだよ、愛雨が僕に懐いているのは。お互いに身寄りの無い者同士で、家族みたいな関係なんだ」

我ながら弁解じみた話し方をしているな、と僕は自分自身に少し呆れてしまう。

しかし、鮎川は何故か真剣な目で、僕の腹部の傷痕を見つめていた。

「あんまりじっくり見られると、少し恥ずかしいんだけどな」

僕の戯けるような言葉に、しかし返ってきたのは鮎川の真剣な声だった。

「伊月くん、ナイフで刺されたって言った？」

と、彼女は混乱したような表情で、しかし真っ直ぐに僕の瞳を見つめる。

「私、小説を書くときにそういう資料を読み込んだから分かるんだけど――これ、たぶん刺し傷なんかじゃない」

「――え？」

「伊月くん、この傷は……」

そのときだった。

鮎川の言葉を遮り、洞窟の奥から物音が聞こえた。僕らは驚いて身を震わせ、思わず振り返る。

いや、物音程度であれば僕らがここまで驚くことはない。聞こえてきたのは、絶対にこのような環境では聞こえてくる筈が無いであろう音だった。

「今の音って」

鮎川が不安そうに僕の顔を見上げる。

「ああ」僕は神妙な顔で頷く。「何かの――コンピュータみたいなものが鳴らす、ビープ音だ」

◆

ビーッ、という電子音は、断続的に洞窟内に鳴り響いていた。

僕と鮎川は、スマホの明かりを頼りに音のする方、洞窟の奥へと進んでいく。奥の方からは風が吹いてはこない。つまり、この先が何処にも繋がって居らず、行き止まりということになる。では何故、そんなところからこんな電子音が聞こえてくるのだろう。

「誰かいるのかな？」

鮎川が不安そうに言う。僕は答えず、無言で鮎川の手を強く握った。

誰かがいる？　この無人島に？　でも、いったい誰が？

ふと、三年前の事件の話を僕は思い出した。行方不明になっているのは二人、という話である。そして、例の人格移植技術の噂が脳裏を掠める。

もしも、である。

死んだと言われる殺人鬼0の人格が、その行方不明になった二人のどちらかに移植されていたら。そして、その人物が――『0の亡霊』が、この島に隠れ潜んでいるのだとしたら……。

その可能性を考えて、何故か僕はどこか安心している自分を感じた。むしろ、そうであって欲しいとすら願ってしまった。もしそうであれば、僕たちの中に殺人犯がいなくなる。愛雨も准も、誰も疑わなくて済む。

「あ、伊月くん、あれ……」

鮎川が指さす。洞窟は僅かにカーブしているようで、行き先の岩肌に仄かに明かりのようなものが反射しているのが見えた。僕と鮎川は手を繋いだまま、慎重にその光の方に近づいていく。

そして、僕たちの前に現れたのはドアだった。

岩肌をくり抜くようにして、ポツンと金属製の灰色のドアが備え付けられていた。ドアはどこでも見かける一般的なもので、ドアノブ部分に鍵を差し込む穴がある。しかし、ドアは半開きになっており、そこから明かりが漏れ出しているようだった。

突如として現れた人工物に、僕と鮎川は顔を見合わせる。どうするべきか、という相談を視線だけで交わす。何が潜んでいるかは分からない。だが、それ以上に、この不可解な一連の事件の何らかのヒントが此処で見つかるかもしれない。僕と鮎川の下した結論は、後者だった。

僕はゆっくりとドアノブに手をかけ、音を立てないように静かに押し開く。蛍光灯の人工的な明かりが、一瞬だけ僕の目を眩ませた。目が慣れてきて、僕は首を傾げてしまった。そこは、白亜の部屋だった。四方は岩肌ではなく平面で、純白の壁紙が貼られていた。天井の蛍光灯は煌々とした光を放ち、その空間内を無色に強く染め上げていた。まるであの所長室と瓜二つの部屋が、そこにあった。

しかし、机や椅子などの調度品は一切無い。その代わり、部屋の中央には天井まで届くほどに背の高いコンピュータラックがあり、そこにはサーバらしき物体がいくつか格納されていた。コンピュータのランプは緑色に点滅しており、未だに稼働していることが分かる。先ほどから断続的に鳴り響いている電子音は、どうやらこの設備が発信源のようだった。

「この部屋、何だろうね」鮎川が室内を見回しながら言う。「サーバルームに似てるけど」

頭上に視線を向けると、コンピュータから延びる黒いケーブルが天井に空いた穴に続いていた。その線の行く先に目を凝らしながら、僕は呟く。

「これ、もしかしたら研究所まで繋がってるんじゃ……」

「声紋によるユーザを認証しました」

突然鳴り響いた声に、僕と鮎川は身を震わせた。だが、一瞬後にそれが明らかに人間の声ではなかったことに気づく。僕は眉を顰めて目の前の物体を睨む。

「誰だ？」

「はい、私は紅澄脳科学研究所の管理ＡＩバックアップシステム、『バラク・オルタ』です」

ビーッという耳障りな音が鳴り響く中、目の前のコンピュータはそんな返答を寄越す。よく見ると、壁面に小さなスピーカーが付いているようだった。

「管理ＡＩ？」と鮎川が首を傾げる。「バラク・オルタ……それがあなたの名前？」

「はい。私はメインシステムであるバラクのバックアップシステムであり、独立した研究所内の権限管理システムです」

ＡＩは抑揚の無い声でそう答えた。その間も電子音は鳴り続けており、僕はその煩わしさに顔を顰める。

「この音は何なんだ？」

「ＵＰＳのバッテリー残量が不足していることを示すアラート音です」

「ＵＰＳ？」

「無停電電源供給装置の通称です。本システムは現時点から二六六二六時間前の時点で電源供給が停止されています。その間、ＵＰＳ一〇台によるローテーションで機能を維持しましたが、現在、いずれのＵＰＳもバッテリー残量が不足しております」

「よく分からないが、とりあえず静かにしてくれないか」

「かしこまりました。警告音を停止します。残り稼働時間は三分四七秒です。その間に速やかにバッテリーを交換してください」

そんな回答と共に電子音がぴたりと止む。交換しろと言われても、代わりのバッテリーのようなものは周囲には見当たらない。

ではどうするか。そんな疑問を、僕と鮎川はお互いに視線で交わし合う。結論は二人とも同じようだった。

「バラク・オルタ」と僕は呼びかける。「おまえは今から三年前にこの島で起きた殺人事件のことを知っているか？」

このＡＩは火災で焼失した研究所のメインシステムのバックアップだったという。つまり、何らかの記録――三年前の事件の真相に繋がるものが記録されている可能性がある。ならば残された三分半で、できる限りの情報を引き出すしかない。

「はい。今から三年と一二日前、紅澄脳科学研究所にて一名が死亡、その二日後に合計三名が死亡したという記録が残っています」

「その死亡した四名は誰？」

今度は鮎川が問いかける。

「死亡したのは汀崎仁志、紅澄千代、正岡充、上原須磨子の四名です」

ＡＩの回答は、僕が昨日、宵子先輩から聞いた話の通りだった。つまり、生き残っているのは二人。

――探偵の霧悠冬真と、ここの所員だった中槻周哉となる。

僕はその真相に切り込んでみる。

「では、その四名を殺害した犯人は誰だ？」

「その情報は見つかりませんでした」

「それじゃ」と鮎川が訊ねる。「その生き残った二人が何処へ行ったのかは分かる？」

「その情報は見つかりませんでした」

僕と鮎川はほぼ同時に小さく溜め息をついた。あわよくばとは思ったが、考えが甘かったらしい。

「シャットダウンまで残り一分三〇秒です」

そう告げる電子音声に気持ちが焦る。何か聞けるとしたら、あと一つくらいだろう。そこで僕は咄嗟に閃いた質問を投げつけた。

「紅澄脳科学研究所で、人間の人格を他人に移植する技術が研究されていたというのは、本当か？」

「はい、事実です。非陳述獲得形質高次移植技術、通称『Pandora-Brain《パンドラブレイン》』は桐生秋彦博士によって理論体系化され、紅澄千代博士によって当研究所にて完成されました」

ＡＩは淡々とした声で、その名を僕らの前に提示した。

「パンドラ、ブレイン……？」

それが孕《はら》む重みを量るかのように、鮎川はその単語を繰り返した。僕は続けざまに問う。

「そのパンドラブレインによって人格の移植をされた人間は存在するか？」

「はい。存在します。残り時間四五秒です」

心臓が高鳴っていく。もし、その技術が僕たち四人の誰かに施されていたとしたら、そして、その移植された人格の正体がかつての殺人鬼のものだったとしたら……。

「それはいつ、誰の人格を、誰に移植した！」

「履歴を参照します。お待ちください」

バラク・オルタの筐体が鳴らす駆動音を聞きながら、僕は固唾を呑んで回答を待った。時間にして一秒も無い筈だったが、僕にはそれが随分と長い時間のように感じられた。

「最後に『Pandora-Brain《パンドラブレイン》』が使用されたのは、今から三年と一二日前――」

……なんだって？

最後に使われたのは、三年前？

そして人工知能は、僕らの前にかつての事件の結末を提示する。

――この世で最も悍《おぞ》ましい、最悪の結末を。

「汀崎仁志の、人格デ、ータが、、霧悠冬真に移植され、ま、した」

それだけ告げると、バチンという無骨な音と共に、人工知能は沈黙した。

後には、嵐の音さえ届かない、洞窟の静けさだけが残った。

◆

再び、頭痛が僕の頭を苦しませ始めた。あまりに大量の情報が一度に流し込まれたせいかもしれない。僕はその洞窟の部屋の壁に身を預けて、座り込んだ。鮎川もまた僕の隣に座り、疲弊した面持ちで溜め息をついた。

「――三年前、探偵の霧悠冬真は殺人鬼０となった」

と、僕は改めて自分に認識させるように呟いた。

「ということは、もう一人の中槻周哉という所員は、殺人鬼化した探偵に殺されてしまったのかな」

「でも」と鮎川が冷静な口調で言う。「そのパンドラブレインという技術は、自分で自分に使えるものなのかな」

「どういう意味だ？」

首を傾げる僕に、鮎川は指を一本立てて説明する。

「単純な話だよ。誰かが殺人鬼０の人格を霧悠冬真に移植した。つまり、それを目論んだ真犯人がいるんじゃないかな」

「じゃあ、それが生き残った中槻周哉ってことか？」

「分からない」と鮎川は首を横に振る。「でも、だとしたらその二人は共犯者ってことになると思う」

共犯者——それはつまり、あの殺人鬼0との共犯者ということだろう。0はこの研究所に捕らえられ、極刑を待つ身となり、二度と殺人を犯すことは出来なくなった。そこで共犯者が手を貸した。0自身を解放することは出来ないが、その人格を別の人間に移植することで、0という人格がこの世界に存続できるようにした。再び、密室殺人を繰り返すために……そんなストーリーが僕の頭の中に浮かぶ。

「もし霧悠冬真と——」と僕は推理を口にする。「いや、移植された0と中槻周哉という人物が共犯関係だとしたら、今も一緒に行動してる可能性があるってことかな」

鮎川は答えなかった。真剣な目で真正面の壁を見つめ、深く考え込んでいるように見える。

「……ねぇ、ちょっと伊月くんの意見を聞いてもいい？」

僕に向けた鮎川の表情は、何故か半笑いのように見えた。まるで、自分の頭の中に湧いてきた考えがあまりにも荒唐無稽で、自分自身でも馬鹿馬鹿しいと感じているかのようだった。

「私の、なんて言うか、自作の小説からの閃きみたいなものなんだけど……」

「いいよ、何？」

「——霧悠冬真って、男性だったのかな？」

「え？」

霧悠冬真が、男だったかどうか……？

なんだ、その質問は。

「霧悠冬真って、写真どころかプロフィールも一切わからない存在なんだよね。身長、体重も、血液型も――そして、性別も」

何故かは分からない。

得体の知れない恐怖のようなものが、僕の足元から全身を蝕《むしば》んでいくような気がした。

「ねぇ、伊月くん」と鮎川が心配そうな目で僕を見つめる。「さっき、伊月くんの身体を見たとき、お腹に傷があったよね……」

恐怖が首元を越え、僕の顔をよじ登り、頭に到達する。そして、その先にある頭脳へ。

「あの傷って刺し傷じゃなくて、たぶん……」

自分の過去が、ひび割れていく気がした。

今から六年前の事件――僕と、愛雨の両親が通り魔によって刺し殺された事件。

「――銃創《じゅうそう》、だと思うの」

い、い、い、い、い、い、い、い
本当にそんな事件はあったのか？

もし、霧悠冬真が、女性だったとしたら。

それは、じゃあ、誰なんだ？

「それにさっき、あのＡＩが最初に言ってたことも気になるの。『声紋によるユーザを認証しました』って……これって、この研究所に登録されていた人間の声、っていう意味じゃないかなって……あのとき、ＡＩが反応したのは、私の声じゃなくて……」

鮎川が僕の手を強く握り締める。僕がどこか遠くへ行ってしまわないように、この場に繋ぎ止めるかのように。

だが、僕の中の僕自身が、ぐらぐらと揺らぎ始める。

無数の疑問が僕の頭を埋め尽くし、激痛を生む。

僕は思わず頭を押さえて蹲った。

「伊月くん、大丈夫？　伊月くん……！」

鮎川の声が遠くに聞こえる。

伊月——茂由良、伊月。

そうだ、そうだよ、それが僕の名前の筈だ。

でも、おかしいんじゃないか、銃創だって？　この傷が刺し傷じゃない？　それじゃ、六年前の通り魔事件は何だったんだ？　僕はいったい誰に刺されたんだ？　違う、撃たれたんだ、何者かによって、誰が撃った？　銃？　通り魔がこの国で？　あり得るのか？　そんなことが起きたらもっと大きなニュースになっているんじゃないのか？　僕はこれまで生きてきて、そんなニュースを見たことがあったか？　待て、違う、そんなことどうでもいい、どうでもいい？　そんなわけあるか、じゃあ、無かったのか、通り魔事件なんて？じゃあ、どうしてだ？　どうして、どうして、どうして……。

——どうして、僕は緑豆愛雨と一緒に暮らしているんだ？

——緑豆愛雨って、誰なんだ？

——僕って、誰なんだ？

——パンドラブレイン？

——ナカツキ、シュウヤ？

——それは、誰？

————『僕も同じです、霧悠さん』

————『僕はミステリを通じて、世界に触れていたんだと思います』

頭痛がどんどん激しくなり、頭が割れそうになる。

鮎川の声が世界の遠くから聞こえる。彼女が僕の肩を担ぐ。

「伊月くん、しっかりして！」

彼女の肩を借りながら部屋を出る。

「研究所なら、何か薬があるかも……！」

もつれる足で、洞窟の中を一歩ずつ、出口に向かって進む。

「頑張って、伊月くん！」

歩みを進める度に、僕が消えていくような感覚がある。鮎川の声が、僕を辛うじて繋ぎ止める。僕は何とか、それに縋って生き延びようとする。

消えてはいけない。僕は消えるわけにはいかない。ここで僕が消えたら、もう後戻りは出来ない気がする。

僕は歯を食いしばって、頭痛に耐える。足を動かす。

ようやく洞窟の出口に辿り着いたときだった。

外の世界から、一発の銃声が聞こえた。

◆

洞窟から出てすぐの砂浜に、二人の人間がいた。

腕から血を流した准が、一人の人物を地面に組み伏せていた。その人物は猿ぐつわをまかれ、さらには後ろ手に手首を縛られて、砂浜にうつ伏せになっていた。その上から、准が息を切らしながら取り押さえている。

二人とも激しいもみ合いをしたのか、服はボロボロだった。どうやらその人物を縛っているのは准の服の袖のようである。そして、二人のいる場所から数メートル先、僕たちのちょうど中間地点には、銃口から硝煙を上げる一丁の拳銃が落ちていた。

「准……！」

僕の呼びかける声で、彼らも僕たちの存在に気づいたようだった。

「伊月、鮎川さん！」准が苦痛に顔を歪めながら叫ぶ。「こいつが、草薙さんを殺した犯人だ！」

僕と鮎川の間に衝撃が走る。

その人物は砂まみれの顔を辛うじて上げ、准の顔を睨み付けながら何かを唸っていた。

そこに、あの間延びした笑みを浮かべていた彼女の面影は、片鱗も残っていなかった。

栗色のツインテールは解け、まるで羅刹のように振り乱されている。

その表情は、明らかに今まで見てきた彼女の顔では無い。

――憎悪と怨嗟に満ち満ちた、全く別人の表情だった。

「出会い頭に包丁で切りつけてきたんだ。何とか捕らえて縛り上げたんだが」と、准は顔を顰めながら言う。「こいつ、銃を隠し持ってやがった……!」

准の右腕からは止めどない鮮血が流れ、砂浜を血で染めていた。その血を浴びながら、その人物はのた打ち回っている。その有り様は、まるで捕らえられた獣のようだった。

あまりに現実離れした光景に、鮎川が呆然としながら、その人物の名前を口にする。

「そんな……愛雨ちゃん、なの?」

その言葉で、愛雨の視線が鮎川に向けられる。鋭く、突き刺すような視線だった。

「違う」と、准が叫ぶ。「緑豆愛雨なんて人間は存在しない。こいつこそが、三年前にこの島で起きた事件、そして今回二人の人間を殺した真犯人……」

准の血まみれの指先が、足元の愛雨に突きつけられる。

「『0の亡霊』――霧悠冬真なんだよ」

准の糾弾を前に、鮎川が頽《くずお》れるように砂浜に膝を突く。

愛雨はその名を突きつけられると同時に、目を伏せて脱力した。

「こいつが、こいつが」准が、涙をぼろぼろと零しながら愛雨を睨み付ける。「あの人を、草薙先輩を、殺したんだ！」

准の憎悪の声が、嵐に同調するかのような慟哭《どうこく》となって海岸に響いた。

「愛雨……」

と、僕は頭痛に耐えながら、彼女に近づいていく。

「おまえは、愛雨じゃないのか？」

彼女に向けて、ゆっくり手を伸ばす。

「僕は、中槻周哉なのか？」

脳裏を過る愛雨との日々が、じりじりと業火に焼かれて消えていく。

「おまえは、僕を利用していたのか？」

彼女はそこでようやく、僕を見た。

その瞳に、憎しみの色は無い。

細められ、つり上がった口角に含まれていたのは。

——感謝と歓喜だった。

それは明らかに、緑豆愛雨が浮かべる笑みではなかった。

そして、それは明らかに。

——茂由良伊月に向けられた笑みでもなかった。

その表情を見たとき、僕の中にある決定的な何かに亀裂が入る。頭痛は限界を超え、視界が真っ赤に染まる。いつの間にか、僕は絶叫しながら駆け出していた。砂浜に落ちた銃が、僕の手に握られる。嵐の中で、鮎川が叫んでいる。准が叫んでいる。すべての世界が嵐に包まれている。

そして空に一閃の雷光が迸ったとき。

僕の世界を打ち砕く銃声が、彼女の世界に鳴り響いた。

【終章〈冬　真〉】

過去の再生の物語

「毒殺だ」

紅澄千代の遺体の検死を終えて、冬真は独り言のように呟いた。

「結膜に溢血点《いっけつてん》があり、唇と指先が僅かに紫色になり始めている。うなじには注射針を刺されたような跡があることから、死因はおそらく神経系毒による窒息死。死後硬直と死斑が確認できないことから死後三〇分以内と推測される」

そしてベッドの下を覗き込んで、そこに小さな注射器とガムテープの切れ端が転がっているのを発見する。

「凶器はこれだろうな。内容物の残量は無し、成分は分析してみない限りは不明」

言いながら、冬真は注射器を透明のビニール袋に入れた。そして部屋を見回す。室内にはメタルラックが置かれ、そこに様々な調理器具や調理用家電が置かれている。

「現場は右代岸雄の個室。遺体発見時の扉には鍵が掛かっていた。この部屋に鍵を掛けるには声紋と指紋と静脈認証の三段階を突破しなければならない。その認証を突破できるのは紅澄千代、もしくは右代岸雄、或いは右代岸雄を含む所員全員の同時認証、この三パターンだけ。ただし、現時点で右代岸雄は死亡している。つまり——」

と、冬真はそこで大きく溜め息をつき、遺体の横に置かれていた椅子に腰掛けた。

「現状、この部屋の鍵を掛けられるのは紅澄千代だけだ」

正岡、上原、そして中槻の三人は現場には入らず、部屋の入り口に立って冬真の話を聞いていた。

「そんな」と正岡が愕然としながら言う。「それじゃ……紅澄所長は、自殺したって言うんですか？」

冬真は気怠げに正岡の方を睨んだ。反論も億劫な気分でいると、中槻が静かな口調で言った。

「……いいえ、おそらく他殺、かと思います」

「えっ」上原が首を傾げる。「どうして分かるんですか？」

「さっき霧悠さんは、うなじに注射針を刺された跡がある、と仰いました。自殺だったなら、普通はそんなところに注射はしません」

中槻の声は僅かに震えていた。顔を顰め、涙が零れそうになるのを耐えているようにも見える。

「ええ、その通りです」

冬真は抑揚を欠いた口調で言った。

「千代の口元が僅かに赤く腫れている。注射器の側にガムテープの切れ端が落ちていました。おそらくこれで口元を塞がれ、声を上げられない状況で毒を投与されたと思われます。よほどの劇物であっても、即死するような毒物はほとんどありませんから」

「なんてことだ！」と正岡が壁を叩く。「まさか所長まで……」

激情を吐露する正岡の隣で、上原はへなへなと床に頽れていた。

冬真は千代の遺体の横で、そんな三者三様を冷徹な目で睨み付けていた。

――うまく演技をするものだ。

冬真の胸の内に、憎悪の炎が燃え上がる。

紅澄千代の遺体は、まるで眠っているかのように穏やかな表情だった。神経毒による窒息死は決して安楽な死に方では無い。投与されてから死亡するまでには段階があり、最終的には呼吸困難による苦悶の死を迎える。おそらく一〇分から二〇分程度の間、彼女は地獄に等しい苦しみを味わったことだろう。

だからこそ千代は最後にこの表情を選んだのだ、と冬真は悟った。もし霧悠冬真が、苦しみに満ちた紅澄千代の死に顔を見たら、大きなショックを受けるだろうと察して。

……許してなるものか。

そんな怒りが冬真の冷静さを蝕み始める。冬真は自分自身でそれに気づいていた。そしてそれが探偵として良くない傾向であることも。

犯人は分かっている。故に、冷静に考えれば、霧悠冬真はこの場から逃げ出すべきだ。

だが、その選択は冬真にとって受け入れ難いものだった。

冬真は千代の遺体に屈み込み、その静かな死に顔に誓う。

――この密室トリックを解き、その真実を明らかにする。

それこそが、自分に今できる旧友への餞《はなむけ》である気がした。

しかし、と冬真は考え込む。犯人は分かっていても、この現場には不可解な点が多すぎる。千代を殺害した理由も不明だが、何よりもの強敵はこの密室の謎である。部屋の主である右代岸雄が死んでいる以上、この部屋の鍵を開けるのにも閉めるのにも、千代の承認が必要な筈だ。つまり、彼女の声紋と指紋、そして静脈認証による三段階の鍵である。

声紋と指紋だけであれば何とか偽装は出来るかもしれない。千代の声を録音したものと、指紋を象って立体印刷したものがあれば理屈上は可能だろう。だが、静脈認証は手指に赤外線を照射し、静脈の形状を読み取って照合する認証方式だ。本人の手を切断して使い回すくらいしか、突破の方法は無い。当然、千代の両手が繋がっていることは先ほど冬真が確認済みである。

つまり、現場だけを見れば、この部屋は他ならぬ千代によって施錠されたものということになる。しかし、死の直前で自ら部屋に鍵を掛け、ベッドの上に戻って死んだというのは辻褄が合わない気がした。

……いや、と冬真は胸の内でその考えを否定する。それを可能にする方法——人の持つ生命の天秤を破壊し、辻褄の合わない行動すらも実現させる方法が、一つだけある。

——Pandora-Brain《パンドラブレイン》。

他人の人格を上書きするという禁忌の技術。例えば仮に、紅澄千代に別の人格が上書きされていたとすれば、毒を投与された後に自ら鍵を掛けて死んだ、という状況も現実的には可能だ。犯人が自分の人格を移植してそのように自分自身に指示すればいい。

そこまで考えて、冬真は首を横に振った。

……あり得ない。

千代の話によればPandora-Brain《パンドラブレイン》は五時間以上の施術後、被験者内での人格形成に三時間、人格が完全に書き換わるまでに更に三時間がかかるという。冬真がこの島を訪れたのは今からおよそ半日前だ。

その時点で千代に別人格が上書きされていたとは考えにくい。ポケットの中に手を入れると、彼女から預かったＵＳＢメモリが指先に触れる。彼女はこれをバックアップと呼んだ。そのことを知っているのは、紅澄千代だけだ。

だとすれば、何か方法があるのだ。この密室を完成させるだけのトリックが——。

「あ、そうだ、霧悠さん！」と上原が何かを思いついたように言う。「バラクの来館者認証用のカメラ！　玄関のところにあるドーム型のカメラです。その録画映像を見れば、手がかりが摑めるかも！」

「そうか！」と正岡も明るい声を出す。「それなら確かに部屋に入った方法も、いや、犯人そのものが映っているかもしれない」

「データなら監視室の画面で再生できます」中槻も言う。「行きましょう、霧悠さん」

冬真は冷めた視線で一同を見やる。

……おそらく、無駄だろう。この施設の中の記録はいくらでも改竄が出来る。それは千代も言っていたことだ。犯人は監視カメラの録画映像を、何も映っていない廊下の映像に差し替えるくらいのことはしているだろう。この研究所で唯一、一般所員に不可侵の領域は部屋の解錠権限だけなのだ。それを操作できるのは管理者である紅澄千代しかいない。

立ち去り際、冬真はふと、横たわる千代の着る白衣の胸ポケットに視線が止まる。そこにはいつも通り、赤と黒のペンが二本並んでいた。

その意味を理解したとき、冬真は動いていた。入り口に集まっていた三人をかき分け、足早に廊下に出る。

「霧悠さん、どうかしましたか?」

中槻の問いかけも無視して、冬真は周囲をきょろきょろと見回す。そして廊下の片隅、事件現場である右代の部屋と、その隣の中槻の部屋の間にある床に『それ』が落ちているのを見つけた。冬真は屈み込み、『それ』を指先で摘まんで確認する。

それは、冬真の所持品であるボールペンだった。

そして次の瞬間、冬真の思考に。

――あの強固な密室を打ち破る雷光の如き論理が迸る。

同時に、思わず唇を噛みしめた。この程度の発想の転換すらできないとは、と冬真は自身の未熟さを悔いた。普段の自分であれば、あの程度の密室は見た瞬間にその謎が解けただろう。千代の死がそれほどまでに自分から冷静さを奪ってしまっていたのだ。

だが、こうしてそのヒントをくれたのも、千代だった。

ペンを強く握り締め、胸の内で彼女に感謝を告げる。

冬真は立ち上がって振り返り、そこにいる三人の顔を見つめた。

「では、監視カメラの映像を確認しに行きましょう」

犯人の目を視線で突き刺しながら、冬真は言う。

「全員、監視室に集まってください」

◇

一同は監視室の大型ディスプレイの前に集まる。

霧悠冬真、中槻周哉、正岡充、上原須磨子の四人である。

「再生してください」

冬真の要望に応じて、中槻が傍らのパソコンを操作する。画面に先ほどまで居た廊下の様子が映った。画角としては、玄関側から監視室の方を映している格好となる。

「今から二時間ほど前からの映像となります」と中槻が告げる。「五倍速で再生しますね」

やがて画面の奥、千代の部屋から冬真が出てくる様子が映った。

「俺が千代の聴取を終えて部屋を出てきたところです」

と、冬真が補足する。

冬真はそのまま隣の食堂室に入り、すぐに上原須磨子と一緒に出てくる。その後で二人は玄関から二番目にある上原の部屋に入っていく。

「私が自分の部屋で聴取を受けるところですね」と上原が言う。「たしか、霧悠さんと一緒に部屋に居たのは三〇分くらいだったと思います」

上原の話は趣味に関連した脱線が多く、必要以上の時間がかかったことを冬真は思い出した。カメラは廊下の様子をずっと映し続けており、その間、冬真は真剣な眼差しでその映像を見つめる。一瞬、腰が浮き上がりそうになるのを冬真は堪えた。

しばらくして、正岡が監視室から出てくるところが映る。その直後に冬真も上原の部屋から出てきた。

「ああ、ちょうど私が部屋に戻るタイミングで霧悠さんにお会いしたんです」と正岡が言う。「この後、私の部屋で聴取を受けました。私は一五分くらいでしたね」

正岡が冬真と一緒に自分の部屋に入るシーンが映し出される。それからしばらくすると、今度は上原が自分の部屋から出てきて、真っ直ぐに食堂室に向かった。

「あ、これ、夕飯の準備の続きをしようと思って。私、それから先はずっと食堂室のキッチンにいましたよ」

上原が説明をしていた最中だった。

「あ」と彼女は画面を指さす。「所長!」

上原が食堂室に入ったその直後に、所長室から千代が一人で出てくる。千代は真っ直ぐに廊下の端にある右代の部屋に行き、ノックした後にパネルに手を翳した。ドアが開き、千代はその中に入っていく。

「一人でロックを解除して、右代の部屋に入ったぞ」と正岡が言う。「まさかこの後に犯人が入っていくのか？」

「でも」と上原が眉を寄せる。「所長はどうして右代さんの部屋なんかに？」

「もしかして」と中槻が顎に手を当てながら言う。「犯人に呼び出された、とか？」

冬真は一切言葉を発さず、食い入るようにそのシーンを観察していた。そして、僅かに冬真の口角が上がる。それは——自身の推理を裏付ける証拠を摑んだことに対する、勝利の笑みだった。

やがて、監視室の中から中槻が姿を現した。その場の一同が固唾を呑んで見守る中、彼は真っ直ぐに奥から二番目の自分の部屋に入っていく。数分後、冬真が正岡の部屋から現れ、その隣にある中槻の部屋をノックして、中に入っていった。

「僕が霧悠さんの聴取を受けたときです」と中槻は言う。「たしか、時間は二〇分くらいですね」

しばらくして、冬真が中槻の部屋から姿を現した。その間、廊下の映像には一切、何の変化も見られなかった。

「おいおい」と正岡が焦るように言う。「おかしいじゃないか。所長以外、誰も右代の部屋に入っていないぞ」

画面の中の冬真は千代の部屋に向かい、そのドアを開けて不在を確認すると玄関の方に歩いて来る。トイレの方に足を向け、足早にすぐ出てきたかと思うと食堂室に入った。さらに今度は食堂室から飛び出すように出てくると、真っ直ぐに監視室の方へと廊下を駆けていった。その後、上原が困惑した様子で食堂室から現れ、正岡の部屋をノックする。正岡が出てきて、二人が今度は中槻の部屋をノックする。三人が廊下に集まったところで、監視室から冬真が現れる。右代の部屋のドアを冬真が叩き、その横のパネルに手を当てる。冬真が拳銃を取り出し、ドアに向けて発砲する。冬真が無理矢理にドアをこじ開けて室内に入っていく——それらは間違いなく、つい先ほどの出来事だった。

「馬鹿な」中槻はそこで画面を止めて、頭を抱えた。「それじゃ、所長は本当に右代の部屋で自殺をしたっていうのか……?」

「そんな、どうして……」

上原が泣き出しそうな声で言う。

監視室に立ちこめる淀んだ空気を切り裂いたのは、名探偵の一声だった。

「——茶番はやめましょうか」

冬真の発言で、その場の空気が凍り付いた。しかし、三人の怪訝な視線を浴びながら、冬真は大きく息を吸い込んだ。

ポケットに手を突っ込み、そこに存在する銃を握り締める。犯人への報復に使うつもりはない。これは自分の身を守るためのものだ。

冬真は壁に掛けられた時計を見やる。時刻は既に深夜に近い。屋内にいても雨風が建物の外壁に打ち付ける低い音が聞こえる。どうやら亜魂島はまだ嵐の中心にあるらしい。

この島を訪れたときに千代が言っていたことを思い出す。「予報では、明日の朝には温帯低気圧に変わるそうだ」、と。そして、「用件が済んだら本土まで送ってあげよう」と。

……つまり、この島には島外に脱出するための船がある、ということである。

千代の性格を鑑みれば、その船が何処に隠されているのかを推理するのは冬真にとってはさほど難しいことではない。

ならば、自分は一刻も早くこの場から逃げ出すべきではないか。とっとと船を見つけ、嵐が治まるまで隠れ潜むべきではないか。夜明けと共に島を脱出し、警察に真相を語るべきではないか――おそらくそれが最も利口な選択である、と冬真は気づいていた。

だが、冬真はそれを選択しない。

それは利口な選択ではない。

かといって、友人を殺されて意地になっているわけでもない。

これはそれよりももっと大きな、宿命とも言うべき衝動からの選択だ。

そう――これはきっと、連続密室殺人鬼Oとの最終決戦でもあるのだ。

自らの人生のすべてを賭して解こうとした謎を、最後の最後に投げ出すわけにはいかない。

名探偵はすべての真相を明かすまで逃げてはならない。

――そして名探偵は、皆を集めて「さて」と呟いた。

◇

「今から、先ほどの紅澄千代所長の密室殺人のトリックについて説明します。そして、それを為《な》した犯人についても」

出し抜けな冬真の宣言に、一同がどよめく。

「まさか」と上原が驚愕に目を見開く。「右代さんの部屋の鍵を閉める方法が分かったんですか？」

「違います。右代さんの部屋の鍵は閉められていません」

「え？」と正岡が眉を寄せる。「だって現に、我々が所長の遺体を発見したとき、部屋のドアはロックされていたじゃないですか。それはタッチパネルに手を当てた霧悠さんだって分かっている筈です」

「千代の遺体が発見されたあの部屋は、右代さんの部屋ではありません」

冬真はそう宣言し、一人の人物を睨み付けた。

「――中槻周哉さん、あそこはあなたの部屋でしょう」

中槻は目を丸くする。戸惑った様子を見せた後で、彼は愛想笑いのようなものを浮かべた。

「何を言っているんですか、霧悠さん」

動揺する中槻を無視し、冬真は続ける。

「あなたは右代さんがまだこの島にいる間に、彼と自分の部屋の荷物をそっくり交換しておいたんです。だから、先ほど俺があなたと面談をした部屋は実際はあなたの部屋ではない。本来は右代さんの部屋です。そして千代が遺体となって発見された部屋は、本来はあなたの部屋だった。だから、部屋の持ち主であるあなたなら簡単にドアをロックすることができる」

と、冬真はそこで言葉を句切った。

「俺はどの部屋に誰が住んでいるか、という情報を千代から聞いたわけではありません。本来の部屋の並び順を俺は知らない」

そして、冬真はもう一人の人物に視線を突き刺した。

「だから、最初にそうであると提示された情報を信じてしまった。そう——上原須磨子さん、あなたにね」

その言及を受け、上原はびくりと身を震わせる。

「あれは密室トリックではない。あなた方二人が俺に対して仕組んだ、初歩的な部屋の誤認トリックです」

「ま、待ってください！」中槻が焦った様子で口を開く。「だって、霧悠さんは実際に僕の部屋に来て、室内に入りましたよね？　そのとき、僕は部屋の中にいました。もしあそこが右代の部屋だったとしたら、僕は鍵を開けられないし、中に入れないじゃないですか」

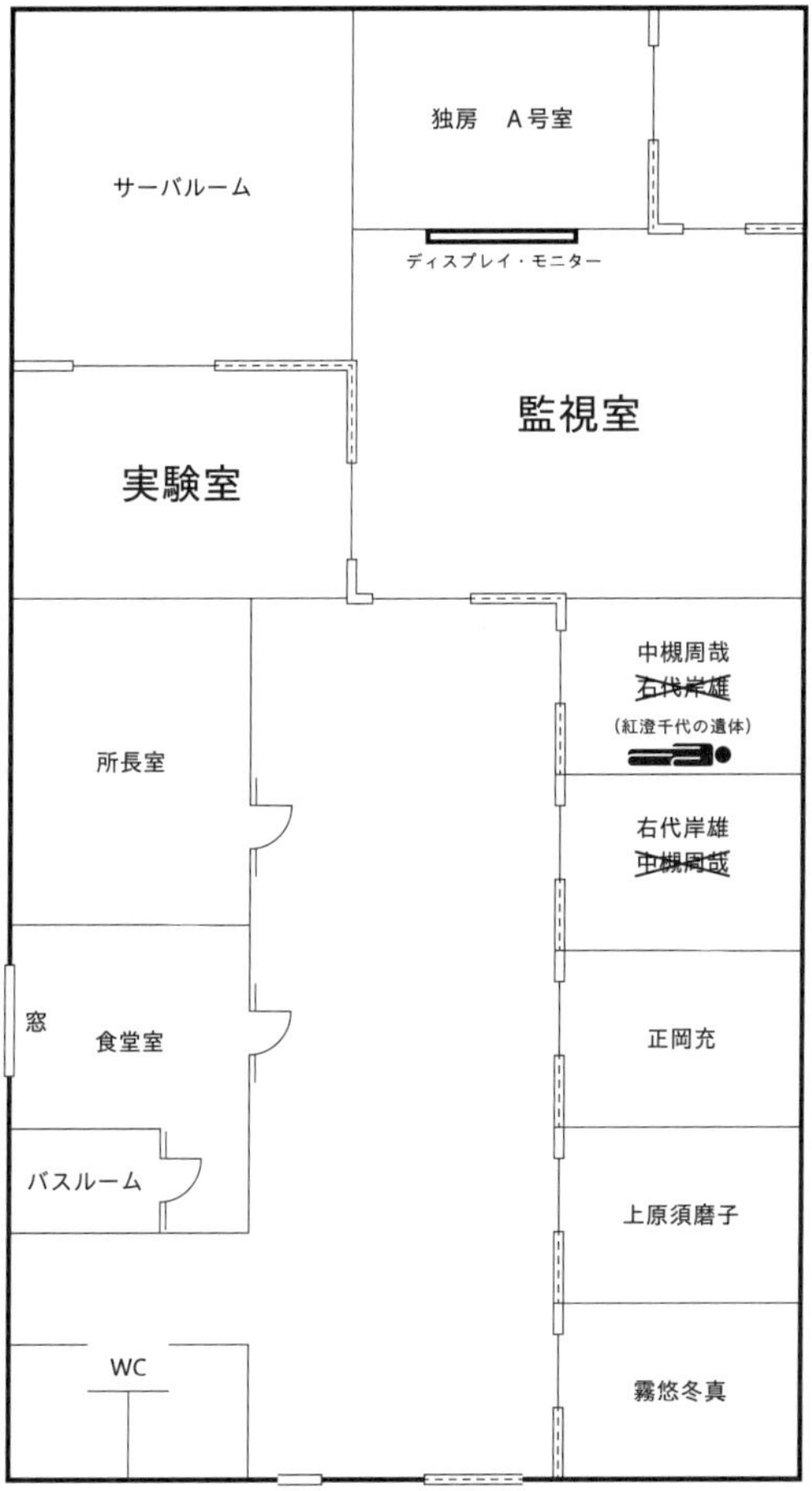
サーバルーム
独房　A号室
ディスプレイ・モニター
監視室
実験室
中槻周哉
~~右代岸雄~~
（紅澄千代の遺体）
所長室
右代岸雄
~~中槻周哉~~
窓
食堂室
正岡充
バスルーム
上原須磨子
WC
霧悠冬真

誤認トリック

「簡単です。千代に開けさせればいいんです」とあっさりと冬真は答える。「俺が他の方の聴取を行っている間に、あなたは千代の部屋を訪ねたんです。右代の部屋で物音がしたから一緒に様子を見に行ってくれないか、とでも言ったんでしょう。そして一緒に右代さんの部屋の前まで行き、千代の生体認証を使って部屋のロックを解除する。千代は驚いたでしょうね。右代さんの部屋だと思って開けたら、大量のミステリ小説が積まれていたんですから。あなたはその部屋で千代を毒殺し、遺体を隣の部屋に移した。俺が右代さんの部屋と誤認していた、中槻さんの部屋にね。そして自らの生体認証でロックをかける。これで密室は完成します。本来の右代さんの部屋は千代が開けたままロックされていませんから、あとは何食わぬ顔でその部屋に戻ればいい。自分の部屋だと装ってね」

「それだとおかしいじゃないですか！」中槻は叫んだ。「だって霧悠さんも今、監視カメラの映像を見ましたよね？　僕が紅澄所長を連れ出すところも、ましてや殺害して遺体を移動させるところなんて、映ってなかったじゃないですか。それにあの録画では所長は一人で右代の部屋に入っていって……」

「あんなもの、記録された動画を差し替えれば済む話です」冬真は再びばっさりと否定する。「この研究所のシステムはドアの認証権限以外は極めてシームレスだ。それくらいのことならあなた方にも簡単にできる。それは千代も証言済みです。動画の差し替えなんて簡単ですよ。過去に千代があなたの部屋を訪ねたシーンを保存しておいて差し替えればいい。この廊下の光景には窓もないので、日常的にもほとんど変化がありません。千代にしたって常に白衣を着ていますから、そのシーンがいつ録画されたものなのかはわかりません」

「しょ、証拠はあるんですか？」と中槻は冬真を睨み付けながら言う。「その動画が差し替えられたという証拠は！」

冬真は溜め息をついた。随分と熱心に演技しているものだ、という呆れからである。

「ありますよ。これです」

そう言って冬真が取り出したのは、自分のボールペンだった。

「これは俺が千代の部屋に忘れたものです。事件後、廊下の片隅に落ちているのを発見しました。中槻さんと右代さんの部屋の中間地点でね」

「……それがどうしたんですか？」

「千代はこれを、自分の白衣の胸ポケットに刺していたんですよ」

その場面を、冬真はしっかりと記憶していた。千代の部屋で彼女の事情聴取を行ったときである。冬真はデスクの上にある写真立てを手に取る際、手に持っていたボールペンを一旦、そのデスクの上に置いた。会話をしていく中で何気なく千代がそれを手に取り、いつものように指先でくるくると回していた。そしていつもの癖だったのか、彼女はそのペンを自分の白衣の胸ポケットに収めたのである。

「そんなの」と中槻が苦しげな顔で反論する。「紅澄所長が右代の部屋を訪ねたときに落としただけじゃ……」

「胸ポケットに入っているペンはそう簡単には落ちませんよ。誰かに担ぎ上げられたりしない限りはね」

「で、でもそれが動画を差し替えた証拠には……」

「ちょっと失礼」と冬真は中槻の側に寄り、手元からマウスを奪いとった。「録画映像をもう一度見てみましょう」

再び、一同の目の前のディスプレイに先ほどと同じ映像が流れ始める。

「廊下の隅に注目してください。右代さんと中槻さんの部屋の間、床と壁の境目です」

画面には冬真と上原が一緒に食堂室から歩いて行くシーンが映っている。二人はそのまま廊下を横切り、上原の部屋に入っていく。

「千代の次に上原さんの聴取を行ったときの映像です。ここに俺のペンは映っていない」

そして動画はさらに進み、正岡が監視室から出てきた場面で、冬真は一時停止させた。

「ここです」と冬真はディスプレイに歩み寄って、一点を指さす。「よく見てください。このシーンになって突然、ここにペンが出現しました」

表示する画素の限界もありややぼやけてこそいたが、冬真の指摘通り、そこには確かにペンらしき黒い直線が廊下に落ちているのが覗えた。

「おそらく、俺と上原さんが面談をしている間に千代を部屋に呼び出して殺害し、その遺体を移動させたんでしょう」

中槻は何も言わず、俯いていた。冬真はさらに追い打ちをかける。

「動画を先に進めます。千代が部屋から出てきたシーンです」

再び動画が再生される。冬真が正岡と一緒に彼の部屋に入り、その後に上原が食堂室に向かうシーンである。そしてそれは、彼女が食堂室の中に入った瞬間だった。

「ここです。廊下のペンが消えている。そして千代が部屋から出てくる」

画面の中では確かに、先ほどまで床に落ちていた黒い直線が消えていた。千代が部屋の中に入ったところで、再び廊下にペンが描画される。その直後に中槻が監視室から出てきて、自分の部屋に入っていった。

「つまり、この場面も先ほどの映像ではない。差し替えられたものです」

冬真はマウスから手を離し、再び一同の前で堂々と言い放つ。

「以上が、動画の差し替えが行われた証拠です」

中槻と上原は二人とも一様に俯いており、その表情は読み取れない。

「でも」と中槻がどこか諦めきった様子で言う。「その動画の差し替えを行ったのが僕だという証拠は無いいし、僕が所長を殺害したという証拠も無いでしょう」

まるで台本をなぞるかのように、お決まりなので仕方ないから聞いている、といった口調だった。もはや彼自身、言い逃れる方法がないことも、そして今の質問に対する冬真の回答も、予期しているかのようだった。

「では、今からあなたの部屋に行きましょう」

と、冬真は冷たく言い放つ。

「正確には、あなたが自分の部屋だと主張する部屋に。俺の目の前でその部屋のロックをかけてみてください。もし問題なく鍵を掛けられるようでしたら、濡れ衣を証明できますよ」

　中槻はもう何も言わなかった。天井を仰ぐように見上げ、大きく息を吐いた。その顔はどこか、晴れやかにすら見えた。

「……須磨子にも手伝ってもらったのに、こんなに簡単にバレてしまうなんて」と、中槻は朗らかな声で言う。「霧悠さん、彼女に罪はありません。すべて僕が仕組んだことです」

「周哉くん！」

　上原が泣き顔で彼の腕に縋り付く。

「いいんだ」と中槻はにっこりと微笑んだ。「むしろ、今は少し感動すらしているよ。こうして、あの名探偵である霧悠冬真に真相を見抜かれたことに、ね」

「中槻くん……」と正岡が苦渋の表情で問う。「おまえ、どうしてこんなことを……」

「そうだね。一から説明するよ、僕がこうして犯罪に走らねばならなかったことを――」

「――茶番はやめろ、と言った筈だぞ」

　と、唐突に冬真の凍てつくような声が、その場の空気を叩き斬る。

　同時に、三人の動きが凍り付いた。

「千代の遺体の腕には縛られたような跡は無かった。つまり、犯人によって後ろ手に拘束されていたと思われる。その状況下で被害者の口にガムテープを貼り、うなじに劇薬を注射するためには、少なくとももう一人の共犯が必要だ」

と、冬真はポケットに手を突っ込みながら、冷徹に続ける。

「その時間、上原は俺と一緒に居た。つまり、残るはおまえだけだ、正岡充」

正岡は先ほどの苦渋の表情のまま、ぴくりとも動かなかった。

「それだけじゃない。そもそも第一の密室、汀崎仁志が殺害された事件についてもだ」

冬真は語りながら、立ち並ぶ三人を回り込むようにゆっくりと歩を進める。

「汀崎仁志……０は、俺との会話の後に殺されたんじゃない。俺がこの研究所に来る前には既に殺害されていたんだ。それまでの独房の録画データはすべて、おまえたちが差し替えたものだろう。独房の中の０は常に機械のように精密な暮らしを繰り返していたからな」

先ほどの廊下の録画データと同じである。過去の独房の０を録画したものを差し替えれば、簡単に偽装はできる。

「よって、俺が会話をしていたのは０本人ではない。いや、違うな。俺はそもそも会話すらしていない。あれは、事前に録画しておいた０の独白だ」

そう、冬真は実は０の遺体を見た時点で、そのことに気づいていた。

「認めるのも癪《しゃく》だが、俺と０はお互いを、お互いの思考パターンを深くまで理解しあっていた。あの気が遠くなるような連続殺人事件を通してな。俺の回答を予想しながら話すことなんて、あいつには造作も無いことだ。だが、あいつと俺の間には決定的な違いがあった。だから、最後に０は発言を誤ったんだ」

あのときの会話の最後で、冬真は「ここで断ち切る」と宣言した。しかし、それに対して０から返ってきた回答は「終わらないよ」というものだった。このニュアンスの食い違いによって、冬真は目の前の映像が０本人ではなく録画であると気づいたのだ。

「首を切断した０の死体に、わざわざ遠隔装置まで使って火をつけたのには二つの意味があった。一つは０の死体を焼却し、死亡推定時刻を判別できないようにすること。そしてもう一つは、スプリンクラーを起動して室内の血を洗い流すことだ。血の乾き具合によって本当の死亡推定時刻が突き止められないようにするために」

三人は微動だにせず、冬真の話を聞いていた。冬真は彼らの背後に回り込んでいたため、その表情は分からない。だが、冬真は言葉を止めない。

「０の殺害は右代岸雄が島内にいる間に行われた。つまり、昨日だ。あの独房のロックを解除できるのは紅澄千代か、もしくは所員全員の同意によってのみ。となれば必然的に右代岸雄もこの事件の共犯となる。実際、そうでなければ中槻と右代の部屋の交換もスムーズには出来なかっただろう。尤も、右代岸雄が島外で交通事故で亡くなったのは、おまえたちにとっては想定外の事態だっただろうがな」

島内にいる彼らにとって、本土で起きる事象はコントロールが出来ない。右代岸雄の遺体は警察によって身元もはっきりと確認されているため、彼の死はまさに不運が重なった事故だったのだろう。

「当然、この事件は汀崎仁志、０も共犯だ。奴が何故、自分の死という密室殺人に協力したのかははっきりとは分からない。だが、何となく理解は出来る。この結末が奴にとっての真円だったんだろう」

――密室で生まれし者は、密室で死ぬべきなのだ。

そんな０の言葉を、冬真は思い出した。

「俺の推理は以上だ」

と、冬真はそこで一息ついた。

「俺と千代以外の全員が犯人。それが――この事件の真相だ」

「――最後に一つだけ聞かせてください」

中槻が、背中越しに落ち着いた声で言った。続いて、正岡が言う。

「我々四人が如何なる理由をもって結託したのか」

最後に上原が疑問符を投げて寄越した。

「それがあなたにわかりますか？」

冬真は鼻を鳴らして笑い飛ばした。

わかりきったことだった。

「ああ。結託なんて必要ない。何故なら――おまえは一人だからだ」

冬真が三人にそれぞれ事情聴取を行った際、彼らは褒められた際に一様に「首元を掻く」という同じ仕草を見せた。どれだけ入念に準備をしたとしても、ふとした瞬間に現れる癖までは偽装しきれなかったのだろう。

「――Pandora-Brain《パンドラブレイン》」

と、冬真はその名を口にする。

「おまえはその技術を使って、予め自分自身の人格を他の所員全員に上書きしていたんだろう。だからこそ、こんな大それた事件を起こすことができた。つまり、この事件の真相は『動機の同期』によるものだったんだ」

そして、霧悠冬真は目の前の犯人たちを睨み付ける。

「――違うか、『０の亡霊たち』」

そこで三人は一斉に振り返り。

――喜色に染まった三対の瞳で、冬真を見つめる。

「「「――正解です、名探偵」」」

文字通りの異口同音に、犯人たちは嗤った。

◇

冬真は咄嗟にポケットから銃を抜き、いつでも射撃が出来るように両手で構える。

「全員、後ろを向いて壁に両手を付けろ」と冬真は冷静に告げる。「抵抗すれば撃つ」

「「「見事です、霧悠冬真」」」

と、男女混声が室内に響く。

「「「しかし、あなたはまだすべての謎を解いたわけではありません。ミステリを構築する三つの要素、フーダニット、ハウダニット、そしてホワイダニット。その三つ目の謎をあなたは解けましたか？」」」

冬真は銃口を三人の方に突きつける。

「……推理は完成している。だが、その確証を得るために一つだけ教えてくれ――おまえは、汀崎仁志か？」

冬真の問いがきっかけで、三人は一斉に哄笑を上げた。異なる三つの顔が、同じ表情と同じリズムで笑う姿は何かしら悍ましさのようなものが感じられた。

「「「いいえ、私は汀崎仁志ではありません。しかし、０の意志を継ぐ存在です」」」

冬真は舌打ちを漏らす。その回答は想定していた推理の中でも最悪の展開だった。

つまり、殺人鬼０の人格は誰にも上書きされてはいない。

そう――今はまだ、ということだ。

「確認だ。おまえらの本当の目的は０を殺すことではなく、この俺という存在にあった。違うか？」

「「「はい、その通りです」」」

全く同じ角度で、三人の口角がつり上がる。冬真の銃を握る手に力がこもる。

「俺は自分の顔も性別も、そして身長も体重も一切情報を外に出していない。それらの記録が残らないように細心の注意を払って探偵を続けてきた。それこそ、まるで幻影《ファントム》のように」

かつて紅澄千代は、Ｏの収容された独房のことをこう言っていた。『立体スキャンによって収容者の身長や体重、指の爪の長さの変化すら見逃さない。私が知り得る限り究極の監視独房だ』と。

「だから、おまえらの目的はその幻影を捕まえること――つまり、俺をあの部屋に入室させることだった。ただそれだけのために、おまえらはあの密室で殺人鬼Ｏを殺害したんだ。そう――俺の全身を計測し、霧悠冬真のバイオデジタルツインを作成するために」

Ｏの亡霊たちは笑みを崩さない。むしろ、そこまで看破されたことに喜びを感じているようにすら見える。

「「「はい。そして、そこから先こそが私の本当の願いです」」」

汀崎仁志の人格データを、バイオデジタルツインによって得た霧悠冬真の身体データによってチューニングする。

そして――。

冬真は歯噛みする。その先の願いとは、おそらく殺人鬼Ｏ自身の願いでもある。

真円を描くこと。

歪み無き定幅曲線。

殺人鬼Ｏを終わらせたファントム・アルファ。

即ち、零の終焉となる始まりの一。

冬真は答える。

「Pandora-Brain《パンドラブレイン》を使い、Ｏの人格を俺、霧悠冬真に上書きすること。殺人鬼と探偵の真円の完成――それがおまえらの最終目的だ」

「「「はい、その通りです」」」

三つの声が、不協和音のように響いた。

抽出された人格データは、そのまま他人の頭脳に流し込んだとしても、新しい身体を正常に動かすことは出来ない。手足の長さや身体の重さなどが以前の身体と異なるからである。だからこそ、流し込む前にチューニングが必要となる。新しい身体の感覚を、事前にバイオデジタルツインによって数値化し、流し込むデータに反映するのである。それは『彼女』も生前に指摘していたことだ。

（――彼女？　誰だ、それは？）

「千代は、おまえらの計画に邪魔だったから殺した、というわけか」

冬真が問う。

「「「はい」」」

三人が答える。

「「「Ｏの独房を開け、霧悠冬真をあの部屋に招き入れた時点で、紅澄千代の役目は終わりました。あとは真相に気づかれる前に彼女を最優先で抹消する必要がありました。彼女はこの施設内のすべての扉の入室権限を操作することが出来ます。もしこの監視室、そしてそちらの実験室への入室権限を剝奪されてしまうと、我々はPandora-Brain《パンドラブレイン》を使用することができなくなります」」

紅澄千代は『権限の操作だけはバラクとは独立したシステム』であり、そこを開けるためには彼女だけが知るパスワードが必要となる、と言っていた。それはつまり、紅澄千代の身体を乗っ取るだけではそのシステムには介入できない、ということになる。

「だが」と冬真は更に問う。「紅澄千代に人格をインストールしなかったのは何故だ？　そうすれば彼女を殺す必要もなかった筈だ」

「「私はそこまで愚かではありませんし、霧悠冬真を侮ってもいません。あなたと紅澄千代が古くからの友人であることは理解しています。人格を乗っ取るだけでは、あなた方の間にある共通の記憶までは偽装できません」」

確かに、千代との間には自分たちしか知り得ない計画があった。もし千代の中身が別人になっていたとしたら、まず誰よりも先に冬真が気づいただろう。

「わざわざ手の込んだ密室まで作って殺害したのは、Oへの敬意か？」

「「そういった感傷的な理由もあります。ですが、我々には霧悠冬真の身体データをコンパイルするための時間が必要でした」」

「時間稼ぎ、というわけか」

冬真は拳を強く握り締める。そして、千代の死に動揺し、密室トリックの看破に普段よりもずっと長い時間を取られてしまったことを悔やむ。

「「はい。そして、その目論見は成功しました」」

三人は全く同じ仕草で、両手を広げてみせる。

「「殺人鬼0の人格データのチューニングは先ほど完了しています。いつでも霧悠冬真の頭脳にインストールすることが可能です」」

「——そこまで聞いて、俺が大人しく従うと思うか」

冬真は手に持つベレッタ九二の引き金に指を掛け、力を込め始める。

「もう一度言う。無駄な抵抗はやめて、全員後ろを向いて壁に両手を付けろ」

そんな冬真の勧告に対し、三人は心底可笑しそうに笑う。

「「我々は三人がすべて同一人物です。あなたは命のストックが三つ存在する相手に銃口を向けているようなものです。無駄な抵抗はむしろあなたの方でしょう。あなたが一人を撃ち殺す隙に、残りの二人があなたを拘束できます」」

しかし、それに対して冬真は不敵な笑みを浮かべてみせた。

「——だが、おまえの命よりも大事な心臓なら、撃ち抜くことができるぞ」

そう言ったかと思うと、冬真は銃口を三人から外し、左手にある硝子張りの実験室へと向けた。その照準は診療台、否、その上に載っているヘッドセットに合わせられていた。

即ち、Pandora-Brain《パンドラブレイン》を施術するための装置である。

その行動を目前に、三人の表情に驚愕が宿った瞬間、一発の銃声が響き渡った。

しばらくの沈黙の後。

その手から拳銃が床に落ち。

――やがて、鮮血が白い床を濡らした。

灼熱感を覚える腹部を押さえこみ、冬真はその場に膝を突く。

愕然としながら顔を上げる冬真の目に、正岡充の持つ拳銃から白い煙が上がっているのが映った。

冬真は舌打ちと共に悔いる。思っていた以上に、自分は千代の死によって動揺していたらしい。普段ならあり得ない迂闊さだ。正岡のモデルガンのコレクションの中に、もう一丁の銃が隠されている可能性を考えなかったとは。

「「急所は外してあります。死ぬことはありません」」

そう言いながら、上原が近寄ってきて床に落ちた拳銃を拾い上げる。冬真は激痛に朦朧《もうろう》とし始める意識の中で、睨み付けるように三人を見上げた。

すると突然、正岡と上原の二人が、それぞれの手に持つ拳銃の銃口を自らのこめかみに突きつけた。そして次の瞬間、二人は何の躊躇いも無く引き金を引いた。

二発の銃声が重なって木霊し、二人分の脳漿《のうしょう》と血を床にぶちまける。愕然とする冬真を見下ろしながら、唯一生き残った人物が口を開く。

「本来、この島で最後に生き残るのはあなただけでした。しかし、観測者として島外に脱出させた右代岸雄が死んでしまった以上、私がその責務を継ぐしかないでしょう」

冬真の視界が霞んでいく。

「何の、為だ」

冬真は口腔から血を吐き出しながら、問いかける。

「これは、おまえにとって、何を、意味する？」

「この世界には殺人鬼が必要なんです。0のような究極の密室を生み出せる殺人鬼が、ね」

その人物は穏やかな表情でそう告げた。

「あなたの中に殺人鬼が引き継がれる。それが現状の僕にとっての最適解なんです。少なくとも0が居ればこの世から密室殺人が消えることはない。良い問題というものは、良い答えよりも価値があるんです」

以前に聞いた言葉だった。だが、それがいつだったのか、冬真にはすぐには思い出せない。痛みが思考の邪魔をしている。

「僕はね、霧悠さん。あなたの活躍を見て、ようやく生きている実感がしたんです。この世界が本当にリアルだと感じたんです。何もかもを奪われた僕の青春にとって、リアルは小説の中のミステリだけでしたから」

冬真は遠のき始める意識の中で、彼の言葉を聞いていた。

「名探偵と殺人鬼が戦い続けている世界が、僕と同じ世界にある。それが僕にとって最も重要なことなんです。そうでなければ、僕の現実は何処にも存在しないんです。そんなのは、死んでるのと一緒だ」

腹部から血が止めどなく流れ続け、激痛が冬真を苛む。

「僕はミステリを通じてでしか、生きている実感を得られないんです」

そんな激痛のせいかもしれなかった。

哀しそうに、そして嬉しそうに語る青年に、冬真は奇妙なシンパシーを感じていた。

——ミステリを通じてでしか。

——探偵を通じてでしか。

——或いは、殺人鬼を通じてでしか。

——世界に触れることができない。

その孤絶感は、かつて冬真が一〇代の頃に苛まれたものと同じだった。

だからこそ、冬真は願った。

だからこそ、紅澄千代は……。

「Oは自分があなたに似ていると言っていた。でも僕の方があなたに似ていると思う」

冬真は予感していた。

おそらく自分はこれから、Pandora-Brain《パンドラブレイン》によって人格を上書きされるのだろう。

「僕とあなたが過ごした青春時代は、きっと同じ色をしている」

六時間という施術時間を経て、汀崎仁志の人格データが自分の頭の中に流し込まれるだろう。

「誰とも触れ合えず」

その施術の間に意識を失い、死亡しないように輸血と応急処置がされるだろう。

「誰にも心を開けず」

自分が意識を取り戻したときには、汀崎仁志の人格が自分の中に形成を始めていることだろう。

「誰にも共感できず」

そして自分は、まだ自分の意識が残っている内に、僅かに回復した体力を振り絞って逃げ出そうとするだろう。

「誰にも理解されず」

落ちている銃を奪って目の前の青年の足を撃ち、彼が怯んだ隙に研究所を飛び出すだろう。

「誰とも笑い合えず」

そして自分は、夜が明けて嵐の過ぎ去った海岸を満身創痍で走り、千代の隠してあったボートを見つけるだろう。

「誰とも怒り合えず」

そして自分は、薄れゆく意識の中でボートを出航し、海の上から島を振り返ったときに炎を上げる紅澄脳科学研究所の姿を見るだろう。

「誰とも泣き合えず」

やがてボートは本土の海岸に流れ着き、そこで自分は意識を失うだろう。

そこに、彼女が——。

——待て。

――なんだ、この記憶は。

――何故。

――何故。

――何故。

これから起きるであろうことが。

――記憶に残っているんだ？

「そして、誰も愛せなかった」

真犯人たる青年が、冬真の目の前で、そう告げたとき。

監視室のドアが開き、新たな足音が室内に響いた。

世界の時間が静止する中で、最後の祈りが名探偵に届く。

「――ああ、だから、この僕が生まれたんだ」

そう、僕は言った。

◇◆

止まった時間の中で、真犯人たる青年の姿が霧のように消えていく。続いて監視室のディスプレイに電源が灯り、アルファベットの文字列が現れる。

KIRIYU　TOUMA
やがてそれらの文字はバラバラに動き出し、新たな文字列を作り上げた。

MOYURA　ITUKI
血を流しながら倒れ伏す霧悠冬真に、僕は語りかける。

「こうして面と向かって会うのは初めてだね、霧悠冬真」

「おまえは誰だ」

と彼は問う。だが、その答えは次の瞬間には彼の脳裏に現れる。そのことが僕には分かる。

「すべての物にはバックアップが用意されている。紅澄博士は用心深い性格だったみたいだ」

と僕は微笑み、そっと彼の服のポケットに手を伸ばして、それを取り出す。彼が紅澄千代から預けられたUSBメモリだ。

「この中に、君の最後の願いが入っている。君が得られなかったもの、君が本来与えられるべきだったもの、君の青春の形――つまり、紅澄千代博士が作り上げた『茂由良伊月』の人格データだ」

それこそ、霧悠冬真がかつて紅澄千代博士に頼んでいた『最後の願い』だった。

彼は自らの人生を――一〇代から二〇代にかけてのすべての時間を『探偵』に捧げてきた。殺人鬼Oを捕らえ自分の父親の仇を討つことだけが、彼にとっての人生だった。だが、それは彼に架せられた十字架であり、そこに彼の自由意志は存在しなかった。

だからこそ霧悠冬真は、すべてが終わった後に自分の意志で選択すると心に決めていたのだ。私立探偵・霧悠冬真をこの世から消し去ることを。そして、その人間が本来歩むべきだった人生を取り戻すことを。

――すべては在るべきところに戻る。すべての始まりのところに。

奇しくもそれは、あの殺人鬼0が抱き続けていた理念と同じものであり、今思えば0はそんな霧悠冬真の本質を見抜いていたのかもしれない。

「そうか」と冬真は瞼を閉じて天井を見上げる。「千代のおかげか」

幼い頃から家族同然であった冬真の願いを、紅澄千代が蔑ろにできるわけがなかった。たとえそれが、自分の大切な人を――その人格と記憶をこの世から抹消するものだったとしても。

すべては霧悠冬真と紅澄千代のたった二人で極秘裏に進められた。

紅澄千代はかつての恩師、桐生秋彦博士の研究室に残されていた装置を使って、霧悠冬真の頭脳から人格データを抽出した。さらに彼女はそのデータに対してカスタマイズを行った。彼の持つ原初記憶――すなわち、父親が殺害される前の時点の獲得形質に対して架空のデータを流し込み、それ以降の『探偵』の記憶を上書きする。中学時代、高校時代、大学入学という『存在しないはずの体験の記憶』を。

その結果として完成したのが、0事件に巻き込まれず、正常な青春時代を送った『桐生冬真』の人格——僕、茂由良伊月である。

「本当の天才というものは、ゼロから一を生み出すことが出来る人間のこと。紅澄博士はそう言っていた」と僕は言う。「彼女こそが真の天才だった。存在しない筈の記憶をゼロから作り上げたんだからね」

「だが、その施術をする前に千代は殺されてしまった」と冬真は言う。「それなのに、おまえはどうやって生まれたんだ？」

「このＵＳＢメモリにはＧＰＳも搭載されていたんだよ」と僕は答える。「亜魂島から出たら信号が発信されるようになっていたんだ。その信号を辿って、海岸に流れ着いた君を助け出してくれた人物がいる。君と紅澄千代博士、二人の計画を知る唯一の人間がね。君の人格が完全に０に支配されてしまうまでの六時間の内に、君は彼女によって父さん——桐生秋彦博士の研究室に運び込まれた。君の人格データを抽出した際に使ったｔＤＣＳ装置の元へね」

僕のその説明で、冬真はすべてを察したようだった。当然だ。何しろ、僕と彼は同じ人間なのだから。

「その人物は」と冬真が言う。「そこでPandora-Brain《パンドラブレイン》を用い、俺の頭脳に新たな人格を、茂由良伊月という人格データを書き込んだ。つまり……」

「ああ、そうだ、冬真」と僕は頷く。「僕は——君の人格を上書きした殺人鬼０の人格の、さらにその上に上書きされた存在だ」

霧悠冬真の最後の願いの実現。

そして、二重の上書きによる殺人鬼0の人格の抹消。

それこそが、僕が生まれた意味である。

すべてが仕組まれていて、巧妙に入り組んでいて、僕の意志は介入できなかった。

そう。

だから——僕の青春は盤上だったのだと思う。

「でも、この僕は今、僕の力だけでは解決できない事態に巻き込まれてしまった。だから、僕は無意識下で自分の深層にある記憶を辿っていたんだ。僕のこれまでの体験を解体し、その下に隠されていた記憶を遡った。それがこの物語だ」

「だがそれは」と、冬真は眉間に皺を刻みながら言う。「『茂由良伊月』の記憶を否定する行為だ。おまえの形は消えてしまうんだぞ」

僕は苦笑する。

「もともと、僕は存在しない筈の虚構の形なんだよ」

冬真はじっと僕の目を見つめた後で、沈痛そうな面持ちで目を逸らした。

「いいんだよ、冬真」

僕はにっこりと微笑む。

「たとえ虚構でも、友人が出来た。頼れる先輩も、愉快な後輩も、それに——初めて人に恋をすることも出来た。充分だよ」

かつて僕に向けられた鮎川月乃の笑顔が、僕の胸を締め付ける。

彼女と一緒に居ると、この先にとても楽しいことが待ち受けているんじゃないか、と、世界を前向きに見ることができた。

彼女と一緒に、もっと色んな話をしたかった。

彼女と一緒に、もっと笑い合っていたかった。

彼女と一緒に、もっと長い道を歩いてみたかった。

そして出来ることなら――彼女を抱きしめたかった。

でも、その彼女が今、危機に晒されている。

僕の力では、彼女を救うことはできない。

「だから、頼んだよ、名探偵」

僕は右目から一筋だけの涙を零しながら、手を差し出す。

「僕の青春《ミステリ》を、解き明かしてくれ」

霧悠冬真は、左目から一筋だけの涙を零し、僕の手を握り返した。

◆

そう――この物語を語り尽くすのは、僕ではない。
だから、月までは届かずとも。

——真相には届くだろう。

【終章〈ALPHA〉】

あなたの真相の物語

そして、あいつの世界を打ち砕く銃声が鳴り響いた。

放たれた弾丸は狙い通りに、標的の左足に命中する。苦悶と困惑に表情を歪めながら、奴は砂浜に倒れ伏した。俺はその隙に、地面に倒れる緑豆愛雨のもとに駆け寄る。

そして、吹き荒れる嵐の中、俺は奴に硝煙を上げる銃口を向けた。

「三年前、そして現在に続く亜魂島殺人事件——」

覚醒に伴う頭痛に眉を寄せながらも、俺は万感を込めて真実を突きつける。

「その真犯人はおまえだ。森合准、いや……中槻周哉」

准は——中槻は愕然としながら俺を見上げていた。信じられないものを前にしているかのように、中槻の唇が僅かに震えているのが見て取れる。

対峙する俺たちの後方で、鮎川月乃もまた、呆然と嵐の中に立ち尽くしていた。

「伊月、くん？」

「違う」その呼びかけに、俺は背中越しに答える。「俺は、霧悠冬真だ」

彼女が脱力し砂浜に膝を突く音が、雨の隙間から聞こえた。俺の中に残る茂由良伊月の心が、締め付けられるように痛む。だが、今は自分自身の責務を果たさねばならない。

そのためにあいつは——伊月は、この俺を再構築したのだから。

「消えたはずだ」と、彼は縋るように言う。「あなたは、Pandora-Brain《パンドラブレイン》で、0の人格が上書きされることによって」

俺は銃口を向けたまま屈み込み、足元に転がる愛雨の猿ぐつわを外した。彼女は俺の顔を見上げ、哀しそうに言った。

「戻ってきてしまったのね、冬真」

「伊月が選んだ結果だ。君が悔いることはない」

俺は片手で彼女を拘束する布を解く。

「ごめんなさい」よろめきながら立ち上がり、彼女は言う。「あなたの祈りを、最後まで遂げさせてあげたかった。茂由良伊月として、幸せな人生を送って欲しかった。そのための身元の偽装だったのに……」

俺は僅かに呆れて言う。

「通り魔事件というエピソードは少し無理矢理すぎだ。刺し傷と銃創の違いで、いつかバレていただろう」

「付け焼き刃の記憶だったのは認めるわ。この国では拳銃による事件は殆ど無いから、仕方なかったのよ」

と、彼女は疲弊したような苦笑を浮かべる。顔も声も、そして肉体すらも違うが、その笑みは俺にとって懐かしい表情だった。

そんな俺と彼女の会話を前にして、中槻が脱力したように項垂れた。

「緑豆愛雨、おまえは……」

「緑豆愛雨」と、彼女はその名前の響きを確かめるように呟き、自嘲的に口元を歪めた。

「思えば、これもまた付け焼き刃のような名前ね」

その名前をローマ字にすると。

ROKUZU　AIME
だが、それを並び替えることによって、その身体の持ち主たる本当の名前が現れる。

すなわち――。

KUZUMI　EORA
「この身体の本当の持ち主の名前は、紅澄絵緒良。紅澄千代の姪よ」

絵緒良は栗色の髪を嵐になびかせながら、そう告げた。

「でもね、中槻くん。この絵緒良の身体は交通事故が原因で植物状態だった。だから、あなたたちにも、そして冬真にも内緒で、『私』は自分に出来ることを試みていたの。病院から絵緒良を引き取り、桐生秋彦博士の研究所に移送して、どうにかして彼女の脳の活動を正常化するための方法を試した。そう……」

言いながら、彼女は自分の頭を指さした。

「――Pandora-Brain《パンドラブレイン》を使って、『私』の人格データを半分だけ書き込むことによってね。だから今の私は、『私』と『絵緒良』の人格がブレンドされた人間とも言える」

「まさか……」

「久しぶり、中槻くん」

そう言って愛雨は、絵緒良は――いや、そこに上書きされた紅澄千代は微笑んだ。

彼女の浮かべたその笑みの形に、中槻の表情が驚愕に染まる。

「紅澄、博士……！」

「一応、謝っておくわ。所長である私が研究所のルールを率先して破ったことを。至極個人的な理由でPandora-Brain《パンドラブレイン》を研究所の外部に持ち出したことをね」

中槻は歯ぎしりをしながら、悔しそうに千代を睨む。千代は首を左右に振った。

「あなたは私の存在を、『緑豆愛雨』という人物をずっと怪しんでいたものね。霧悠冬真に幼馴染みは存在しない筈だから。でも、それは私も同じ。まさかあなたが整形して顔を変えていたなんて思いもしなかった。私の記憶が同期されているのは、紅澄千代が死ぬ二週間前の記憶が最後だったからね。三年前にこの島で起きた事件の真相は、私にも分からなかった」

「どこで僕が」と中槻は問う。「森合准が、中槻周哉だと確信したんですか？」

「疑い始めたのは、研究所の記念写真を皆で見たときよ。あのとき、私の目にはあなたが一番動揺しているように見えたから。確信したのは宵子ちゃん先輩……いえ、草薙宵子が殺害されたときね。だから私は姿を晦ました。おそらく、あなたが次に狙うとしたら、茂由良伊月の過去を知っていそうな私だと思ったから」

愛雨の身に着けた服は泥と砂ですっかり汚れてしまっていた。おそらく彼女はずっと研究所の外に隠れ潜んでいたのだろう。

「おまえが草薙宵子を殺害した理由も、まさにあの写真だ」

俺の言葉に反応を示したのは、鮎川だった。

「あの写真って、研究所の所員の集合写真……？」

「そう」と愛雨が頷く。「私が唯一残していたアナログデータ。紅澄絵緒良の入院中、私が彼女に見舞い話をするために島から持ち出していたものよ。この身体を桐生博士の研究室に移送するどさくさで紛失してしまっていたんだけれど」

「草薙宵子は何らかの手段であの写真を入手した」と俺は続ける。「実際に彼女がどうやってあれを入手したのかはもう知る由も無いが、あの人の情報網を駆使すれば難しいことじゃない。だが、それこそがおまえの計算外の出来事だった」

中槻は追及から逃れるように視線を外した。だが、俺はさらに追い詰める。

「おまえが彼女の殺害を決意したきっかけは、厳密にはあの写真を発見する前に茂由良伊月と草薙宵子が交わした会話だろう。事実、あの人にはそれが現実的に出来かねないことだったたからな」

――たぶん、整形して海外に逃げていても、宵子先輩は見つけると思うけど。

――海外はキツいかな。でも、国内に居ればガチでイケると思う。

自分で言いながら思わず唇を噛みしめた。その発言が無ければ奴はあんな凶行に走らなかったのでは、という今更の後悔が胸に突き刺さる。それを振り切るように俺は言う。

「知り合いを辿れば大統領にすら辿り着ける、極めて情報攻撃能力の高い人物。その手に過去の自分の写真が渡った以上、この島の外に持ち出されれば自分の正体がいずれバレてしまうかもしれない。だからおまえは、この島であの二人を殺害したんだ。草薙宵子と、オーナーの赤上氏をな」

「え？」と、後方から鮎川の驚きの声が聞こえる。「赤上さんを殺したのも？」

「ああ、そうだ」

「でも」と鮎川は困惑した様子で問う。「一番最初の事件は、宵子さんの持つ鍵でしか開けられない密室だったよ。だから犯人はまだ密室の中にいるかもしれないっていう推理になったわけで……それに、森合さんはずっと私たちと一緒にいたじゃない」

「死んでなかったんだよ」

と、俺は答える。そう、そのことに俺は――茂由良伊月の奥底にあった俺の一部分は、本能的に直感していたのだ。

――間違いなく、生きていると思った、と。

「俺たちが鍵を開けてあの密室に入ったとき、赤上氏は死んでいなかった。彼の頭部が載っていたデスクには穴が空いていて、赤上さんはそこから首だけを出して死んだフリをしていただけだ」

「そんな」鮎川の驚愕する声が聞こえる。「それじゃ、床にあった首のない死体は……」

「人形だよ」と、千代が答える。「研究所の所員だった上原須磨子の私物だ。等身大のアニメフィギュア。頭部を取り外して赤上氏の服を着せ、血のりの中に置いておけば死体に見える。当然、中に入って調べれば簡単に分かってしまうことだけど、あのときはそれが巧妙に制限されていたからね——それを仕掛けた人物によって」

「まさか……」

「そうだ」と俺は頷く。「あれは草薙宵子とミステリマニアの赤上氏が仕組んだ、ミステリ研究会のレクリエーションだったんだ」

そう、あの催眠ガスも草薙宵子が仕掛けたものだったのだろう。クサナギ製薬の力を駆使すれば調達することも不可能ではない。たかだかレクリエーションのためだけにそんな法を破るようなことをするだろうか、という疑問もあるが、俺の中にある草薙宵子の記憶を辿れば「あの人物ならやりかねない」という結論に至る。ここからはそんな彼女の性格を踏まえた推測でしかないが、その目的は『眠っている間に誰かに殺人鬼0の人格が移植されたかもしれない』というシチュエーションを演出するためだったのではないだろうか。すなわち、偽装殺人にリアリティをもたらすために、仮初めのホワイダニットの余地を作ったのだ。

「例の鏡を使ったトリックも、本当は草薙宵子が我々に出すはずの謎かけだったんだ。おそらく彼女は『カメラで監視されていた筈の部屋から遺体が消えた、ではそのトリックは何か』という問題にでもするつもりだったんだろう」

草薙宵子が、愛すべき後輩たちに仕掛けた純粋なミステリゲーム。

そう――あれは本来、それだけだった。

卒業を間近に控えた彼女の、最後のモラトリアムになるはずだったのだ。

だからこそ、所員たちの荷物の中から包丁が隠されていたのだ。目に見えぬ殺人鬼の恐怖に駆られた我々が凶器を手に取り、何かの間違いが起きないように。

「そして、それに協力していたのが森合准だ」

と俺は再び、中槻周哉を睨む。

「あのとき、赤上氏の偽装死体の密室に足を踏み入れたのは草薙宵子とおまえだけだ。おまえは、草薙宵子が赤上氏の口腔内から例の写真を取り出すときに協力している。つまり、これが本当の殺人事件ではないと知っていたんだ。おまえは島に着いた直後、草薙宵子に頼まれて彼女の部屋に荷物を運んでいた。そのときにこのミステリゲームのことを告げられ、協力を求められたんだろう」

目の前の男に対する怒りが湧いてくるのを感じる。それは俺というよりも伊月の感情のように思えた。だがそれと同時に、俺の胸の中には強い哀しみが荒れ狂っていた。

「あの夜、おまえはこっそり玄関から建物の外に出たんだ。そして研究所の外周を回り込み、監視室側の入り口から建物内に戻った。茂由良伊月の部屋の前を通らないようにな。そして草薙宵子が例の鏡のトリックを構築し、所長室の中で生きている赤上氏と合流しているところに乱入した。そして不意打ちする格好で二人を殺害したんだ」

「で、でも」と鮎川が声を上げる。「相手は二人いたんだよ。いくら不意打ちでも、そう簡

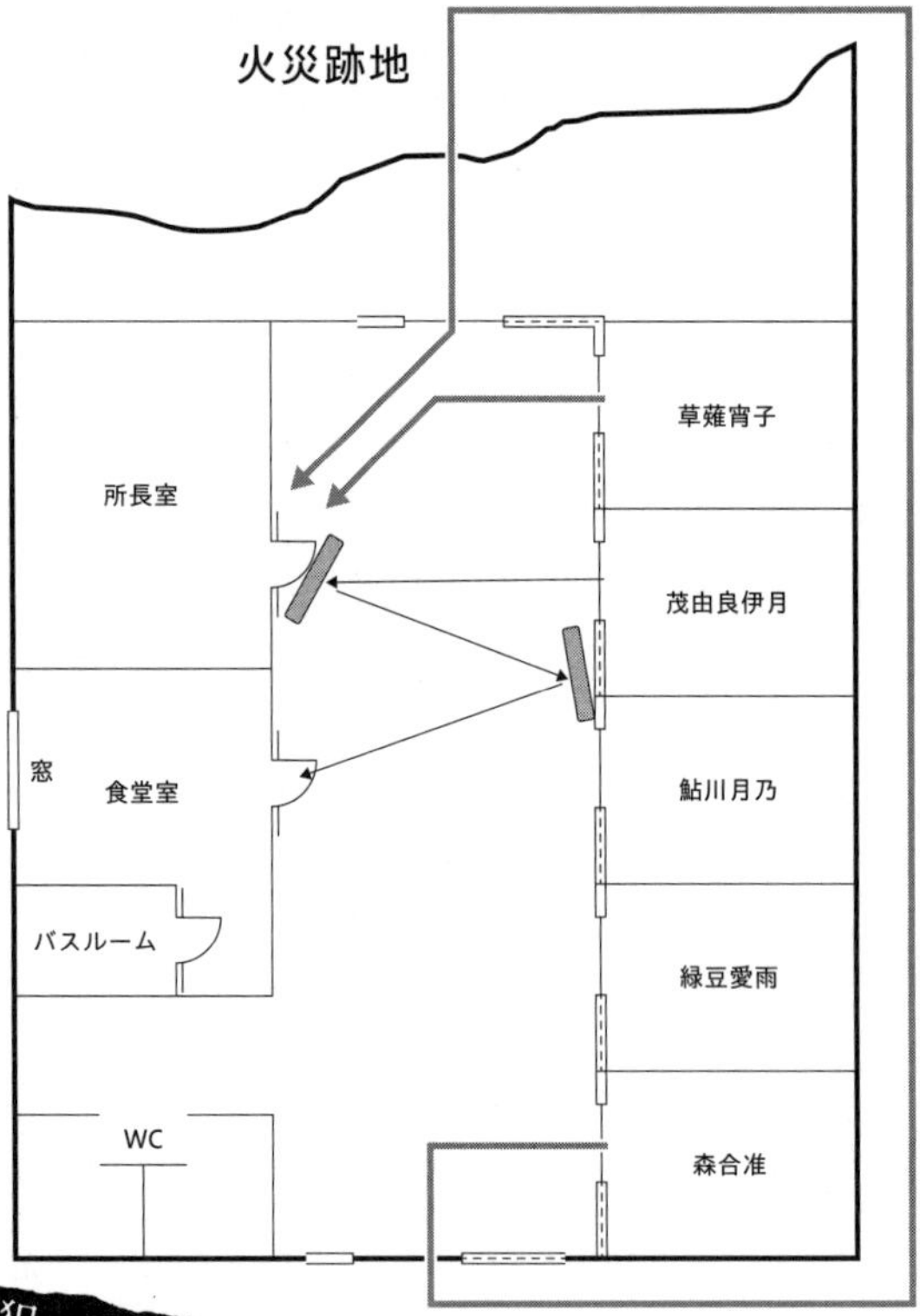

犯人の移動経路

単に二人も……」

「忘れたのか、鮎川。あの部屋には窓が一つも無い。室内は完全に暗闇だったんだ」

鮎川は何かに気づいたようにはっとする。

「そうだ」と俺はその気づきに先回りする。「宵子先輩は懐中電灯を持って所長室を訪れた。部屋の明かりを点けてしまうと、ドアの隙間から明かりが廊下に漏れてしまう恐れがあったから当然だ。しかし、その懐中電灯の明かりは暗闇に紛れ込んだ襲撃者にとっては格好の標的だった。暗闇に乗ずれば、二人の人間を殺害することはさほど難しくない。しかも、出入り口は一つしかない部屋だからな」

「仮に一方が声を上げたとしても」と愛雨も補足する。「廊下を吹き抜ける暴風がそれを邪魔して声は他の部屋まで届かない。まさに殺戮にうってつけの密室だったというわけね」

「そして、二人を殺害した後に赤上氏の遺体を燃やしたのは、死亡推定時刻を誤魔化すためと、穴の空いているデスクというギミックも一緒に燃やして消滅させるためだった──そうだろう、准」

俺の呼びかけに、彼は静かに頷きを返して、空を見上げた。

雨と風はいつの間にか弱まっていた。上空の雲は猛スピードで流され、僅かに雲間に日の光が差し込むのが見える。

──三年前から亜魂島を覆っていた嵐が、ゆっくりと晴れていくのがわかった。

「一年前、おまえが森合准として俺に接触してきたのは、上書きされた筈の0の人格を確認するためだったんだろう」

「――ああ、そうだよ」

と、彼は素直に頷く。俺は続ける。

「いつまで経っても0が事件を起こさない。世間を騒がした連続密室殺人事件が再開されない。だから、おまえは顔を整形してまで俺に……茂由良伊月に接触し、交流を開始した。彼を観測するためだけに」

そんな推理を提示しながら、俺の中には疑問が生まれ始めていた。

本当に、そうだろうか。

――本当に、それだけだろうか?

脳裏に、昨日の一場面が過る。あの暗闇の廊下の中で、小さなライターの灯りを頼りに、自分たちの胸の内を語ったことを。茂由良伊月が初めて打ち明けた、鮎川月乃への恋。そして、森合准が抱えていた叶わぬ恋への苦悩――。

そのすべてが嘘だったと、本当に言えるのだろうか?

そもそも、本当に殺人鬼0の人格を観測することだけが目的だったのなら、こんな遠回りな大学生活を送らずとも、別の方法だってあった筈だ。

だとしたら、と俺は……否、僕は気づく。

森合准は、中槻周哉は答えなかった。

どこか寂しげな目で、晴れていく空を静かに見上げていた。

だが、次の瞬間、彼は負傷しているとは思えないほどに機敏な動きで、俺に体当たりをした。咄嗟のことに身構えることが出来ず、俺はバランスを崩す。そんな俺の手から、中槻は拳銃を奪い取った。

「冬真！」

「伊月くん！」

砂浜に倒れる俺に、二人が駆け寄ってくる。

だが、俺の頭に突きつけられた銃口が、彼女たちの動きを止めた。

俺の目の前に立っていたのは、森合准だった。

「教えてくれ、霧悠冬真」

と、彼は懇願するような目で訊ねる。

「おまえの中に、もう殺人鬼0はいないのか？」

俺はゆっくりと立ち上がる。そして、理解する。

それこそが彼の最初の願いであることを。

その目的へ至る過程で、この『今』が——彼がかつて思い描いていた夢が生まれてしまったことを。

……そして自分自身が、もう引き返せない場所に居るということを。

俺は静かに首を横に振った。

「……汀崎仁志の人格は、茂由良伊月の人格が上書きされたときに完全に消滅した」

あくまで冷静に、俺はその事実を告げる。

「――この世界に、密室殺人鬼0はもう存在しない」

「そうか」

目を伏せる彼の表情に、しかし、落胆は見えなかった。

そこにあったのは諦観と、何かを懐かしむかのような、寂しげな微笑だった。

それを目にしたとき、俺の脳裏にこれまで彼と過ごした日々が怒濤の勢いで過ぎ去っていく。准だけではない。その記憶の中には草薙宵子と緑豆愛雨、そして鮎川月乃の姿があった。夕暮れの部室で、深夜のファストフード店で、木漏《こも》れ日《び》の中にあるキャンパスのテラスで――。

その強烈な想い出の奔流を、彼自身も感じていることが僕には分かった。

僕と彼はこの瞬間、きっと、まったく同じ種類の寂しさを共有していたのだ。

「なぁ、伊月」

と、准が言う。

いつものように、少し得意げな、人を食ったような笑みを見せながら。

「――楽しかったな」

だから最後に、僕もいつものように笑いかける。

僕たちが分かち合った夢を、最後に肯定するように。

「――ああ、楽しかったね」

雨が止み、陽射しが僕たちを照らしたとき。

彼は銃口を自分のこめかみに突きつけて、静かにその引き金を引いた。

彼の身体は、彼が抱いた夢の欠片と共に、砂浜に倒れ伏した。

泣き叫びたい感情を、僕は冬真に縋り付くことで堪える。

それに応えるように、俺は目を逸らさずに見届ける。

それこそが我々の――俺と僕の責務であるような気がした。

「……入り江にゴムボートをもう一つ隠してある」と千代が言った。「嵐が止んだ今なら、それで脱出できるわ」

俺が無言で頷きを返した、そのときだった。

「どうして……」

と、後方から鮎川月乃の問いかけが聞こえた。振り返ると、彼女は涙を流しながらそこに立ち尽くしていた。ちょうど頭上に雲が現れて陽射しを遮り、俺たちと彼女の間に明暗の境界線を作った。

彼女は陽だまりの中に立ち、俺たちは日陰の中に立っていた。

「ねぇ、どうして？」

鮎川は泣きながら問いかける。それは俺たちに対してではなく、この世界そのものに対する疑問のように思えた。

「宵子さんも、愛雨ちゃんも、森合さんも、それに伊月くんも……どうして……」

「鮎川」

と、俺は言う。僕は言う。

「ごめん」

「謝らないで！」

拒絶するように鮎川は叫んだ。それは慟哭《どうこく》のように聞こえた。この世界に、たった一人残された彼女の。

「伊月くん、帰ろうよ」

そう言って、彼女は陽だまりから手を差し伸べる。

「また、私の小説を読んでよ」

涙と共に、希《こいねが》うような哀しい笑みを浮かべながら。

「愛雨ちゃんも、部室に帰ろう。また、みんなで、一緒に……」

だが、俺の隣で千代は、絵緒良は、愛雨は、静かに首を横に振った。

「ごめんね、月乃先輩」

「だから、謝らないでって……」

「もう以前の場所には戻れない」

と、俺ははっきりと言う。

「その場所はもう失われてしまったんだ。でも、それはいつか、必ず失われてしまう場所だったんだ。そのときが来ただけなんだよ」

茂由良伊月の場所がそうであったように。

そして森合准の——中槻周哉の場所がそうであったように。

「伊月くん」

と、鮎川が涙と共に微笑みかける。

「私、いつか、ちゃんと言おうと思ってたんだよ」

何を？　いや、分かっている。僕にも分かっている。

「私、ちゃんと推理できてたんだから……伊月くんの気持ち」

ああ、僕にだって推理できていた……彼女の気持ちを。

そう、僕と彼女の推理の筋道は似ている。

僕がそう推理したということは、彼女だってそう推理したということなのだ。

——僕たちはお互いの胸の内に、全く同じ真実があることを、とっくに突き止めていたのだ。

ただ、答え合わせを先延ばしにしていただけで。

「だから、嫌だよ」と鮎川は滂沱《ぼうだ》する。「こんなの、嫌だよ」

今すぐ彼女の元へ駆け寄り、抱きしめたい衝動に駆られる。

だが、それは俺の——霧悠冬真の役目ではない。

「大丈夫だよ、鮎川」

最後の力を振り絞り、俺は言う。

俺の中の茂由良伊月の欠片が言う。

「この先に、新しい居場所がきっとある。君にも、そして僕にも」

やがて迎えの船がこの島に着くだろう。

彼女はそれに乗って、正しい彼女の世界に戻っていくだろう。

あるべきはずの彼女の人生に。

誰もが通り過ぎる、青春の喪失を乗り越えて。

差し伸べられた彼女の手が、空を摑んで静かに降りていくのが見えた。俺と愛雨は鮎川に背を向け、雲が隠す日陰の中を、ゆっくりと海岸線に沿うように歩き始める。

「伊月くん！」

彼女の最後の呼びかけに、心が断裂するような痛みを覚える。

それを堪えながら、僕は背中越しに別れを告げた。

「さよなら、鮎川」

——君が、僕の最後の恋だ。

僕たちの青い日々はさながらミステリの謎の如く、一枚ずつ剝がれ堕ちていく。

最後に残ったものが如何に奇妙なものであったとしても、それが僕たちだけの真実だ。

その真実が胸に突き刺さる痛みを堪えながら、僕は——俺は、愛雨と共に一歩ずつ足を踏み出し、その場を去っていった。

嵐の後の砂浜には、僕たちが過ごしてきた足跡だけが残った。

【新章〈P〉】

パンドラブレインの物語

がらんとしたコンクリート打ちっぱなしの部屋も、ソファセットとデスクを運び込むだけで、少しはマシな空間となった。あとは午後に業者が来て、エアコンさえ取り付けてくれれば事務所としての体裁は整うだろう。

「疲れたー、ねぇ、ちょっとアイス買ってきてくださいよ、先生」

愛雨がキャミソール一枚という格好で床に座り込んだ。たった二人で引っ越し作業をしていたので、汗だくである。

「おまえが買ってこい。俺の助手だろ」

俺はシャツの袖を捲り、掌で額の汗を拭った。

我々が今いるのは瀟《しょう》洒《しゃ》なビル群に取り囲まれた一角にある、レンガ調の外壁が特徴的な五階建てのビルである。その三階が我々の新たな住居兼事務所となった。

「ていうか、何なんですか、このオンボロ事務所は。駅からもコンビニからも遠いし、もう最悪ですよ」

「ちょうど空いてて安かったんだよ。文句言うな」

季節は夏を迎えようとしている。

——亜魂島の事件から、約一〇ヶ月が経った。

その間、俺と愛雨は事後処理に奔走し、忙しい日々を送っていた。一連の事件を警察関係者に説明するところから、大学に残してきた茂由良伊月の痕跡の抹消、霧悠冬真としての戸籍の整理、そして今後の身の振り方の準備。そしてようやく身を落ち着けそうになったのが、今だった。

結局、俺は探偵事務所を開業することになった。それ以外に俺に出来ることなど、他には無かったからである。

紅澄絵緒良は名前を変え、引き続き緑豆愛雨という名前で俺の助手に着任した。尤も、俺が正式に認めたわけではなく、彼女が勝手に名乗っているだけなのだが。

「まぁ、ぶっちゃけ、紅澄千代でもなんでも良かったんですけど」

名前を決めた際、そんなことを愛雨は言っていた。

「実際、私の中には千代の人格もあるわけですし」

「この際だからはっきりしておきたいんだが」と俺は眉間に皺を刻みながら問う。「おまえは千代なんだよな？」

「そこんところ、実は私もよくわかんねーんですよね。あの事件の時は間違いなく、あー、私って紅澄千代だなーって感じがしたんですけど。今はそうでもないというか。あ、でもなんか脳科学関連の知識が頭の中に漲ってるのは感じてます。秘められたパワーです」

どうやら千代が絵緒良に自分の人格を半分だけ移植した際、本来の絵緒良の人格と入り交じってしまったのではないか、というのが我々の下した結論だった。

千代のこれまでの記憶を保持しながら、人格のブレンドという科学反応によって、まったく別の人格が生まれてしまったのだ。

それ故に、紅澄千代でも紅澄絵緒良でもなく、全く新しい人間である緑豆愛雨として、彼女は生きていくことに決めたのだろう。

「なんか相変わらず変な感じなんすよねー」

と、愛雨は荷ほどきをしながら呟いた。

「何がだ」

俺もデスクの引き出しを整理しながら答える。

「いや、トーマ先生のことはね、ちゃんとリスペクトしてるんですよ。私が……あ、というのは絵緒良の方です、それがこうして植物状態から復帰できたのって、千代とトーマ先生のおかげじゃないですか」

「俺というよりは、千代のPandora-Brain《パンドラブレイン》のおかげだろう」

「でもパンブレはもともとトーマ先生のお父様の研究じゃないですか」

パンブレて。

こいつ本当に千代か？

「その一方で、千代の記憶もあるもんだから、トーマ先生が幼い頃に私が面倒を見てた記憶もあるでしょう。それに加えて、伊月先輩と一緒にダラダラ暮らしてたキャンパスライフの記憶もあるんです」

俺にはまったく想像もできない感覚の話であった。

「何だか情緒不安定になりそうだな」

「そう、まさにそれなんですよ。今の私がトーマ先生に対して抱いている感情って、尊敬でもあり、親心でもあり、幼馴染み的な恋慕《れんぼ》でもあるんです」

「恋慕？」と俺は眉を寄せる。「俺に恋をしてるのか？」

「割とガチですね」

愛雨は真剣な顔で言った。俺は溜め息をついて机の整理に戻る。

「そりゃ難儀だな」

「そうなんですよ、難儀なんです。たまに頭の中がオーバーヒートしそうになるんです」

愛雨は床にごろんと寝転がった。そのまま天井を見上げる格好で言う。

「だから大至急、冷却する必要があります。アイスクリームで」

「冷たいものを経口摂取するより、濡れたタオルを頭に巻いた方が脳の冷却には効果的らしいぞ」

「知ってますよ。私、脳科学者ですよ。馬鹿にしてんですか」

愛雨が不貞腐《ふてくさ》れながら床でじたばたと暴れ始める。

「ねー、先生ー、アイスー」

俺は舌打ちをして椅子から立ち上がる。

「わかった。少し歩いたところに喫茶店があっただろ。そこで少し涼もう」

俺は額の汗を拭いながら言う。俺自身、さすがにこの暑さには参り始めていたところだった。

「うお、喫茶店いいっすね」と愛雨が跳ね起きる。「あ、私、ナポリタンが食べたいです」

「アイスじゃねぇのかよ」

◆

事務所を後にして通りを一本挟むと、昔ながらの商店街があった。人通りは少なく、シャッターが閉まっている店舗も多い。どことなく閉塞感のある街並みだ。

「こんな寂れたとこに探偵事務所なんか開いて、本当に上手くいくんですかね」

商店街を歩きながら、愛雨がうんざりした様子で言う。俺は舌打ちを漏らした。

「当面の生活費は親父の遺産で何とかなる。心配するな」

「あ、紅澄千代が生前に蓄えた現ナマもあるんで、そこは心配してないです」

生々しい言い方だった。

「じゃ、何が心配なんだよ」

「いや、だって先生って実は、世間を騒がせた連続殺人鬼Oを捕らえた名探偵の霧悠冬真なんですよ？　知ってました？」

「知ってるよ。馬鹿にしてるのか」

「それがこんなとこで落ちぶれてる姿を見られたらと思うと、何だか居たたまれねーっていうか」

「やっぱり馬鹿にしてるだろ、おまえ」

俺はうんざりした気分で溜め息をついた。

「誰に見られたって構わないよ。誰も俺が霧悠冬真だなんて知らないんだから」

「あ、そういや世間的に霧悠冬真は正体不明の名探偵なんでしたね」

俺の素顔を知っているのは愛雨と、付き合いのある一部の警察関係者、そして——一人の女性だけだ。

だが、今後はそうもいかないだろう。

O事件は完全に終焉を迎えた。

これ以上、俺が正体を隠して探偵稼業をする必要はない。

これからは事務所を持ち、看板を構え、普通の私立探偵として生きていくべきだろう。

そんなことを考える俺の横で愛雨は腕を組みながら唸っている。

『存在しないはずの一人《ファントム・アルファ》』でしたっけ。いいなぁ、格好いいなぁ」

「……格好いいか？」

「格好いいですよ。新しい探偵事務所の看板にしたいくらいです」

「勘弁してくれよ……」

「私もそういう格好いいあだ名が欲しいです」

「助手のくせに?」

「あ、こんなのどうですか」

と愛雨はキメ顔で言う。

「名探偵を支える脳科学者の名助手、『ラ・ブレイン』です」

「クソだせぇよ」

商店街のど真ん中でポーズを決める愛雨を置いて、俺はすたすたと歩き去って行く。

「あ、ちょっと待ってくださいよ、これ、フランス語の女性定冠詞の『ラ』と脳を意味する『ブレイン』を合わせたもので、私の『愛雨』って名前ともダブルミーニングになっているっていう……」

愛雨の鬱陶しい説明に辟易の溜め息をついたときだった。

何故か、路面に店を開いている小さな書店に俺の目が留まる。店構えは古めかしかったが、店頭には新刊を陳列した書棚が置かれ、いくつかには手書きのポップが付けられている。今どき珍しい、街の本屋というやつだろう。

「どうしたんですか?」

愛雨の問いかけが、俺の耳をすり抜けていく。それくらい、俺の意識はそこに陳列された一冊の本に向けられていた。思わず手に取り、そこに記された作者名を指先でなぞる。本の帯には、その小説が何か大きなミステリの新人賞を受賞した作品であることが大仰に謳われていた。

「あ」と愛雨が俺の横から俺の手元を覗き込む。「──そっか、良かったですね」

まるで自分のことのように笑顔を見せる愛雨。それを見て、思わず俺も僅かに口元を緩める。冒頭の何ページかをぺらぺらと捲ってみる。やはりそれは、いつか途中まで読ませて貰ったことがある作品だった。

彼女が楽しそうに語っていた登場人物の名探偵。

それは確か、この俺をモデルにしたと彼女は言っていた。

「……『名探偵ファントム』か」

「何か言いました？」

俺は首を振り、その本をレジに持って行って購入した。

それを小脇に抱え、俺と愛雨は再び喫茶店を目指して歩いて行く。

「先生、探偵事務所の名前、本当にどうしますか？」

「普通に霧悠探偵事務所でいいだろ」

「えー、なんか普通すぎて萎《な》えます」

「じゃあ、何だったら良いんだよ」

「やっぱりファントム・アルファ探偵事務所とか」

「却下」

「それじゃファントム・アルファ・アンド・ラブレイン探偵事務所は？」

「無理矢理自分をねじ込んでくんな」

と、そこで俺の脳裏にその文字列が浮かんだ。

その馬鹿馬鹿しさに思わず俺は笑ってしまった。

「あ、なんで笑ってるんですか？」

「何でも無いよ」

俺はもう、姿を隠す必要はない。

幻影は消え、懐かしい日々はとっくに終わりを迎えた。

彼女も、こうして新しい居場所を見つけた。

――だが、彼女が語った名前の頭文字くらいであれば、ポケットに詰め込んでもいい気がしていた。

あの日々の想い出の欠片として。

そして――この助手と一緒に並べる名前として。

「先生、笑うと先輩みたいですね」

そりゃそうだろ、と顔を顰める。

そして俺たちは、夏の陽射しが照りつける明るい道を、ゆっくり並んで歩いていった。

【〝P〟and Love Rain】〈了〉

本書は、書き下ろしです。

使用書体
本文――――A P-OTF 秀英明朝 Pr6N L＋游ゴシック体 Pr6N R〈ルビ〉
柱―――――A P-OTF 凸版文久ゴ Pr6N DB
ノンブル――ITC New Baskerville Std Roman

星海社
FICTIONS
ミ3-04

パンドラブレイン 亜《あ》魂《こん》島《とう》殺《さつ》人《じん》(格《かく》)事《じ》件《けん》

2025年2月17日 第1刷発行

定価はカバーに表示してあります

著　者 ―――――― 南《みなみ》海遊《あそう》

発行者 ―――――― 太田《おおた》克史《かつし》
編集担当 ―――――― 岡《おか》村《むら》邦《くに》寛《ひろ》

発行所 ―――――― 株式会社星海社
〒112-0013 東京都文京区音羽 1-17-14 音羽 YK ビル 4F
TEL 03(6902)1730 FAX 03(6902)1731
https://www.seikaisha.co.jp

発売元 ―――――― 株式会社講談社
〒112-8001 東京都文京区音羽2-12-21
販売 03(5395)5817 業務 03(5395)3615

印刷所 ―――――― TOPPAN株式会社
製本所 ―――――― 加藤製本株式会社

ISBN978-4-06-538651-4　N.D.C.913 382p 19cm Printed in Japan

SEIKAISHA

星々の輝きのように、才能の輝きは人の心を明るく満たす。

その才能の輝きを、より鮮烈にあなたに届けていくために全力を尽くすことをお互いに誓い合い、杉原幹之助、太田克史の両名は今ここに星海社を設立します。

出版業の原点である営業一人、編集一人のタッグからスタートする僕たちの出版人としてのDNAの源流は、星海社の母体であり、創業百一年目を迎える日本最大の出版社、講談社にあります。僕たちはその講談社百一年の歴史を承け継ぎつつ、しかし全くの真っさらな第一歩から、まだ誰も見たことのない景色を見るために走り始めたいと思います。講談社の社是である「おもしろくて、ためになる」出版を踏まえた上で、「人生のカーブを切らせる」出版。それが僕たち星海社の理想とする出版です。

二十一世紀を迎えて十年が経過した今もなお、講談社の中興の祖・野間省一がかつて「二十一世紀の到来を目睫に望みながら」指摘した「人類史上かつて例を見ない巨大な転換期」は、さらに激しさを増しつつあります。

僕たちは、だからこそ、その「人類史上かつて例を見ない巨大な転換期」を畏れるだけではなく、楽しんでいきたいと願っています。未来の明るさを信じる側の人間にとって、「巨大な転換期」でない時代の存在などありえません。新しいテクノロジーの到来がもたらす時代の変革は、結果的には、僕たちに常に新しい文化を与え続けてきたことを、僕たちは決して忘れてはいけない。星海社から放たれる才能は、紙のみならず、それら新しいテクノロジーの力を得ることによって、かつてあった古い「出版」の垣根を越えて、あなたの「人生のカーブを切らせる」ために新しく飛翔する。僕たちは古い文化の重力と闘い、新しい星とともに未来の文化を立ち上げ続ける。僕たちは新しい才能が放つ新しい輝きを信じ、それら才能という名の星々が無限に広がり輝く星の海で遊び、楽しみ、闘う最前線に、あなたとともに立ち続けたい。

星海社が星の海に掲げる旗を、力の限りあなたとともに振る未来を心から願い、僕たちはたった今、「第一歩」を踏み出します。

二〇一〇年七月七日

星海社　代表取締役社長　杉原幹之助
代表取締役副社長　太田克史